南劇六十種曲研究

⊙黃麗貞 著⊙

臺灣商務印書館 發行

康熙八十壽曲研究

目錄

再版序

在中國歷代各體文學中，戲曲文學一向不曾受到重視，直到民國初年，王國維寫出了第一部中國戲曲史——《宋元戲曲史》，把戲曲文學提升到學術範圍來討論，戲曲文學終得繼唐詩、宋詞之後，在中國文學史上占得一席之位。但戲曲原是以口頭傳唱，在各地方的舞臺演出為創作目的，所以文詞語句之中，很自然地雜用了許多俗語方言俚諺和傳聞故事，不生活在那個時代、不是那個地方的人，便不容易讀得懂這些戲曲的文意。民國建立到今天，已經將近一個世紀，戲曲文學，依然是中國文學系的學生較少接觸的一個範疇，比起古典詩詞和散文，他們對戲曲文學的所知也較少；加上一般人只要提到「戲曲」這個詞兒，就會想到要配合音樂來歌唱，對戲曲的文學藝術，反而輕忽閒置；自覺沒有音律素養的人，更因此望戲曲而卻步。戲曲的文學研究，在各體的文學研究中，因此顯得比較冷落。所幸近二三十年來，海峽兩岸，尤其是大陸的學者，在戲曲文學的討論上，做出了十分豐碩的研究成果，漸漸也啓導了戲曲文學的研究風氣。但戲曲文學裏的俚語方言，依然是年輕人入門的一個關卡，很需要有能帶領他們突破困阻的幫助，就是要有讓他們讀懂古典戲曲語言的參考書籍。

三十多年前，我開始研讀戲曲文學時，也經歷了上述的困難，所以先後寫了兩本可供讀者解讀戲曲語言的參考書，一是以金元雜劇為依據的《金元北曲語彙之研究》，一是以明人傳奇為依據的《南劇六十種曲情節俗典諺語方言研究》，先後均由臺灣商務印書館出版，編入「人人文庫」叢書中，二十多年來，為愛讀古典戲曲者提供了參考。但近些年來，修讀戲曲的學生，不時來告訴我買不到這方面的參考書，使得在閱讀上感到困難。現在商務印書館將「人人文庫」的全部書籍作選擇性的改版重排，這本《南劇六十種曲研究》，即原《南劇六十種曲情節俗典諺語方言研究》，並且以單行本發行。同時能再給愛讀明人傳奇的同好，提供一些在一般辭典、正史、文獻、典籍中不容易查考得到的參考資料，尤足珍貴，是作者很感榮幸的事。

序

台山黃麗貞女士，好學深思，流連翰墨，述作成編，巍列鄴架。近又成新著《南劇六十種曲情節俗典諺語方言研究》（今名《南劇六十種曲研究》）一書，問序前來，桴浮餘生，荒落益甚，更何能序論其書！惟私念世紀維新，昌明日盛，巾幗鬚眉，已非星鳳，或能步趨乎政壇，或能馳騁乎文苑，或竟萬里雲程，視天下如一家，或廣八座春筵，接謦氣於羣侶，此則在昔所謂罕聞者，在今則又殆屬習見矣。然而脩齊為立國致業之本，內則無忝，乃更為相外成內之基。若僅務外捨內而不屑於婦德本分，將必如虛華無根，難歸寄託。嗚呼，古今之勢其果不侔耶？麗貞女士秀外慧中，而不作詠絮中庭之故態，從公淑私，而不廢舉案齊眉之懿則，玉樹撐庭，門楣靄瑞，間雖寄情詞曲一類著述，然觀其下筆旨趣，重在考訂，摒彼風月清談，求諸本源實質，斯唯貞靜持躬，遂爾問學有守。料其常素，晨則鹿車共挽，夕則琹瑟相諧，其有以勵浮俗，張女箴處蓋足矜貴，固不得與時下諸才媛輩作一例論也。既喜其才，尤重其德，潮音衷發，以當讚歎！

辛亥寒日汪經昌時客香江之鷗寄樓

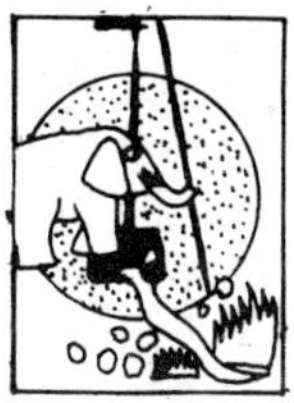

六十種曲中和俗事有關的題材

戲劇以情節為主。就情節而言，中國的戲曲，到了元明的傳奇，才具備正式戲劇所需的條件。元明的傳奇，因為盛行多齣目作風，所以劇情的搬演，淋漓盡致處，實有過於元時雜劇四折的簡略。

元明的傳奇，當推明毛晉所編的《六十種曲》蒐羅較富。縱觀這六十本傳奇的情節故事，取材不出下列五種範疇：

㈠**純粹出自歷史的**　如沈采的《千金記》，演韓信生平事蹟，係根據《漢書．韓信傳》鋪演，又插入項羽事情，如鴻門宴、霸王別姬、烏江自刎等，則根據《史記．高祖本紀》和〈項羽本紀〉譜成。梁辰魚的《浣紗記》，演吳越興廢，和范蠡、西施神聖不渝的愛情，則採輯《史記．吳世家、越世家》，《國語》中〈吳語〉、〈越語〉，和《吳越春秋》等史料。

《六十種曲》中這一類的作品還有張鳳翼的《灌園記》、王世貞的《鳴鳳記》、陳汝元的《金蓮記》、汪廷訥的《種玉記》、張四維的《雙烈記》、屠隆的《綵毫記》、葉憲祖的《鸞鎞記》、無名氏的《琴心記》、無名氏的《運甓記》、無名氏的《四賢記》等都是；雖未必絕對符合史料，所改動的地方都是無關重要的。

㈡取材於歷史，而參以野史、逸事、傳說，或作者隨劇情需要而稍加改動、增飾　如姚茂良的《精忠記》，演岳飛全家殉國，將岳飛愛將張憲改成岳飛養子；又據傳說，為岳飛女加上「銀瓶」名字；與及秦檜、岳飛死後，在冥府互相對質等事；至於岳飛一家在天上團敘，則是作者增飾，以切合南劇團圓的格式。他如謝讜的《四喜記》；徐元的《八義記》亦屬這類作品。

㈢取材於小說或民間傳說　唐以後的傳奇小說，情節曲折動人，是元明戲曲家編劇最理想的題材，許多著名的南劇，都是取材自前人小說，如湯顯祖的《紫簫記》、《紫釵記》脫胎於《霍小玉傳》；楊珽的《龍膏記》改編自《張無頗傳》；張鳳翼的《紅拂記》取材於《虬髯客傳》，及孟棨《本事詩》中樂昌公主破鏡重圓故事；沈璟《義俠記》、許自昌的《水滸記》取材自施耐庵的《水滸傳》是。又如沈鯨《雙珠記》演唐王楫的冤情，卻是結集了孟棨《本事詩》中的纊衣姻緣，《太平廣記》中僧一行計困北斗七星，和陶宗儀《輟耕錄》中貞烈墓等三段記載。《六十種曲》中這類作品最多，如王玉峰的《焚香記》、高明的《琵琶記》、陸采的《明珠記》、高濂的《玉簪記》、湯顯祖的《還魂記》、《邯鄲記》、《南柯記》、梅鼎祚的《玉合記》，沈受先的《三元記》，袁于令的《西樓記》，薛近袞的《繡襦記》、汪廷訥的《獅吼記》，以及無名氏的《節俠記》等都是。

㈣翻製宋、元舊編或改編同類作品　如元施惠翻古刻的《拜月亭》雜劇為《幽閨記》傳奇四十齣；李日華翻王實甫、關漢卿的《西廂記》為《南西廂》，楊柔勝改編喬吉的《兩世姻緣》雜劇為三十四齣的《玉環記》傳奇。其他如朱權的《荊釵記》、徐復祚的《紅梨記》、顧大典的《青衫記》、朱鼎的《玉鏡臺記》，徐畛的《殺狗記》，以及無名氏的《尋親記》，都是這類作品。

㈤出自作者杜撰　如單本的《蕉帕記》，演龍驤和真假胡弱妹的風情離合；無名氏的《贈書記》演談麈與賈巫雲的戀愛；《錦箋記》演梅玉和柳淑娘的曲折婚姻，或是作者自況，或按拍抒情，或譜佳人才子的相得，情節出自胸臆，少有依據。這類作品，如孫仁孺的《東郭記》，徐復祚的《投梭記》，鄭若庸的《玉玦記》，汪錂的《春蕪記》，屠隆的《曇花記》，邵璨的《香囊記》，無名氏的《金雀記》、《霞箋記》，張景《飛丸記》等屬之。

這五種劇曲情節取材的範疇，出自史實的，往往是多數人所熟知的事，這裏不再贅述討論；出於作者杜撰的，因不在本題研究範圍之內，這裏也就略而不談。其餘的三種，為了便於研究南劇的人探知某劇情節的來龍去脈，特別按類論述。

以前清人黃文暘《曲海總目提要》亦作過這種考證工夫，但雜劇和傳奇混雜，查看不便；而且若干劇目未曾考明。我這裏所作的，是以南劇巨擘《六十種曲》為限，把其中本事情節取材自小說、傳說、或改竄史實，或翻製自宋元舊編的，一一予以考證，所取說法，以最吻合劇情的為主，至於疑似或曲折附會的，則不在收取之列。

一、取材於史實、傳說的

《精忠記》

明姚茂良撰，演南宋忠臣岳飛為奸相秦檜害死事，情節大致依據《宋史》史實，亦間雜以野史傳說，而結以因果報應，岳氏一家忠義得表揚。

本劇大意：宋室南渡後，岳飛父子收復中原土地。金兀朮即請和他有內通之約的宋相秦檜設法殺害岳飛。秦檜於是用十二金牌，假傳聖旨，把岳飛父子召回下獄，並和夫人在東窗下計議，終於使岳飛父子在風波亭上自殺，岳飛妻、女銀瓶亦殉節。後來秦檜夫妻遊靈隱寺，遇一瘋僧，在壁上題詩，詩句揭出他和夫人在東窗下計議的話：「縛虎容易縱虎難」等。歸途上又遇人行刺，於是驚嚇得病，不久夫婦都死。秦檜死後，被鬼卒拘拿和岳飛對質。岳飛一家都做天神，秦檜夫妻卻下地獄受苦，不得輪迴投生；而陽世人間，亦旌表岳飛一家的義節。現在就劇情中有用野史傳說相附會的地方，或作者竄改之處，條述如下：

㈠劇中謂岳飛屯兵三關，與史實不合。《曲海提要》：「史言飛按兵淮上，而記言屯兵三關，是增飾語，三關在雄莫間，飛是時不得屯兵也。」

㈡劇中謂岳飛自己屈招，怕岳雲、張憲二子領兵報怨，就寫信叫二人一同入獄，史傳無此事，是作者附會春秋時伍奢被楚平王拘囚，伍奢知平王要殺他，恐怕兒子伍尚和伍員報冤，就寫信叫他們同來入獄。又張憲本是岳飛的愛將，由於附會古事，就把他改作岳飛之子。

㈢劇中謂岳飛女名銀瓶，亦不實。因她聽說父親下獄，抱銀瓶投井死。後來在鄂王祠後有銀瓶娘子井，本劇就以銀瓶為她的名字。《西湖志》說：「銀瓶娘子者，（鄂）王季女也，聞王下獄，哀毀骨立，欲叩閽上書，而邏卒攖門，不能自達，遂抱銀瓶投井死。」

㈣劇中秦檜自言：「曾與大金盟誓，得放還鄉，願作他國細作。」是根據《宋稗類編》：「秦檜一日在某寺中慶聖節，一樹上貼一榜子云：『秦相公是細作。』」

㈤劇中謂万俟卨奉檜意旨，將岳飛父子三人都在風波亭上吊死，但事實是岳飛死在獄中，張憲、岳雲在市被殺。

㈥劇中秦檜與妻「東窗」謀議，和夫婦遊靈隱寺得病，死後在地獄受難事，尤其是當時流行傳說。《夷堅志》：「秦檜矯詔逮岳飛父子下棘寺獄，遣万俟卨鍛鍊之，拷掠無全膚，終無服辭。一日，檜于東廂窗下畫灰密謀，其妻王氏贊成之曰：『擒虎易，放虎難。』飛遂死獄中；張憲、岳雲棄市。……後檜挈家遊西湖，舟中得暴疾，昏悶之際，見一人披髮瞑目，厲聲責曰：『汝誤國害民，殺害忠良，我已訴于天矣。汝當受鐵杖于太祖皇帝殿下。』檜自此怏怏不懌以死。未幾，其子熺亦死。方士伏章見熺荷鐵枷，因問秦太師何在？熺泣曰：『吾父現在酆都。』方士如其言以往，果見檜與万俟卨俱荷鐵枷，備受諸苦，檜囑方士曰：『可煩傳語夫人，東窗事發矣。』禼在鐵籠下與檜爭辯殺岳飛事。」又《江湖雜記》說：「飛既死，檜向靈隱寺祈懺，有一行者持大筒，亂言譏檜。問其居止，即賦詩曰……。」這是遊寺遇怪僧所本。

(七)至於本劇結束時，寫岳飛一家在天上寃屈得伸，並知人間帝王也旌揚他們的義節，是南劇以大團圓結局的規格。

《八義記》

明徐元的《八義記》傳奇，演趙盾家臣程嬰，和公孫杵臼合力保存趙氏孤兒的故事。劇情雖然多與《左傳》、《國語．晉語》、《史記．趙世家》相合，但亦有出自杜撰竄改，和取材於列國小說及元人雜劇。所謂八義，即鉏麑觸槐，提彌明搏獒，靈輒禦徒，周堅代趙朔死，韓厥縱孤，公孫杵臼和程嬰匿孤，以及代孤兒死的程嬰子；周堅是杜撰的人物。

劇情大意：敘述春秋晉靈公時，武將屠岸賈和文臣趙盾不和，派勇士鉏麑行刺趙盾，鉏麑得知趙氏世代忠良，不忍下手，觸槐自殺。屠岸賈又造趙盾形象衣冠，訓練惡犬神獒撲噬；然後對衛靈公說神獒能辨忠邪。神獒見趙盾衣冠形象，就向他撲噬，幸得提彌明挺身搏殺，趙盾逃出宮，遇到昔日賑救的餓夫靈輒，背負他逃匿深山。屠岸賈又向靈公進讒言，殺了提彌明全家，又要殺趙盾全家三百口，趙盾的兒子趙朔是晉靈公女婿，亦要殺；有家臣周堅，和趙朔酷似，就代趙朔死，趙朔逃到山中隱匿。當時趙朔妻德安公主有孕，被囚在宮中，等待生下孤兒，亦要殺死。孤兒生下後，趙氏家臣程嬰，假裝醫生，救出孤兒，時韓厥守宮門，放出孤兒，自刎以示滅口；後孤兒又被屠岸賈追捕，於是程嬰把自己兒子送到公孫杵臼處，並告發公孫杵臼藏匿孤兒，屠岸賈就把公孫杵臼和誤作孤兒的程嬰的兒子殺了。屠岸賈以程嬰告發有功，就和他結為兄弟；又認孤兒作義子，改名屠程，親自教他武藝；程嬰教他文學。孤兒長到十八歲，文武雙全，程嬰就告訴他父母深仇，孤兒就手刃屠岸賈。另一方面，趙盾逃到首陽山，聽到全家被殺消息，悲憤而死。後來趙朔也到首陽山，就在山中住下。十八年後，程嬰和孤兒到山上打獵，彼此相遇。後來經程嬰設計，孤兒殺死屠岸賈後，父子夫妻團圓。

按：元有紀君祥《趙氏孤兒》雜劇，南戲亦有此目，徐元的傳奇部分是根據雜劇增飾而成，其中亦有不同之處：雜劇趙朔被殺，無周堅代死；德安公主將孤兒交託程嬰後，就自縊而死，無夫妻父子團圓結局。徐元格於傳奇套式，必須改竄，才能合式。雜劇屠岸賈收孤兒改名屠程，後被孤兒生擒，受魏絳凌遲死，不是由孤兒屠程手刃。其實雜劇已與史實有許多不同了。

《四喜記》

明謝讜撰《四喜記》傳奇，演宋郊、宋祁兄弟同榜登第故事。

劇情大意：宋仁宗時宋杞與妻禱告上天，生宋郊、宋祁兄弟。宋郊命注貧苦短命，宋祁命顯貴。某日，大雨，羣蟻被水淹，宋郊用竹做橋救了許多蟻，仁心感天，特賜他連中三元。廷試時，宋祁第一，宋郊第二。皇太后不想以弟先兄，就把宋郊擢升第一。宋祁和張子野友善，又曾和名妓青霞有婚約。中第後，因作〈鷓鴣天〉詞。仁宗皇帝賜婚宮人鄭瓊英，後又納青霞為妾。最後以兄弟奉旨省親，共聚天倫終劇。

按《四喜》傳奇：骨架雖係根據《宋史·庠（即劇中宋郊）傳》敷演，但情節是集結幾段當時的俗說而成。如：

㈠宋仁宗時，士大夫稱宋郊為大宋，宋祁為小宋，並有才名。當時傳說：宋祁過衛街，遇內家車子，其中有褰簾的人說：「這人就是小宋。」宋祁因這事作〈鷓鴣天〉詞一首，流傳禁中，仁宗皇帝不加罪，並且把那宮女賜給他。宋祁得宮人鄭瓊英為妻本此。

㈡宋郊以竹橋度蟻，亦當時傳說，祝穆載《事文類聚》中，梓潼〈陰騭文〉說：「救蟻中狀元之選。」

㈢劇中張三中、三影的點綴，亦是當時美談。按張子野詞有「眼中淚、心中事、意中人」；「雲破月來花弄影」、「嬌柔嬾起，簾壓捲花影」，「柳徑無人，墜輕絮無影」等名句，傳誦當時，故有張三中、張三影的雅稱。劇情中亦錄入為點綴。

㈣當時俗傳有〈四喜〉詩：「久旱逢甘雨，他鄉遇故知，洞房花燭夜，金榜掛名時。」以中狀元為第四喜，大概是本劇命名的根據。

二、取材於小說和民間傳說的

《雙珠記》

明沈鯨撰《雙珠記》傳奇，鋪演唐人王楫母子夫妻離合悲歡的故事，而以一雙明珠為貫串全劇的線索。戲劇情節，是編綴了元陶宗儀《輟耕錄》貞烈墓，唐孟棨《本事詩》中賜纊衣，及宋李昉《太平廣記》中唐玄宗時僧一行計困北斗七星等三段故事，稍加改動鋪演而成。

本劇大意是說：唐人王楫和母親、妹慧娘、妻郭氏、子九齡同住在涿州。因讀書未中舉，和好友陳時策、孫綱去道士袁天綱處相命，袁說三人日後都顯貴，而王楫禍事在即，他日和陳時策共立武功，孫綱卻和楫子九齡同榜中舉。故事就由此分頭演出。

先敘王楫被征入軍，夫妻同往鄖陽。分別時，母親給他一顆明珠為記。到鄖陽後，營長李克成垂涎郭氏美色，設計支開王楫，要誘姦郭氏。郭氏不受他的奸騙，並把這事告訴王楫，王楫拿了刀想殺克成。克成得脫後，就控告王楫想行刺上司；王楫因此被判死罪，等候處決，在獄中幸得獄卒葉某處處照顧。郭氏自立撫子，後來主斬官來到，郭氏無法可救，於是把兒子賣給陝西姓王的客商，並把明珠繫在他身上，她就投武當山下深淵自殺。天神真武憐她貞烈，救起並指示她去投靠王楫的母親。

這段情節，見於陶宗儀《輟耕錄》卷十二貞烈墓，但未點出郭氏夫名，且郭氏坐仙人渡水中死，並無神人救活；王楫冤情因郭氏之死而得白，終於父子團圓。《輟耕錄》云：

「千夫長李某戍天臺縣日，一部卒妻郭氏有令姿，見之者無不嘖嘖稱賞，李心慕焉。去縣七八十里，有私盜出沒處，李分兵往，戍卒遂在行。既而日至卒家，百計調之，郭氏毅然莫犯。經半載夫歸，具以白，為屬所轄，罔敢誰何！一日，李過卒門，卒邀入治茶，忽憶得前事，怒形於色，亟轉身持刃出，而李幸脫走，訴於縣，縣捕繫窮竟。案議持刃殺本部官，罪死，桎梏囹圄中；從而邑之惡少年，與官之吏胥皂隸輩，無不起覬覦之心者。郭氏躬餽食於卒外，閉戶業紡績，以資衣食，人不敢一至其家。久之，府檄調黃巖州，一獄卒葉其姓者至，尤有意於郭氏，乃顧視其卒，日飲食之，情若手足，卒感激入骨髓。忽傳王府官出，王府之官，所以斬決罪囚者。葉報卒知，且謂曰：『汝或可活，我與汝為義兄弟，萬一不保，汝之妻尚少。汝之子若女，才八九歲耳，奚以依？顧我尚未娶，寧肯俾我為室乎？若然，我之視汝子女，猶我子女也。』卒喜諾。葉遂令郭氏私見卒，卒謂曰：『我死有日，此葉押獄性柔善，未有妻，汝可嫁。』郭氏曰：『汝之死以我之色，我又能二適以求生乎？』既歸，持二幼痛泣而言曰：『汝爹行且死，娘死亦在旦夕，我兒無所怙恃，終必死於饑寒，我今賣汝與人，娘豈忍哉？蓋勢不容已，將復奈何！汝在他人家，非若父母膝下比，毋仍如是嬌癡為也。天苟有知，使汝成立，歲時能以卮酒奠父母，則是我有後矣。』其子女頗聰慧，解母語意，抱母而號，引裙不肯釋手。遂攜二兒出市，召人與之，行路亦為之墮淚。邑人有憐之者，納其子女，贈錢三十緡，郭氏以三之一具酒饌，攜至獄門，謂葉曰：『願與夫一再見。』葉聽入，哽咽不能語，既而曰：『君擾押獄多矣，可用此少禮答之；又有錢若干，可收取自給。我去一富家執作，為口食計，恐旬不及看君故也。』相別垂泣而去。走至仙人渡溪水中，危坐而死，此水極險惡，竟不為衝激倒仆。人有見者，報之縣，縣官往驗視，得實，皆驚異失色，為具棺斂，就葬於死所之側山下。又為申達上司，仍表其墓曰貞烈郭氏之墓，大書刻石墓上。至正丙戌，朝廷遣奉使宣撫循行列郡，廉得其事，原卒之情，釋之，人遂付還子女，終身誓不再娶。」

劇情中段敘述王楫母妹在涿州，妹慧娘被選入宮為宮女，母女分別時，母親亦給慧娘一顆明珠為紀念，卻在途中失落了。慧娘入宮後，奉命縫製纊衣，以供邊地征人穿用。慧娘縫衣時，因感念自己身入深宮，今生難望諧得姻眷，於是作一首感懷詩，夾在纊衣中。先是陳時策避亂至蜀，投節度使為裨將，得朝廷所賜纊衣，在衣領中得詩，就告知節度使，節度使奏上天子，天子下令調查，查出是出自慧娘，天子憐念她，就把她賜配給陳時策為妻。

這一段纊衣賜婚的情節，是取材自唐孟棨的《本事詩》。《本事詩》說：

「開元中頒賜邊軍纊衣，製于宮中，有兵士于短袍中得詩：『沙場征戍客，寒苦若為眠。戰袍經手作，知落阿誰邊？蓄意多添線，含情更著綿。今生已過也，重結後生緣。』兵士以詩白于帥。帥進之玄宗；命以詩遍示六宮曰：『有作者勿隱，吾不罪汝。』有一宮人自言萬死。玄宗深憫之，遂以嫁得詩人。乃謂之曰：『我與汝結今生緣。』邊人皆感泣。」

劇情後段說王楫的母親自慧娘入宮後，因范陽兵亂，往長安投靠以賣酒度日的姑母韓酒嫗，後郭氏亦來團敘，就告知王楫獲罪判死的情由。韓酒嫗和袁天綱有交往，於是請他解救王楫的死罪。袁天綱就教她置酒伺候七個同來飲酒的人，然後求他們幫助王楫，這七人就是北斗七星。七星因下凡飲酒，是夜不見於天上，天子認為有災祥，袁天綱就勸他大赦天下以禳解。於是王楫因大赦而得不死，改配戍劍南，和陳時策共事。後來兩人討賊有功授爵，召還京城，這時孫綱和王九齡已同榜中舉。九齡知身上所繫珠是生身父母所留，時時把玩，而他的侍卒卻撿得慧娘的明珠，拿到韓酒嫗處換酒吃；後來看到九齡的明珠，就引出郭氏的母子相會，和九齡尋父，最後一家團敘。

這一段情節中的北斗七星下凡，是取材於《太平廣記》：

「僧一行，姓張氏，幼時家貧，鄰有王姥，前後濟之，約數十萬，一行常思報之。至開元中，一行承玄宗敬遇，言無不可，會王姥兒犯殺人，獄未具，姥詣一行求救。一行曰：『上執法，難以情求。』心計渾天寺中工役數百，乃命空其室內，徙一大甕于中央，密選常住奴二人，授以布囊，謂曰：『某方某角有廢園，汝向中潛伺，從午至昏，當有物入來，其數七者，可盡掩之，失一則杖汝。』至酉後，果有羣豕，悉獲而歸，一行大喜，令寘甕中，覆以木蓋，封以六一泥，朱題梵字數十。詰朝，中使叩門急，召至便殿，玄宗迎問曰：『太史奏昨夜北斗不見，是何祥也？師有以禳之乎？』一行曰：『莫若大赦天下。』玄宗從之，其夕太史奏北斗一星見，凡七日而復。」

由上所述，可知沈鯨的《雙珠記》，是將元時一段傳說，附會到唐人王楫身上，並穿插唐代賜纊衣、僧一行等故事，略加改動鋪演而成。

《節俠記》

明人許三階撰《節俠記》傳奇，演唐裴伷先力抗武則天事。

劇情大意：裴伷先為太僕寺丞時，武則天篡唐為周。伷先伯父裴炎死節，伷先仍冒死面陳大局得失，武氏大怒，把他廷杖一百，然後流配嶺南。伷先未婚妻和岳母盧氏亦在嶺南，伷先因而完婚。婚後因懷念鄉里，於是舉家偷偷回鄉，又被李秦授告發，伷先改配北方，盧氏母女仍回嶺南。其時北方幽州部落可汗，已歸順唐朝，因敬重伷先，把女兒嫁給他。李秦授想把伷先置於死地，就上書武后請誅流配遠方的罪人，伷先雖逃，不能脫免，幸而朝臣李多祚在武后前為他伸冤，卒得赦免，並召回為工部尚書，兼領幽州，伷先於是接回盧氏母女，夫妻團圓。

按此記劇情雖大致與《新唐書．裴伷先本傳》合，但作者所根據的是《太平廣記》。《太平廣記》卷一百四十七記裴伷先事甚詳，大意是說：

工部尚書裴伷先，年十七，為太僕寺丞。伯父相國炎，遇害，伷先廢為民，遷嶺外。伷先素剛，痛伯父無罪，乃於朝廷封事，請見面陳得失。天后大怒，召見，盛氣以待之，謂伷先曰：「汝伯父反，干國之憲，自貽伊戚，爾欲何言？」伷先對曰：「臣今請為陛下計，安敢訴冤。且陛下，先帝皇后，李家新婦，先帝棄世，陛下臨朝；為婦道者，理當委任大臣，保其宗社。東宮年長，復于明辟，以塞天人之望。今先帝登遐未幾，遽自封崇私室，立諸武為王，誅斥李宗，自稱皇帝；外內憤惋，蒼生失望。臣伯父至忠於李氏，反誣其罪，戮及子孫，陛下為計若斯，臣深痛惜，臣望陛下復立李家社稷，迎太子東宮；陛下高枕，諸武獲全。如不納臣言，天下一動，大事去矣。」天后大怒，令杖伷先至百，長流攘州，在南中娶流人盧氏，生男愿。盧卒，伷先攜愿潛歸鄉。歲餘事發，又杖一百，徙北庭。都護府城下有部落萬帳，其可汗以女妻伷先，因致食客數千人，朝廷動靜，數日前伷先必知之。時李補闕李秦授上封事，請誅流人。天后納之，發敕十人於十道，安慰流者，伷先知之，乃挈妻偕三百餘人夜遁入蕃。既明，候者言伷先走，都護令八百騎追之。伷先從者皆戰死，乃縛伷先及妻械穽中，具以狀聞。待報，而使者至，召流人數百，皆害之；伷先未報，故暫免，天后度流人已死，又使使者安撫流人，而命取殺流人使者斬之，諸流人未死放還，由是伷先得免。及唐室再造，贈裴炎益州大都督，求其後，伷先乃出焉，後任至秦州大都督再節制桂廣，一任幽州帥、四為執金吾、一兼御史大夫、太原京兆尹、太府卿、後為工部尚書、東京留守，壽八十有六。

就《太平廣記》與劇情相比，兩者雖非纖毫悉合，但些少改動，不能掩作者取材的面目。

《獅吼記》

明人汪廷訥撰《獅吼記》傳奇，演宋陳季常的懼內，陳妻柳氏悍妒的情形，滑稽可笑。

劇情大意：陳慥字季常，號龍丘居士，流寓黃州，因探望伯父不遇，滯留京中，日與同鄉好友蘇東坡狎妓聽歌尋樂，不歸故鄉。柳氏知道，就替他娶了禿頭、跛腳、大屁股、白果眼四個醜妾，騙得他回黃州。後東坡也謫居黃州，常邀季常郊遊。柳氏用藜杖威嚇他不可與妓女同遊，結果因東坡帶了妾琴操同遊，被柳氏知道，就罰季常跪在池邊。湊巧東坡來訪，因而勸諫；亦受柳氏所責。東坡以季常無子，把侍女秀英送他為妾，藏在別處。後來季常因和佛印、東坡遊赤壁，超過時限，從此柳氏嚴禁他出去，他卻偷跑到秀英處尋片刻歡娛，又被柳氏知道，用繩綁住他的腳，柳氏抽動繩子，季常就要立刻報到。剛巧有巫嫗經過，替季常設計，用羊代替季常受縛，叫季常躲到秀英處，三天後再回來。柳氏抽繩，不見季常來，出看卻是一隻羊，巫嫗就騙她說是先人罰她的悍妒，所以把她丈夫變了羊，要她齋戒三日謝罪。三日後，柳氏重見丈夫，喜而允許秀英回家；但經常打罵夫妾，並因憤妒而病倒。一日，東坡來訪，柳氏在病床上怒號，東坡說：「我平日修佛法不動心，現在因這一聲而吃驚，莫非是『獅子吼』嗎？」於是作詩四句送給季常：「誰似龍丘居士賢，談空說有夜不眠，忽聞河東獅子吼，拄杖落手心茫然。」後來柳氏魂魄被閻王拘去遍遊地獄，東坡請得佛印救她回陽，從此改變態度，敬夫愛妾。最後受佛印度脫。

陳慥是蘇東坡〈方山子傳〉中人物，但關於他懼妻的事情，卻是根據小說逸話，誇張渲染而成。宋人小說〈調謔篇〉：

「陳慥字季常，公弼子，居黃州坡亭，自稱龍丘先生，又曰方山子。好賓客，喜蓄聲伎。其妻柳氏，絕凶妬，故東坡有詩云：『龍丘居士亦可憐，談空說有夜不眠，忽聞河東獅子吼，拄杖落手心茫然。』河東獅子指柳氏也。」

至於東坡贈妾，柳氏遊地獄，後來變成賢慧，當是出自汪廷訥的胸臆。巫嫗變羊一節，取自《妬記》。

《焚香記》

明王玉峰撰《焚香記》，係根據宋柳貫《王魁傳》鋪演而成，但把結局改成桂英重生，和王魁偕老；而王魁亦未嘗有負桂英之心。以劇中二人焚香設誓為演出關鍵，故名焚香記。

本劇大意是說：王魁下第，羞歸故鄉，和鳴珂巷謝家義女敫桂英結緣。三年後，王魁再入京應試。分別前，二人同到海神廟焚香設誓，相約不負。王魁應試得第一，丞相韓琦欲招為婿，王魁以不負髮妻拒之，於是修書給桂英，著她同往任所，但信被垂涎桂英的富豪所竄改，竟變為他入贅韓府，著桂英另嫁。桂英得書，恨王魁負心，就到昔日二人盟誓的海神廟去，用羅帕自縊死。一縷幽魂，直到海神跟前控訴王魁薄倖，海神就勾取王魁生魂來和桂英對質，於是真相大白。海神憐她癡情，於是令她回生，和王魁偕老。

按：王魁和桂英故事，曾被編成多種戲曲，或負桂英，或不負桂英，但都是根據《王魁傳》編成。《王魁傳》云：

「王魁下第失意，入山東萊州。友人招遊北市，有敫氏婦絕艷，酌酒曰：『某名桂英，酒乃天之美祿，足下得桂英而飲天祿，明春登第之兆。』乃取擁項羅巾請生題詩，英並曰：『君但為學，四時所須，我為辦之。』由於魁朝來暮來。踰年，有詔求賢，英為辦西遊之用，至州北海神廟盟於神曰：『吾與桂英，誓不相負，若生離異，神當殛之。』後魁唱第為天下第一。英寄詩數首；魁竟不答，而魁父已約崔氏為親。及魁授徐州僉判，英喜曰：『徐去此不遠，當使人迎我矣。』復遣僕持書以往；魁方坐廳決事，大怒，叱書不受。英曰：『負我如此，當死以報之。』揮刀自刎。魁在南都試院，有人自燭下出，乃英也。曰：『君負誓渝盟，使我至此。』後數日，魁死。」

又萊州人相傳云：

「王魁性酷嗜酒，不能暢意；桂英每日以酒沃面，沃畢，令婢傾而棄之。魁適見傾酒，遂取飲立盡。自後每日如此；桂英以為多情，因與相締，後竟為所負云。」

但據周密《齊東野語》辨證，則認為《王魁傳》也是當時人附會宋狀元王俊民狂疾而死的事。但無論何種傳說，都無桂英復生之事，而是作者的改動，因為南劇的結局，多是大團圓的。

《琵琶記》

元末高明撰《琵琶記》，演蔡邕夫婦離合故事，明太祖推許它「如珍羞百味，富貴家不可缺」的作品，曲家則認為是南劇復興的傑作。

劇情用雙線進行，貧富對比的筆法寫出：蔡邕和趙五娘新婚纔兩月，就離家上京應試，把貧窮家庭、年老父母交給五娘，又請鄰居張太公照顧。蔡邕一試中狀元，卻被相國牛僧孺逼婚入贅牛府。但在家鄉，不幸遭饑饉，五娘貧苦中侍奉舅姑，靠典賣嫁粧過日，亦只能勉強供奉舅姑淡飯，自己卻暗中嚥糠團子充饑；舅姑因見她常在隱處自食，以為她獨享美味，就在吃飯時偷看她，見她吃糠團子，而驚愧絕倒，後來舅得甦醒，而姑因此而死，得鄰居張太公之助才能埋葬。京中蔡邕在牛府，高官美食，牛氏女亦賢慧，但他心中常惦念父母髮妻而不樂，言行中亦常暗示他的心情給牛氏女知道，並暗中託人帶信回家，一探消息，又給無賴偽造回信所騙，書信始終不能送到。在家鄉，舅在姑死後，不久亦得病而死，五娘無法掩葬，於是剪下頭髮，去換錢買棺，恰巧鄰居張太公來探望，於是又送布帛穀米來。棺木到山上，五娘以麻裙包土完葬，然後自描舅姑真容，負琵琶賣唱行乞上京尋夫。五娘至京，在彌陀寺遺下真容，被蔡邕拾得。後來五娘聞說蔡邕入贅牛府，就到牛府抄化，牛氏可憐她，相談之下，才知是蔡邕舊妻，就留她在府中。第二天，五娘在書齋中看到真容，有所感念而題詩在上面。蔡邕回來見詩，於是夫婦團圓。

關於此劇的情節，考之於蔡邕生平，並無其事，完全是作者附會俗事傳說，所以關於作者取材問題，歷來說法很多，現在摘取如下：

(一)《留青日札》說：「（永嘉時）有王四者，能詞曲；高則誠與之友善，勸之仕。登第後，即棄其妻而贅於太師不花家。則誠悔之，因借此記以諷。名琵琶者，取其四王字為王四；元人呼牛為不花，故謂之牛太師；而伯喈（蔡邕）曾附董卓，乃以之託名也。」所以託名蔡邕，因為王四少時貧賤，曾經為人種菜，諧「菜傭」之音。

(二)《說郛》引唐人小說說：「牛相國僧孺之子繁，與蔡生文字交，尋同進士，才蔡生，欲以女弟適之。蔡已有妻趙矣，力辭不得。後牛氏與趙處，能卑順自將。」則姓氏和劇中人同，而故事亦與劇情吻合。

(三)《太平廣記》引玉泉子說：「鄧敞初以孤寒不第，牛僧孺子蔚謂曰：『吾有女弟，子能婚，當相為展力，寧一第耶？』時敞已婿李氏，顧私利其言，許之。既登第，就牛氏親，不日挈牛氏歸。李撫膺大哭。牛知其賣己也，請見曰：『吾父為宰相，豈無一嫁處耶？其不幸豈唯夫人，今願一與共之。』李感其言，卒同處終身。」此種說法，只和牛氏女合，其他情節均不符。

(四)黃溥言《閒中古今錄》和焦循《劇說》，都以為高明起初認為蔡邕不忠不孝，夢蔡邕對他說：「公能易我為善，行當有以報公。」高明就把他寫成全忠全孝，後來果然發跡。

按之元以前的戲文戲曲，可知蔡邕故事，宋元間已極為盛行，並非肇始於高明的《琵琶記》。如明徐渭《南詞敘錄》中所舉宋元舊篇《趙貞女蔡二郎》一劇下注：「即舊伯喈棄親背婦，為暴雷震死，里俗妄作也，實為戲文之首。」高明《琵琶記》，大概是取材於各種戲曲和傳說加以改編的；由宋陸游「死後是非誰管得，滿村聽說蔡中郎」詩句，亦可旁證。

《明珠記》

明陸采撰《明珠記》傳奇，演唐人王仙客妻劉無雙死而復活的故事。劇情內容，全據唐人小說薛調的《無雙傳》，增以二顆明珠貫串全劇。

劇情大意：王仙客和表妹劉無雙有婚約，乘上京應試之便，到劉家求親，還未成婚，卻遭兵變，舅父劉震命他先行到灞陵橋安頓，臨別時無雙給他一顆明珠為記。不久他去後，劉震即被抄家下獄，妻女沒入宮中，婢女採蘋卻被金吾將軍認作義女。王仙客後來入贅王將軍府中，和採蘋結合。無雙在宮中，被選去打掃皇陵，經過驛站，正是王仙客做驛官。王仙客就叫老僕塞鴻混入宮女中，得見無雙，暗通消息，後又在渭橋相見。無雙叫仙客去求俠客古押衙相助。王仙客就帶著採蘋棄官入山，訪得古押衙。古押衙就定下計策，叫採蘋扮作內官，矯傳聖旨，賜藥叫無雙自殺，然後騙出屍體，再用藥救她復活，最後終得父母夫妻團圓。

《玉簪記》

明高濂撰《玉簪記》傳奇，演潘必正和陳妙常的戀愛故事，而以玉簪和鴛鴦墜為貫串劇情的線索。

劇情大意：潘必正和陳妙常有指腹的婚約，各以玉簪和鴛鴦墜為信物。但後來彼此遠徙，十六年全無消息。潘必正長大，因考試落第，羞歸故鄉，就借居在他姑姑主持的金陵女貞觀，等待下次考期。觀中有道姑妙常，琴技文詞有盛名，又少年美艷，多少少年求一見都不得，潘必正就以琴音挑逗，終因情詞結姻緣。後來被主持姑姑識破，就逼潘必正離觀應試。潘必正只好乘船赴臨安，妙常也趕到江邊，送他玉簪為記，他也還她一枚鴛鴦墜，約定中舉就回來迎娶。果然一試及第，於是娶得妙常回家。妙常卻在潘家見到自己的生母。原來妙常原叫嬌蓮，父親死後，母女逃難失散，於是投女貞觀，道號妙常；她母親輾轉投靠了潘家，玉簪和鴛鴦墜原來是舊日信物，於是母女夫妻大團圓。

按《玉簪》傳奇的情節，其實是當時的一段事實。馮夢龍《古今情史》：

「陳妙常，宋女貞觀尼姑也。年二十餘，姿色出羣，能詩，尤善琴。張于湖授臨江令，途宿女貞觀，見妙常驚訝，以語挑之，妙常拒之甚峻。後與于湖故人潘法成私通情洽，潘密告于湖，令投詞託言舊所聘定，遂斷為夫婦。」

劇中把妙常改成道姑，是道姑不必削髮，有利搬演。

《紫釵記》《紫簫記》

《紫釵》和《紫簫》傳奇，都是湯顯祖根據唐人小說蔣防的《霍小玉傳》鋪演而成，但將悲劇結局改為喜劇團圓。二劇雖同是搬演詩人李益和霍王女小玉的婚姻離合，但劇情和關目，卻截然不同。湯顯祖先作《紫簫》，纔到一半，時人以為他譏刺宰相，惹起物議，於是另作《紫釵記》；後來再把《紫簫》完成。現將二劇大意略述如下：

(一)**《紫簫記》** 唐隴西才子李益上京應試，因吐蕃入寇滯留等候考期。在新正時和花卿、郭小侯等飲宴，花卿興起，竟把愛妾鮑四娘換郭小侯的駿馬。但四娘仍心戀花卿，郭小侯就讓她去教霍王的女兒霍小玉歌舞。李益去訪四娘，四娘就替李益做媒，入贅霍王府。婚後，適逢元宵，李益帶著岳母妻子到華清宮看花燈。到深夜，被金吾將軍淨街時走散了。小玉在宮中獨自徬徨，無意中撿得楊貴妃的紫玉簫，宮人以為她偷竊，經郭妃審問，知道小玉原是霍王女，和拾簫始末，於是把紫簫賜給她，並送她回家。此後李益和小玉過著神仙般生活。直到考期定了，就去應試，中了狀元，被派到朔方參軍，於是夫妻斷腸而別。當時李益的朋友花卿、石雄等分別鎮守邊境，吐蕃不能侵入，就和中國通好，因此李益可以返家，回家時正好是七夕，夫妻又再團聚。

(二)**《紫釵記》** 隴西才子李益流寓長安，長安有故霍王妾鄭六娘所生女霍小玉。李益託鮑四娘物色配偶，四娘有意撮合他和小玉。元宵節時小玉母女看花燈，李益和朋友，和一位黃衫豪客亦看燈。小玉不慎將玉釵失落，被李益撿到。小玉尋釵，李益一見鍾情，故意不還她。第二天拿給鮑四娘，請她向霍王府求親，於是李益入贅霍王家。新婚不幾日，李益赴科場，中了狀元，卻被盧太尉遣赴邊關參軍，於是夫妻斷腸而別。李益守邊三年，纔被召回，盧太尉又要招他為婿；並派人謊告小玉，說李益已入贅盧府。小玉自李益去後，家境精神日衰，又為探尋李益消息，花費許多，最後，連定情的紫玉釵也要變賣了。恰巧盧府小姐為招婿而求釵，於是賣入盧府；盧太尉知道紫玉釵是小玉所有，於是謊騙李益說小玉已另嫁。而小玉為李益憔悴臥病將死，於是李益的朋友韋夏卿，和黃衫豪客共同設計，請李益賞花飲酒，騙得李益離了盧府，強送他到小玉家中，於是二人誤會冰釋，和好團圓。

這兩套傳奇雖取材《霍小玉傳》，但改竄的地方很多，尤其《紫簫記》，與原作差距極大。《紫釵記》雖較忠於原作，但《霍小玉傳》的後部原是李益為貪盧府富有而拋棄小玉，小玉憂憤病死，化為鬼魅作祟，使李益娶妻三次，都不能圓滿；《紫釵記》卻是李益與小玉團圓結局，這是受南劇常套的限制，失卻原作使人盪氣迴腸的淒艷。

《邯鄲記》

湯顯祖的《邯鄲記》傳奇，取材於唐人沈既濟的小說《枕中記》，演呂洞賓以富貴夢幻點化盧生的故事。

劇情大意：呂洞賓下凡至洞庭湖畔岳陽樓，要度脫世人，見邯鄲地方有神仙氣，於是望邯鄲而去。在邯鄲趙州橋北的小飯店遇到盧生，二人談話間，盧生困倦，這時店主人正在蒸黃粱，於是躺在榻上假寐，呂洞賓就拿一個磁枕給他睡。盧生在恍惚間覺得枕的兩頭有孔，逐漸明朗，可以走進去；進去卻是一座大院，遇到一個女郎，迫他成婚，原來這家是山東清河縣豪富崔氏。婚後，妻子要他去應試，試官宇文融不取他，他就用賄賂手段，反得狀元，宇文融就憎恨他，一再的刁難他，派他鑿石河，誣他造反，使他被抄家，妻為官婢，在機房織錦。後因他妻織了迴文宮詞，得皇帝憐憫，又查出宇文融的罪，於是召還盧生。二十年後盧生做了宰相，封趙國公，兒子四人都得官，一門榮貴至極，到八十多歲時一病而死，卻原來是一場夢，睜眼一看，還在邯鄲的飯店中，主人蒸的黃粱還未熟，於是悟出人生真諦，就拜呂洞賓為師，雲遊至仙境，參見鍾離七仙，吉慶終場。

此劇和元人馬致遠的《黃粱夢》雜劇很相似，不過《黃粱夢》劇是鍾離度脫呂洞賓，湯顯祖的《邯鄲記》是編唐人《枕中記》小說為戲，但他卻用馬致遠的呂洞賓三醉岳陽樓事；而結局的朝八仙，亦是仿自元曲，不是原作所有。

《南柯記》

湯顯祖《南柯記》傳奇，是根據唐人李公佐的小說《南柯太守傳》所編成，演淳于棼夢入槐安國，榮華成幻的故事。

劇情大意：淳于棼原是淮南軍裨將，因酗酒免官。在他揚州城外的住所，庭院內有一棵古老的槐樹，他常和朋友周弁、田子華在樹下喝酒。樹下有一蟻穴，蟻國名槐安國，有金枝公主瑤芳要招駙馬，由瓊英和靈芝夫人去尋覓人選，因孝感寺盂蘭盛會，瓊英二人和淳于棼都來看番舞，相見之下，瓊英就決定為瑤芳招淳于棼為駙馬。某日，淳于棼酒醉而臥，就夢見自己被牛車迎到槐安國，和瑤芳成婚，被派做南柯太守二十年。鄰國檀蘿四太子檀郎，動兵相侵，想奪取瑤芳為妻，後雖解圍，但瑤芳驚嚇成病，在歸國途中病死。公主死後，淳于棼在槐安朝內受排斥，又因醉酒和瓊英、靈芝夫人等荒淫，槐安國王就送他還鄉，仍用牛車從原路送他回家。淳于棼酒醒了，看到僕人、朋友，日影未西，喝剩的酒還是溫熱的，回思夢境二十年的景象，掘開槐根才知道是槐樹下的蟻國，於是請感恩寺契玄禪師為亡父、金枝公主和羣蟻祈福升天。最後，亡父、亡友、瓊英、公主、及槐安、檀蘿的蟻都升天。當公主升天時，淳于棼舊情頓發，抱住她強留，請重作夫妻，被禪師以劍分開，於是淳于棼頓然徹悟一切皆空，立地成佛。

李公佐的《南柯太守傳》，情節較為單純，與瓊英淫亂，和結局的道場祈福、升天、立地成佛等，都是因證說佛理所增加。

《還魂記》

《還魂記》傳奇，亦名《牡丹亭》，明人湯顯祖撰，演杜麗娘夢中和秀才柳夢梅在牡丹亭下結緣，感念在心，傷春而死，後來得柳夢梅發塚相救，還魂成婚。

劇情大意：南安太守杜寶有獨女杜麗娘，延請老秀才陳最良教她讀毛詩。某日春天，麗娘和婢女春香去荒蕪的花園遊賞，傷春有感，歸家晝睡，夢中和持柳枝男子在牡丹亭下合歡，醒後，就因思念而害病，日漸憔悴，於是自己畫下真容，題上詩句，叫春香藏在花園中的太湖石畔，並願死後葬在花園的梅樹下。麗娘死後，杜寶奉旨他遷揚州，行前為愛女造梅花觀，令石道姑和陳最良看理觀、墓。三年後，有嶺南秀才柳夢梅，遊學至此，染病不能行，陳最良憐他飄零，讓他在梅花觀養病。後來他在花園太湖石畔拾得麗娘真容，帶回供奉。麗娘感他深情，夜夜魂來幽會，並告訴他為她發棺，可以重生。麗娘復活後，柳夢梅怕發棺有罪，就帶著麗娘和石道姑一起逃到臨安應試。未發榜而遇兵變，麗娘聞知父親被困淮安，就叫柳夢梅去尋杜寶夫婦。杜寶以為柳夢梅無賴認婿，拘捕他遞往臨安。這時臨安因兵變已平，發榜是柳夢梅中了狀元，才得釋放；而麗娘也和母親相遇，於是一家團圓。

《還魂記》劇情是否有所根據，歷來考證的人很多，也有人認為有所諷刺影射，黃文暘《曲海總目》、蔣瑞藻《小說考證》記載甚詳，但多數不能和劇情吻合；但亦可證明還魂復活的傳說，在明代一定很盛行，湯顯祖根據這種傳說，加上自己的構思，於是編成如此動人一套戲劇。現在摘錄蔣瑞藻《小說考證》中一段最切近本劇情節的傳說以證：

> 明時有一木姓秀才，年少學博，倜儻好義，與其父執杜姓之女，有白頭約。女父微有所聞，頗重茂才為人，然以其屢試不售，思擇配豪門以絕木。女偵知之，遂仰藥死，父檢其囊篋，得美

人圖一帙，則女自描之小像也。題詩有不在梅邊在柳邊語，蓋隱示木字之意。杜恐醜事宣播，遂草草殮之，而厝於後園之牡丹亭側。數年後，杜就撫軍之職。忽一日，茂才來謁，席間出舊畫一軸求售，展視之，則女之殉葬物也。疑茂才為竊塚者，撻之不認，遂囚之，並欲送刑部而嚴懲焉。會有送登科錄至者，啓視之，第一名乃茂才名，籍貫年歲，皆無少異，不得已而釋之。越月，茂才帥其妻來見杜，以其輕薄也，愈不欲見。事為杜夫人所聞，私遣婢女窺之，則確為己女。乃言於杜，翁婿始歸於和好，始知前者女死，皆詐術也。（事見《堅瓠集》）

《紅拂記》

明張鳳翼撰《紅拂記》傳奇，演隋末李靖夫婦的離合故事，插入樂昌公主破鏡重圓，和虬髯客等情節，但所演並非史實，本於唐人小說杜光庭《虬髯客傳》增改而成，所以所談多與事實不符；而徐德言與樂昌公主復合是孟棨《本事詩》中故事，可見是張鳳翼編結傳說俗事而成。

劇情大意：隋末天下大亂，李靖想投效楊素，不受重視，卻被楊素舞姬中手拿紅拂的張姓女子看上，她就在晚上去見李靖，兩人夤夜私奔；而樂昌公主亦在楊府中充舞姬。李靖和紅拂要去投奔太原李世民，在酒店遇虬髯客，因亦姓張，就結為兄妹而別。後來李靖夫婦至武陵訪虬髯客，虬髯客說中原王氣屬李世民，而他自己不甘屈居人下，就把家貲全部贈送李靖夫婦，他帶著妻子渡海到扶餘國為王去了。李靖既得資助，就別了紅拂，去效命李世民。不久，天下大亂，紅拂避難至鄉居，得遇樂昌公主夫婦，原來楊素知道她終日思念丈夫徐德言，於是使她破鏡復合，返鄉居住，湊巧和紅拂相遇。紅拂就修書推薦徐德言於李靖，並把紅拂交他為證。後來李靖和徐德言同去征高麗，扶餘王虬髯客知道這事，就來助李靖，擒了高麗王獻上，三人就班師回京受封，兩對夫妻團圓結局。

《玉合記》

明梅鼎祚撰《玉合記》傳奇，演唐詩人韓翃和柳氏的戀愛，以玉合為離合的線索。

劇情大意：韓翃和豪富李王孫友善，李王孫有美艷歌姬柳氏，帶著侍女輕蛾另住章臺別館。韓翃愛柳氏美色，送她一個玉合，柳氏也慕他的才華，李王孫知道了，就把柳氏配送給韓翃，並把資財相贈，自己入山修道去了。不久，韓翃應試中舉，別了柳氏，去投平盧節度使幕下。安祿山兵亂，柳氏入法靈寺做尼姑，侍女輕蛾則入華山做道姑。這時有降唐番將沙吒利，把柳氏騙入府中，要逼她為妾。後來韓翃回來，柳氏自覺今生不能和韓翃重敘，於是送還玉合。虞侯許俊見韓翃不樂，就到沙府搶回柳氏，節度使侯希逸怕變生枝節，於是上奏朝廷，天子就下令柳氏重歸韓翃，於是夫婦團圓終結。按梅鼎祚《玉合記》情節，係根據唐孟棨《本事詩》和許堯佐《柳氏傳》小說敷演而成。

《西樓記》

明末清初袁于令，號籜庵，作《西樓記》傳奇，演于鵑（字叔夜）、池同和妓女穆素徽的三角戀愛。

劇情大意：于叔夜是京畿道御史于魯的兒子，有才名，擅作詞曲。有妓女穆素徽，最愛叔夜〈楚江情〉一闋，抄在花箋上；後來花箋被叔夜得到，因此結識，互訂終身。事被叔夜父親知道，帶著僕人至素徽所住西樓，逼她和假母他遷。假母就騙素徽到杭州，把她賣給素徽最討厭的池同作妾，素徽抵死不從，堅守貞操。叔夜自素徽他遷後，就思憶成病，醫藥無效，病中又錯夢到西樓，素徽責他負心，病況漸危。素徽在杭州，誤聞叔夜死訊，絕望自縊，但被侍女救起。素徽受暴自縊消息傳到叔夜耳裏，就要到杭州收她骨殖，被勸阻遵父命上京應試。素徽在杭州為叔夜做法事，被俠士胥表救走到京等叔夜來相敘。叔夜試畢返鄉，知素徽其實未死，考試又中得第一名，上京應廷試；旅店遇胥表，胥表贈他駿馬上京，並殺池同為他報仇。叔夜廷試中了狀元，和素徽相會，最後得父親的允准結婚。

袁于令這套傳奇，相傳是他的自傳。《書隱叢說》說：

「吳江有沈同和者，以財雄於鄉，凡新到妓女，必先晉謁。名妓穆素徽，美而才，御例謁沈。時適有文會，袁籜庵以名士居首座。美人名士，一見傾心，席間私語移時；沈不懌，加誚讓焉。籜庵遂怏怏失志，如崔千年之於紅綃妓也。有門下客馮某者，喜任俠，有膽力，知籜庵意，則慷慨激昂，以古押衙自命。一日，沈挾穆遊虎丘，馮徑登沈舟，出不意奪穆而去。沈怒，訟之官，籜庵父大懼，送子繫獄以紓禍。籜庵於獄中抑鬱無聊，乃作《西樓記》以寄慨。」

《繡襦記》

明人薛近衮撰《繡襦記》傳奇，演鄭元和、李亞仙的悲歡戀愛。劇中情節，取材自唐人白行簡小說《李娃傳》。在此傳奇之前，搬演這段故事的，有元高文秀的《鄭元和風雪打瓦罐》（已佚），石君寶的《李亞仙詩酒曲江池》，及明周憲王的《李亞仙花酒曲江池》等雜劇。薛近衮的傳奇，雖然是根據雜劇增飾而成，而是最忠於原作的一部戲劇。

劇情大意：滎陽名族鄭元和奉父命上京應試，由村儒樂道德陪同。在京中，結識了鳴珂巷妓女李亞仙，就移居妓院；後樂道德捲逃，元和甚至出賣僕人興兒，來付纏頭。最後囊空如洗，被亞仙假母撚出，潦倒憂病將死，被從事營葬的人救回，學得挽歌，為救命恩人去賽唱挽歌。剛好他父親也在京，被家中僕人認出，告訴他父親，他父親氣憤將他打到絕氣，棄屍而去，被卑田院甲長救回去，等到康復，教他唱《蓮花落》，到處行乞。而李亞仙被假母拆散鴛鴦，守節不再接客，終日思念元和。某日大雪，聽到行乞的哀叫聲很像元和，出門認看，果是元和，元和見到亞仙，氣憤絕倒；亞仙就解下身上繡襦，裹擁元和回家。假母要她逐出元和，亞仙就給假母撫育、養老之資，另和元和同棲；又激勵他讀書，終於使他中了狀元，然後在送元和上任途中，得遇元和父親，終得老人家諒解，准許兩人結婚。

《龍膏記》

明人楊珽撰《龍膏記》傳奇，演唐張無頗、元湘英的奇異姻緣，煖金盒、玉龍膏是他們的撮合使。

劇情大意：南康人張無頗，因兵亂無試期，滯留長安。某日，向東郊袁大娘處買卜，袁大娘給他一個煖金盒和龍膏，並告訴他龍膏有起死回生之效，他將因膏和盒締結良緣；無頗就掛牌賣藥。時有丞相元載女染病，百醫無效，經無頗施以龍膏得癒。元載招無頗入居相府園內，表示感恩。湘英也感無頗之恩，得婢女冰夷相助，暗中許訂終身。不久，無頗辭出相府，湘英病又發。元載再去求無頗來施藥，因見煖金盒，認出是朝廷賜給他的寶物，他給女兒收藏。因此懷疑無頗和湘英有私情，就向無頗騙得金盒，又託他帶信給括州刺史王縉，信內其實叫王縉害死他；王縉得信，如命收押無頗。幸得袁大娘施法術救出，並告訴他煖金盒實是元載之物，是她用法術攝取過來，好促成他和湘英的姻緣。無頗脫險，逕赴長安應試，中了進士。汾陽王郭子儀愛他的才，把養女嫁給他，成婚之夕，新人卻是冰夷。原來元載遣走無頗後，就逼女兒自殺，元夫人不忍，就偷偷把湘英藏在冰夷的母家。不久，元載夫婦被魚承恩陷害死，朝命湘英沒入汾陽王府為奴，冰夷就冒名而去，郭子儀憐念她，認作義女，並為她招得無頗為婿。郭子儀有子，是公主駙馬，垂涎湘英美色，把她搶到王府，又怕公主嗔怒，暗中藏湘英在花園中，卻給無頗和冰夷發現，於是奏過郭子儀，終成夫婦。不久，袁大娘來點化，二人就入山修道去了。

按：明人演張無頗、元湘英故事，不始於楊珽，其前呂天成已有《金合記》；而《金合記》的情節，亦有所本，並非出自杜撰，這是以往研究元劇的人所未注意到。呂天成所根據的是唐人傳奇《張無頗傳》，收於《太平廣記》三百一十卷，大意是說：

長慶中，南康進士張無頗因赴舉流落番禺，病困逆旅。某日，有善易者袁大娘來舍，瞪視無頗，曰：「子非久窮之人，我有一計，能使子富贍延齡。」因授以玉龍膏一合，曰：「此膏不惟可還魂起死，因此亦遇名姝。但立一表，曰『能治業疾』。若有異人請，持此藥往，自能富貴。」又以煖金盒盛藥，並謂寒時出此煖金合，則一室暄熱，不假爐炭。無頗如言立表數日，果有黃衣宦者奉廣利王命來請為其愛女治病。無頗被引至龍宮，進以龍膏，貴主病果癒；而眉目之間，對無頗有十分有意。無頗歸番禺後，亦時念貴主，月餘，竟得貴主紅牋詩二首。頃之，宦者又奉王命來召，謂貴主疾發如初，無頗忻然往，至到王后亦在，后見無頗煖金盒，黙然色不樂而去。后白於王曰：「愛女非疾，私其無頗矣，不然者，何以宮中煖金合得在斯人處耶？」王遂招無頗為婿，月餘，具舟楫珍寶，送至韶陽安居。後三年，袁大娘來扣門，取珍寶為酬而去。貴主曰：「此袁天綱女，煖金合是吾宮中寶也。」後因為人疑訝，夫妻去而人莫知所適。

是楊珽的《龍膏記》，是翻製呂天成的《金合記》，稍加增飾竄改，故與原作有不同的地方，所以呂天成曲品評《龍膏記》說：「往余譜《金合記》，此君見之，謂龍宮近怪，易為元載女，是亦一見也，然非本傳矣。」

《水滸記》

明許自昌撰《水滸記》傳奇，演晁蓋、宋江上梁山事。劇情取材自羅貫中的《水滸傳》，但稍有增飾，並且只演到宋江上梁山為止。

劇情大意：宣和年間，丞相蔡京誕辰，他兒子蔡九知府、女婿梁中書，合送禮物生辰綱，晁蓋令吳用等七人劫取。官府查知是晁蓋所為，要追查拘捕，好友俠義宋江急急相告，晁蓋等人就上梁山泊為寇。宋江有妾閻婆息，艷冶輕佻，與母閻婆同居，不喜宋江，與張三郎私通。晁蓋上梁山後，致函向宋江致謝，被閻婆息取得，逼宋江寫休書，並聲言要去告發，宋江就殺了她，他的妻孟氏叫他往投梁山泊，卻在酒樓題詩被捉，被判斬首，行刑時，被梁山泊好漢劫走，送上山寨，妻孟氏亦被接來，夫妻在山上團聚。

按《水滸記》中晁蓋上山，宋江怒殺閻婆息，事亦見於《宣和遺事》，並非出自羅貫中杜撰。但張三郎借茶、閻婆息活捉及張三郎調戲宋江妻孟氏等情節，卻是出自許自昌所杜撰的。

《義俠記》

明沈璟撰《義俠記》，演武松的義俠事蹟，如景陽岡殺虎、陽穀縣誅奸、十字坡認義、飛雲浦報仇等，全部取材於羅貫中《水滸傳》小說中第二十二至三十回，稍加潤飾譜成。

劇情大意：武松慕義宋江，要去投靠他，順路到陽穀縣去看他哥哥武大郎，晚上過景陽岡，殺了一頭白額吊睛虎，因武勇做了陽穀縣都頭。武大郎妻潘金蓮美而淫，情挑武松，不為所動，後武松因公事去了東京，潘金蓮因和西門慶私通，藥殺武大郎。武松回來查得真情，殺了潘金蓮和西門慶；自首，被判流配孟州。武松在清河故鄉有未婚妻賈氏，因被洗劫，和母親改裝道姑，來尋武松，誤投張青黑店，張青得知她是武松妻，因路途不太平，把她安置在清真觀。武松到了孟州，和管營之子施恩結義，為施恩打敗蔣門神，奪回酒店，再被捕改配恩州；武松半途折回，盡殺主審官員而逃，因張青得遇妻子岳母，最後在梁山泊完婚，而宋室亦下詔招安宋江等。

按劇中武松妻賈氏，是作者所增出，其餘全是《水滸傳》中最熱鬧動人的情節，沈璟編成傳奇，有不及原作之處。

《三元記》

明沈受先撰《三元記》，演馮商厚德積福，晚年得子，並使兒子連中三元的故事。

劇情大意：富賈馮商，行善樂施，中年未有子女。某年大雪，許多人來借貸，馮商一一賑恤。同里有王以德，被誣入獄，要以二十兩銀贖罪，馮商贈銀，免王以德之死及王妻賣身為奴的厄運，並還他借券，又助行資，使他夫婦能一起往刺配地方去。後來，馮商到京城貿易，妻金氏叫他在京城娶妾，希望生子傳宗。他在京買得張氏女，女父原是運使官，因虧損官糧，賣女來賠償，馮商就送還張女，不索回張女身價；後張女嫁富戶為繼室。馮商回家時，投宿旅店，店主就是王以德，他叫妻子陪馮商枕席，以表示報恩，馮商一夜不睡，正坐到天明。後又在旅店撿得銀子，馮商等了六天，歸還失主。又在半途被誤認作偷馬賊，受人唾面責罵而不計較。上天感於他的陰德，命文曲星降生做他的兒子馮京，長到十八歲，應試連中三元。娶鄭氏女。馮商夫婦亦受封誥。本劇的情節，只馮京部分是根據正史《宋史．馮京傳》敷演，其餘有關馮商情節，都是當時俗事的結集，如：

㈠在京買妾事，見於宋羅大經的《鶴林玉露》：「馮京，字當世，鄂州咸寧人。其父商也，壯年無子，將如京師，其妻授以白金，京師買一妾，立券償錢矣。問妾所自來，泣涕言父有官，因綱欠折鬻，以為賠償之計；遂不忍犯，遣還其父，不索其錢。及歸，妻問妾安在，具故以告。妻曰：『君用心如此，何患無子？』果生京。」姚庭若《不可錄》所載亦同。

㈡劇中王以德命妻侍枕席以報德，張女另嫁為富人繼室情節，姚庭若《不可錄》云：「太倉吏員顧某，凡送迎官府，主城外賣餅江某家，後餅家被仇嗾盜，顧集眾訴其冤得釋。江有女年十七，卜日送顧所，曰：『感公之德，願以此女為妾。』顧使妻具禮送歸；父又攜往，卒不受，餅家乃以女他適。後數年，顧考滿赴京，撥韓侍郎門下辦事。一日，侍郎他往，顧偶坐宅門首，夫人見而問之，顧跪伏不敢仰視。夫人曰：『起起，公非太倉顧提控乎？我即賣餅家女也，嫁為相公側室，尋繼正房，今日富貴，秋毫皆公賜也，每恨無由報德。今幸相逢，當為相公言之。』侍郎歸，備陳始末。侍郎曰：『仁人也。』竟上其事，孝宗稱歎，即用為禮部主事。」

這是劇中張女他嫁得富貴情節所本。又說：

「餘干陳生善醫，有貧人病怯幾危，陳治之痊，後薄暮過其家，因留宿，其姑與婦議令伴宿以報恩，陳亦心動，隨力制之曰：『不可。』婦強之，陳連呼曰：『不可不可。』後幾不能自持，又大呼曰：『不可二字最難。』迄明乃去。後陳子入試，主者棄其文，忽聞呼曰：『不可。』挑燈復閱，再棄之，又聞連呼曰：『不可不可。』最後又閱，決意去之，忽聞大聲曰：『不可二字最難。』主者因錄之榜後。房師問其子，子歸語父，父乃言之，後其子成進士。」

劇中馮商卻王以德妻的情節，和這段記載極相似。

三、翻製、改編宋元舊編的

《殺狗記》

明徐晒撰《殺狗記》傳奇，演楊氏女殺狗勸夫事。元時南戲有無名氏撰《楊德賢婦殺狗勸夫》，又有無名氏雜劇《楊氏女殺狗勸夫》。徐晒的傳奇，情節和曲文，全是翻自雜劇，偶然增飾些小節而已。

劇情大意：南京有孫榮、孫華兄弟不協，孫榮掌握家財，憎厭孫華，每日與無賴柳、胡二人飲宴，他妻子楊氏，百計勸諫，不聽；最後，趕出弟弟，任他在城南破窰中受饑寒。後來楊氏想出一計，在她丈夫晚醉回家時，殺了一隻狗，穿上衣服，放在門前，孫榮見血，以為是死人，去求柳、胡二人幫忙掩埋，二人反眼不肯，楊氏提議找孫華協助，孫華奮身負尸去隱處埋好，於是兄弟和好。明日，柳胡二人去官府告發，楊氏說出實情，真相大白。後來朝廷下令旌表楊氏的賢慧。

《紅梨記》

明徐復祚撰《紅梨記》傳奇，演宋時趙汝州（字伯疇）和妓女謝素秋的戀愛，係根據元人張壽卿的《江梨花》雜劇增飾而成。

劇情大意：趙汝州入京應試，京人有「男中趙伯疇，女中謝素秋」的歌，趙汝州極想一見謝素秋，素秋卻被太傅王黼囚禁，強迫作妾，不得見面。後來金兵來犯，二人各自逃到雍丘。雍丘令尹錢濟之是汝州好友，設計使二人在花園中相見結盟，但不讓汝州知道就是素秋。汝州因戀於素秋美色，不肯去應試，錢濟之就令花婆哄騙汝州，說他所見是鬼，汝州聽說，異常害怕，就急忙去應考，果然中狀元，派作開封府僉判。經過雍丘，錢濟之才說出始末，於是趙汝州、謝素秋結為夫婦。

按《紅梨花》一劇的情節，見於小說《情史類略》趙汝州條，可知張壽卿亦根據小說編成。

《玉鏡臺記》

明朱鼎根據元人關漢卿《玉鏡臺》雜劇，稍加竄改敷演，撰成《玉鏡臺記》傳奇四十齣。

劇情大意：晉溫嶠承母命去太原訪姑母及表妹，姑母託溫嶠為女兒物色佳婿，溫嶠自薦，以玉鏡臺下聘，與表妹結姻緣。後來番將石勒起兵犯中原，溫嶠投祖逖麾下，大敗石勒；又遇朝臣王敦造反，溫嶠鄙視王敦，不聽所用，王敦就拘捕溫嶠的母親妻子，逼她修書招降溫嶠。後溫嶠得妻信和玉鏡臺，知母妻被拘押，於是起兵誅了王敦，救出母妻，一家慶團圓，朝廷亦下詔賞他的忠貞。

按《玉鏡臺記》傳奇和《玉鏡臺》雜劇，相似而不相同。關漢卿雜劇中的溫嶠是個老頭子，用玉鏡臺騙婚表妹倩英，婚後夫婦不和，後因王府尹設計使溫嶠賦詩，倩英愛溫嶠之才，才和他和好。朱鼎的《玉鏡臺》傳奇，把溫嶠改作青年，以自薦方式得和表妹潤玉結合，並增出後半部的情節。又《世說新語》假譎類，有一段記溫嶠以玉鏡臺騙婚表妹事，當是雜劇《玉鏡臺》編撰的張本，至溫嶠誅王敦事，則據《晉書》史實編成。

《青衫記》

明顧大典撰《青衫記》傳奇，以白樂天〈琵琶行〉詩白居易送客九江，聽見琵琶聲，遇商人婦事為線索寫成，根據元人馬致遠《青衫淚》雜劇的情節不少。如琵琶妓、茶商的名字，和白樂天赴京和妓女裴興奴的愛情，興奴終歸白樂天等，都是〈琵琶行〉詩中所無。

劇情大意：白樂天和元微之一同赴京應試，樂天妾樊素、小蠻在行囊中置青衫一件。中舉後，二人和劉禹錫到名妓裴興奴家中喝酒，興奴以琵琶助興，樂天質青衫以盡歡，因和興奴生情。不久，長安兵變，興奴帶著青衫逃難，竟無意中投宿在白樂天家中，因青衫受厚遇。後白樂天取小蠻、樊素上任，興奴被假母賣給茶商，但她堅守貞操。一日，茶商船停泊九江，興奴獨自在船上彈琵琶。這時，白樂天送元微之上船去江南，聽得琵琶聲，於是喜重相見，聽興奴別後遭遇，白樂天淚濕青衫。碰巧茶商失足落水溺死，於是興奴得歸白樂天。

《幽閨記》

元人關漢卿撰《拜月亭》雜劇，演蔣世隆兄妹、夫妻在戰爭中離合悲歡的故事。後施惠把它改編為四十齣的傳奇，亦題作《幽閨記》。吳梅《曲選》說：「《幽閨》本關漢卿《拜月亭》而作，記中〈拜月亭〉一折，全襲原文，故為全書最勝處，餘則頗多支離叢脞。」

劇情大意：蒙古侵略金朝，滿朝羣臣只有陀滿海牙主張迎戰，因被讒誅滅全家，只兒子陀滿興福躲到蔣世隆花園，得逃脫於死，於是二人結為兄弟，並資助他逃生。後來兵變，世隆帶著妹妹瑞蓮逃避；而兵部尚書王鎮的妻子也帶著女兒瑞蘭逃難。兩下都被沖散，於是世隆呼叫瑞蓮，卻被瑞蘭誤聽應了；王夫人呼叫瑞蘭，也被瑞蓮誤聽應了。由於同在患難，於是王夫人認瑞蓮為義女，世隆也帶著瑞蘭，各自逃走。後來世隆與瑞蘭在村店結了婚。等到兵災平息，王鎮班師，在村店遇到女兒瑞蘭，不顧世隆正在病中，強把瑞蘭帶走，又和王夫人相遇，於是一家團敘。但瑞蘭常念世隆，晚上焚香拜月，祈求破鏡重圓。另一方面世隆在村店得遇興福，回到京城應試，分別中了文武狀元。王鎮愛才，把二女配婚，於是世隆和瑞蘭終得完聚。

《南西廂》

明代李日華翻元王實甫《西廂記》北劇為南詞，名《南西廂》，演唐人張珙和崔鶯鶯的戀愛故事。

劇情大意：書生張珙，借寓蒲東普救寺，邂逅已故相國之夫人崔氏及女，二人一見鍾情。後因助《西廂記》的故事情節，是取材自唐人元稹的《會真記》，結局稍有不同。

崔氏退圍兵，崔氏款留他住在西廂，並命女兒鶯鶯拜他為兄。但張珙鶯鶯，實已兩心相許，於是經由鶯鶯侍婢紅娘的撮合，夜往明來，暗通款曲。後被崔氏知情，但亦無奈，只好允婚，但須張珙應試及第，才能完婚。張珙赴京應試，果然高中，團圓結局。但《會真記》末段，是崔氏女和張生各自婚娶，不復相見。

《荊釵記》

明寧獻王朱權撰《荊釵記》，為明四大傳奇之一，演王十朋和錢玉蓮的戀愛故事。

劇情大意：溫州貢生錢流形有女玉蓮，為貧儒王十朋、富豪孫汝權共求；玉蓮竟願嫁王十朋。王窮無以為禮，用荊釵聘娶過門。半年後，十朋應試中狀元；宰相万俟禼要招他為婿，被十朋拒絕，万俟禼竟設計把十朋僉判到潮陽瘴地。十朋修書給母妻，竟被孫汝權竄改作其入贅万俟府，令玉蓮另嫁。玉蓮得書甚傷心，又被繼母逼嫁，就投水殉節，被福建安撫使錢載和救起，收為義女。十朋母親到京城見到兒子，才知十朋原來並無入贅相府事，母子就同往潮陽，後又接錢流形夫婦同住，三年後移守吉安。其時，誤傳十朋死訊，玉蓮就為他守孝。不久，錢載和移守兩廣，經過吉安，見當地守官參見的名片是王十朋，就邀他來船上飲酒，以便釋疑，於是夫妻、姑媳在船上相會團圓。

按王十朋是南宋時人，《宋史》載他析論時事很得體，並曾上書論史浩八罪，最後以龍圖閣致仕。但史傳所載，全不與《荊釵》劇情相合，所以歷來考證朱權所撰《荊釵記》的劇情來源的人很多，歸納起來，大概有兩種不同的說法：

㈠玉蓮是十朋之女，孫汝權是十朋好友。因十朋彈劾史浩八罪，史浩認為是孫汝權所慫恿，於是作《荊釵記》傳奇，捏造十朋和孫汝權爭妻來洩憤。主張這種說法的，有李日華、劉鴻書、施愚山等人。李日華《桃軒雜綴》說：「玉蓮，王梅溪先生十朋之女。孫汝權，宋進士，先生之友，敦尚風誼，先生劾史浩八罪，汝權實慫恿之，史氏所最切齒，遂妄作《荊釵》傳奇，故謬其事以衊之耳。」

㈡玉蓮是當時名妓，曾和十朋親狎，十朋中舉後負之，憤而投江死。如王應奎《柳南隨筆》說：「王梅溪（十朋）嘗讀書溫州江心寺，……往來嘗與妓錢玉蓮善，約富貴納之。梅溪登第后，三年不還鄉，玉蓮為人逼嫁，自沈於桑門江口。……今其事備載《湘靈集》中。」

又據徐渭《南詞敘錄》，著錄王十朋《荊釵記》兩本：一為宋元間無名氏舊篇，一為明人李景雲撰。可見王錢戀愛故事，早已傳誦民間，編成戲劇搬演者亦不少，當為朱權所本。

《尋親記》

作者姓名不詳，《曲海》根據劇中稱「河南開封府」，斷定作者是明初人。

劇情大意：鋪演宋人周羽家貧，有美妻郭氏，因攤派夫役修河堤，令妻向富商借錢。富商垂涎郭氏美色，設計誣陷周羽，罪配廣南，流落在外。郭氏以為丈夫已死，毀容以拒絕富商的脅迫。郭氏生下遺腹子，取名「瑞隆」，艱苦教養學成，中了進士，做平江路吳縣縣令，後得知父親未死，就棄官尋父，終得團聚；而富豪亦惡貫滿盈，為開封府尹范仲淹重懲。《曲海總目提要》說：「此劇事雖不載史傳，聞蘇州平江路井欄，尚有知縣周瑞隆之名，實有其人，非無據也。」

按：元無名氏撰有《黃孝子古傳奇》一本，鋪演黃孝子三歲時，母親被亂賊擄去，孝子由嫂撫養長大後，出門尋母，歷時二十八載，然後相遇，而孝子的未婚妻卻因父親逼迫改嫁，投水殉節。這類旌揚節孝，有裨風俗教化的題材，被根據翻製、改編的很多，先是元無名氏翻製為《教子尋親》，或稱作《周孝子》，然後明王錂、姚子懿改編為前、後《尋親記》。

《玉環記》

明楊柔勝撰《玉環記》傳奇，演韋皋和玉簫女兩世姻緣的故事。

劇情大意：唐京兆人韋皋，考試落第，到平康尋樂，和妓女玉簫相得，後因床頭金盡，被鴇母趕走。分別時，韋皋給玉簫一個玉環，約定應試中舉就來娶她。不幸考期已過，他就去西川投靠節度使張延賞，並入贅張府。玉簫久等韋皋不至，抑鬱病死；用玉環殉葬，又留下一幅真容給韋皋。韋皋在張府，和勇士范克孝結義，終日在外遊獵，因而受僕人富童兒讒謗，張延賞就把他趕走。他就去投靠代州令公李晟，和范克孝護駕立了許多戰功。正巧張延賞告老，朝廷就派韋皋去接他的遺缺，韋皋改名韓翺回來，以免張延賞羞愧。他的妻張瓊英在家，亦受富童兒欺負，誣揑她想毒殺父親；張延賞竟要淹死她來洩憤，幸好韋皋回來解救；富童兒被打死，夫妻團圓。韋皋得玉蕭真容和已死消息，很是悲傷。西川副節度使姜承有女名叫蕭玉，和玉簫酷似，生時有玉環在手。姜承因置酒邀韋皋共討擊賊大計，叫蕭玉侍酒，韋皋和她一見如故。姜承怒而和韋皋賭賽誰能平賊，若韋皋勝，就把蕭玉嫁他為次室。韋皋終於平了賊，完了這段宿世姻緣。

本劇情節，似取材於元喬吉的《玉簫女兩世姻緣》雜劇，但改動增飾的地方很多，劇中玉簫女事少，張延賞事多，和雜劇以玉簫為主不同。作者所根據的是《雲溪友議》和唐人小說《玉簫傳》兩段逸事，組織改動而成。《雲溪友議》說：

「張延賞選婿，無可意者。延賞之妻苗氏，賢而知人，特選進士韋皋許之。皋性疎曠，不拘細行。延賞竊悔，由是婢僕頗輕慢之，惟苗氏待之益厚。皋固辭東遊，張氏罄奩具以治行；延賞幸其去，以七馱物為贈。皋行，翌日悉還之，惟留奩具及書冊而已。後五年，皋擁節旄。會德宗幸奉天，持節西川替延賞，乃改名作韓翶，人莫敢言。至大回驛，去府三十里，人有報曰：『替相公者韋皋，非韓翶。』苗氏曰：『必韋郎也。』延賞曰：『天下姓名同者甚眾；彼韋生必填溝壑，豈能乘吾位乎？』次日果韋皋也。延賞慚懼，自西門潛遁。皋入見苗，禮奉過布衣之日；求前輕慢者，皆杖死之。時泗濱郭圃因為詩曰：『宣父從周又入秦，昔賢誰不困風塵？當時甚訝張延賞，不識韋皋是貴人。』」

這是劇中中段韋皋投奔張延賞以後，又重回西川情節所本。又韋皋和玉簫女的兩世姻緣，則見於唐人小說《玉簫傳》：

「唐西川節度使韋皋，少遊江夏，止於姜使君之館。姜氏孺子曰荊寶，荊寶有小青衣曰玉簫，纔十歲，常令祇侍韋兄，玉簫亦勤於應奉。後三載，值姜使君入關求官，韋乃居止頭陀寺，荊寶亦時遣玉簫往役給奉。玉簫年稍長大，因而有情。時韋復歸覲，與玉簫約：少則五載，多則七年來取，因留玉指環一枚，並詩一首遺之。暨五年，既不至，玉簫乃靜禱於鸚鵡洲；又逾年，至八年春，玉簫嘆曰：『韋家郎君一別七年，是不來耳。』遂絕食而殞。姜氏愍其節操，以玉環著於中指而殯焉。後韋鎮蜀，到府三日，詢獄囚，一人厲聲曰：『僕射憶姜家荊寶否？』韋曰：『深憶之。』曰：『即某是也。』公曰：『犯何事而重繫？』答曰：『某辭別之後，尋以明經及第，再選青城縣令，家人誤爇解庫牌印等。』韋曰：『家人之犯，固非己尤。』即與雪冤，仍歸墨綬，乃奏眉州牧。問玉簫何在？姜曰：『僕射維舟之夕，與伊留約，七載是期，既逾時不至，乃絕食而終。』因吟留贈玉環詩曰：『黃雀啣來已數春，別時留解贈佳人。長江不見魚書至，為遣相思夢入秦。』韋聞之，益增悽嘆。廣修經像，以報夙心，且相念之懷，無由再會。時有祖山人者，有少翁之術，能令逝者相親，但令府公齋戒七日，清夜，玉簫乃至，謝曰：『承僕射寫經造像之力，旬日便當託生，卻後十三年，再為侍妾，以謝鴻恩。』臨去微笑曰：『丈夫薄情，令人死生隔矣。』後韋以隴右之功，終德宗之代，理蜀不替，累遷中書令，天下嚮附，瀘僰歸心。因作生日，節鎮所賀，皆貢奇珍，獨東川盧八座送一歌姬，未當破瓜之年，亦以玉簫為號。觀之，乃真姜氏之玉簫；而中指有肉環隱出，不異留別之玉環也。韋嘆曰：『吾乃知存歿之分，一往一來，玉簫之言，斯可驗矣。」

按之劇情，可見喬、楊兩作不同的地方很多，作者但取韋皋、玉簫之名，和他倆兩世姻緣之意；至於人物的出處，情節的配合，不盡根據原作，而出之於胸臆撮撰。

由上可知《玉環記》劇情，實是組織兩段逸事，加以改動整飾而成，不全是翻自喬吉的《兩世姻緣》雜劇。

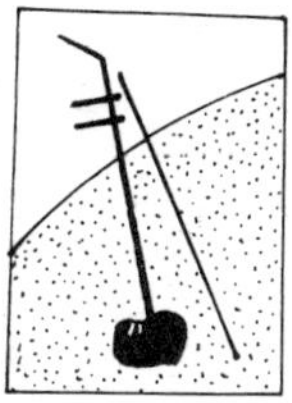

六十種曲的俗典

讀前人的作品，無論是說理的、抒情的、記事的，沒有一種是絕對不引用典故的。引用典故，就是藉前人或別人的作法、說法，來使自己所記的事、所說的話，更有力地站得住腳；或者使自己所要表示的概念，更深刻而容易讓別人接受過去；如果所引用的典故，是對方所熟知的，那麼用這個典，遠勝於自己用千百倍的話去解釋，而且能使文字語言更簡潔有力。所以劉勰《文心雕龍》說：「事類者，蓋文章之外，據事以類義，援古以證今者也。」

就先秦時代的諸子學說來說，《漢志》中所謂可觀者九流，無論是儒、道、墨、農各家的託古改制或法家的變古改制，多是引用古代前人的作法說法，來加強和清晰地表明自己的意念。儒家如孔子說：「不有祝鮀之佞，而有宋朝之美，難乎免於今之世矣。」（《論語．雍也》）祝鮀是衛國祝宗廟之官，有口才；宋朝是宋國的公子，有美色。孔子引用這兩個人來說明他慨歎世人的好諛悅色的感傷。

《孟子》七篇，「詩云」、「子曰」的引用尤其多。如〈滕文公〉上篇，滕文公問「為國」，孟子的一段答語中就引用「晝爾於茅，宵爾索綯；亟其乘屋，其始播百穀」（《豳風．七月》）、「雨我公田，遂及我私」（《小雅．大田》）、「周雖舊邦，其命維新」（《大雅．文王》）三段《詩經》上的話；〈離婁〉篇上，引孔子的話，就有「道二，仁與不仁而已矣」，「仁，不可為眾也」，「小子聽之，清斯濯纓，濁斯濯足，自取之也」等等。又如〈梁惠王〉下篇中滕文公問孟子：「齊人將築薛，吾甚恐，如之何則可？」孟子引用「太王去邠，之岐山之下居焉」的史事，勸滕文公要彊於為善。接著滕文公又問：「以小國竭力事大國而不得免，如之何則可？」孟子又引「大王居邠，事狄人以皮幣、犬馬、珠玉，終不免於侵凌，乃去邠居於岐山之下，邠人從之如歸市」的史事，勸滕文公不可以為著擁有養人的土地而使人民受害；這樣為民而想，人民自會誠心歸附。道家中善於以寓言說理的《莊子》，常用典於無形中，但如〈齊物論〉中：「天下莫大於秋毫之末，而泰山為小；莫壽於殤子，而彭祖為夭。」用彭祖來代稱長壽。同篇中用毛嬙、麗姬來況喻美人，也都是很明顯的用典例子。墨家言人君親士用民的重要，說：「昔者文公出走而正天下，桓公去國而霸諸侯，越王句踐遇吳王之醜，而尚攝中國之賢君。」《墨子．親士篇》用文公、桓公、越王句踐的成功作例證來立說，都是用典的好例子。

後來典籍日多，可供後人引用的典故，更是取之不竭。《論語》、《孟子》、《左傳》、《莊子》等書中的語言，故事、人物被引用何止千萬次？劉勰也說：「夫經典沈深，載籍浩瀚，實羣言之奧區，而才思之神皋也。揚、班以下，莫不取資。」文章中用典的，駢體如駱賓王的〈為徐敬業討武曌檄〉中，用

「霍子孟之不作，朱虛侯之已亡」，來慨歎當時沒有以君國興亡為己任的人；又用「燕啄皇孫，知漢祚之將盡，龍漦帝后，識夏庭之遽衰」，來說明女禍足以亡國。又以「宋微子興悲」、「袁君山流涕」等昔時因國家多難而感傷的人，況喻徐敬業自己因武后禍國而憤懣。散文如袁宏道〈徐文長傳〉中，說一般人把徐渭「方之劉真長、杜少陵云」，以東晉劉惔受簡文帝的器重，和唐杜甫醉忤嚴武而不受責，比喻出胡宗憲對徐渭的愛重。詩中用典的如王昌齡的〈從軍行〉說：「但使龍城飛將在，不教胡馬度陰山！」詞中用典的，像李清照的〈鳳凰臺上憶吹簫〉說：「念武陵人遠，煙鎖秦樓。」曲中用典的，如馬致遠〈秋思〉說：「裴公綠野堂，陶令白蓮社。」真是不能盡舉。劇曲之中，更是用典繁多。

《六十種曲》中所引用的典故，範圍非常廣泛，大致可以分成「文典」和「俗典」兩種。所謂「文典」，指出自經、史、子、集之中，如「素車白馬」，取《後漢書》中范式和張劭生死不渝的友情；「柏舟」是取自《詩經》中共姜守節的事；「目不窺園」取自《後漢書》董仲舒苦讀的專心一意。這些文典，對於以「俚俗」為當行本色的曲學來說，不是首要的研究範圍，所以本題所收錄的，是南劇中的「俗典」，指出自野史記載、民間傳說、怪異逸文、筆記、小說，或元時流行的戲曲情節等等，純粹站在曲學「俚俗」的立場來探討：

㈠出自野史傳說、和筆記小說的　像李白是唐代的大詩人，他的一生，除歷史上有很詳明的記載外，野史傳說中有關李白的事也不少。如王定保的《摭言》說：「唐李白遊采石江，因醉入江中捉月而死。」關於李白的死，《唐書》的記載是：「竟以飲酒過度，醉死於宣城。」大概有些人對李白這位文才豪溢的謫仙，覺得他因醉而死的結局不夠動人，所以構想出他「跳江心，撈明月」這種雅事，作為這位「仙才」的下場。宋洪邁的《容齋隨筆》，對於李白「捉月而死」的事曾加辯正，他說：「世俗多言李太白在當塗采石因醉泛舟于江，見月影，俯而取之，遂溺死，故其地有捉月臺。予按：李陽冰作〈太白草堂集序〉云：『陽冰試弦歌於當塗，公疾亟，草稿萬卷，手集未收，枕上授簡俾為序。』又李華作〈太白墓誌〉亦云：『賦臨終歌而卒。』乃知俗傳良不足信。」但《摭言》的說法，還是為一般人所樂道，所以元人王伯成撰《貶夜郎》雜劇，亦以「捉月墜水而死」為李白的下場。明朱權撰《荊釵記》傳奇，也就用了這個典故。《荊釵記》第二十四齣，寫錢玉蓮被逼改嫁，寧投江守節說：「丈夫，不把你清名辱污，拚此身來，早去跳江心，撈明月。」又如《開元天寶遺事》記李白夢見筆頭生花；屠隆的《綵毫記》第十七齣就引用了：「我看這手中一管綵毫作祟，何用你入夢生花。」以至於《今古奇觀》中李白起草嚇蠻書，見用於《南西廂》第十六齣：「特蒙秘策回生，猶勝嚇蠻書。」這些關於李白的事蹟，都是只見於野史的記載。

其他像陸采的《明珠記》第三十二齣：「醮壇邊松竹森森，講堂下煙霞細細，門種董公千林紫杏，庭棲蕭史一對青鸞。」董公千林紫杏，是三國時吳人董奉栽杏為人治病活命的故事，見於《神仙傳》。又如顧大典的《青衫記》第三齣：「笑癡兒欲火延燒，好一似精衛填橋。」《山海經・北海經》記炎帝少女女娃溺死於東海，化為文首白喙赤足的鳥名精衛，常銜石填海；《青衫記》用的就是這個典故。又《拾遺記》記三國魏文帝寵姬薛靈芸，帝名之曰夜來，妙於針工，宮中號為針神。陸采《明珠記》第六齣：「描鸞刺鳳，個個皆稱薛夜來的神針。」梅鼎祚《玉合記》第三齣：「素手縫裳，薛夜來神針可數。」和無名氏《運甓記》第二十八齣，都用了這個典故。南劇中像這種出自筆記小說的典故很多。

(二)出自元明以來的戲曲的

這又可分以歷史故事人物編成的戲曲和以筆記小說編成的戲曲兩種。

(1)取自以歷史故事人物編成的戲曲：我發現《六十種曲》中有時引用歷史上的故事人物，與史料所記不合，而是出自元明間的戲曲情節。像宋呂蒙正出身寒微事，元時譜成戲曲的有王實甫和關漢卿的雜劇，情節和史料大有出入。根據《宋史》，和呂蒙正守破窰的是他的母親劉氏，但王、關雜劇卻把母親變成妻子劉因（見翟灝《通俗編》考證），而徐畛撰《殺狗記》時用這個典故是：「想蒙正守窰時，雖然困守破窰，還有妻兒相倚，似我孫榮，欲並誰為侶？」（第十一齣）顯然用的是王、關雜劇的情節。

又有些故事人物，在平常文士的作品中不大見用，但卻多次出現在南劇中。像戰國時齊宣王王后無鹽邑女鍾離春奇醜（見《列女傳》），歷來詩文中極少提到她，但汪錂的《春蕪記》第四齣：「夫人任氏，貌比無鹽。」又第二十五齣：「那登徒子之妻，貌如嫫姆無鹽。」兩次引用。又無名氏的《四賢記》第十二齣：「西子可唐突，無鹽可刻畫，說合為媒稱第一。」都是引用這無鹽邑女子來比喻醜女。翻開元人戲曲，原來鄭光祖撰有《智勇定齊》雜劇，即演鍾離春事。

上述情形，大概是某些歷史人物和故事，被編成戲劇在舞臺上搬演，因而深印人心，膾炙人口，所以南劇作者就用這些戲劇常演出的故事、人物做典故。

(2)取自筆記、小說編成的戲曲：像唐人小說、《世說新語》、《太平廣記》、《列仙傳》、《幽怪錄》、《搜神記》……中的故事，以至宋元明的筆記小說，被元、明間人編成戲曲搬演的，多到不能盡數。如唐人陳玄祐有《離魂記》小說，敘王宙和倩娘情感的愛情，元人鄭德輝根據它撰成《倩女離魂》雜劇，《南西廂》第二十二齣就引用：「回頭看，你這離魂倩女，怎發付擲果潘安。」又如《霞箋記》第八齣：「君未觀《嬌紅記》乎？倘有不虞，則申為嬌死，嬌為申亡。」《嬌紅記》是元明間極流行的戲劇，作者如元王德信，明劉東生、金文質、劉兌、湯式的雜劇，沈受先的傳奇，多到五六本。而它的情節，是取自宋元民間的小說，記西王母輦下金童、玉女思凡受謫，貶落人世為申純和王嬌娘，兩人因婚姻不遂，憂悶而死，重歸天界。其他像《紅線盜盒》、《柳毅傳書》、《劉阮誤入天臺》、《楊雍伯種玉》、《河東獅吼》、《湘妃斑竹》、《江皐遺佩》……等等戲曲，當時都很有名，一再被南劇作者所引用。

由此可以想像得到，我國古代的許多歷史、傳說、文學名著等知識，經由當日的劇作家藉著戲曲介紹給一般民眾，一定獲得很大的效果。

此外，《六十種曲》中引用俗典，不但取材豐贍，而且都做到取事能約，摭理能覈，用舊合機，表裏互相發揮，穩貼自然。下面逐錄《六十種曲》中所用的俗典，約有一八一條，每條下略加註釋，引例證明，並考明出處。

七步才——三國時魏文帝子曹植，才思敏捷，嘗七步成詩。

《贈書記》二：「小生談麈，表字子玄……鄴下之步比才，揮麈而驚四筵。」

《蕉帕記》二：「學富三餘，才雄七步，休誇繡虎雕龍。」

按：《世說新語．文學》：「文帝嘗令東阿王七步中作詩，不成者行大法，應聲便為詩曰：『煮豆持作羹，漉菽以為汁，萁在釜下燃，豆在釜中泣，本自同根生，相煎何太急？』帝深有慚色。」明人汪道昆《洛神記》雜劇中亦演此段情節。

八臂哪吒——佛教毘沙門天王之子三面八臂，有神功。

《龍膏記》十八：「只為一個酸倈，趕得兩腳蘇痲，撞著五瘟使者，去捉八臂那吒，趕了一夜，並沒一些影兒。」

按：佛家謂毘沙門天王之子，三面八臂，有大力，所以叫八臂哪吒。宋《高僧傳》：「（道宣）夜行道足跌，前階有物扶持，履空無害，熟顧視之，乃少年也。宣遽問：『何人中夜在此？』少年曰：『某非常人，即毘沙門天王之子哪吒也。護法之故，擁護和尚，時之久矣。』」元人吳昌齡有《眼睛記》雜劇，和明無名氏的《猛烈哪吒三變化》及《哪吒神力擒巡使》兩本雜劇，均演哪吒太子事。

入夢生花——李太白夢筆頭生花而才情大發。

《綵毫記》十七：「我看這手中一管綵毫作祟，何用你入夢生花。」

按：唐李白少時，夢筆頭生花，從此天才宏發，名聞天下。（見《開元天寶遺事》）

九尾淫狐——喻淫賤的女人。

《霞箋記》八：「愧奴家失身賤途，怎看做李郎妻子張郎婦，休猜做九尾淫狐。」

按：狐性極淫，狐有九尾，是奇而老之狐。昔日民間相傳妲己是九尾狐之化身。《千字文》李羅注一：「妲己為九尾狐。」後就以九尾狐來喻淫賤的女人。

三偷阿母桃——喻被王母貶謫的仙人。

《玉合記》五：「（生）小娘子就是王母使者了。（貼）呸，你錯認三偷阿母桃。」

按：《漢武故事》：「東郡送一短人，長五寸，衣冠具足，上疑其精，召東方朔，至，朔呼短人曰：『巨靈，阿母還來否？』短人不對，因指謂上：『王母種桃，三千年一結子，此兒不良，已三過偷之，故被謫來此。』上大驚，始知朔非世中人也。」

三箭天山奠——唐時大將薛仁貴威服胡人，後人用以喻威立戰功，亦作三戰定天山。

《南西廂》二：「坐鎮狠煙永息，塞草青生，三箭天山奠。」

《玉鏡臺記》十三：「我和你此去呵，管教三箭定天山，獻俘齊奏凱歌還。」

按：唐將薛仁貴為鐵勒道總管時，有九姓（回紇九姓部落）十餘萬來挑戰，仁貴發三箭射殺三人，胡人懾服歸降，當時軍中歌曰：「將軍三箭定天山，壯士長歌入漢關。」（見《新唐書．薛仁貴傳》）元時張國賓作雜劇《薛仁貴》，就三箭定天山點染成文，後南曲亦有定天山，但增飾甚多。「三箭定天山」已成為元明時民間喻作立武功於朝廷的通典。《精注雅俗故事》：「三箭定天山，薛仁貴之名甚赫。」

山呼——向皇帝高呼萬歲三次。相傳漢武帝登嵩山，羣臣三呼萬歲，後來就把三呼萬歲叫做山呼萬歲。

《三元記》三十四：「山呼萬歲謝吾皇，村莊老幸服冠裳。」

按：《事物紀原》：「後人以呼萬歲為山呼者，其事蓋起於漢武帝時。按前漢〈武帝本紀〉曰：『元封元年正月登嵩高，御史乘屬在廟傍，吏卒咸聞呼萬歲者三，迄今三呼以為式，而號山呼也。又太始三年二月，禮日成山，登之罘山稱萬歲。』」《書言故事》：「臣民呼萬歲曰山呼。」

上元——道家仙人有上元夫人。

《紅梨記》二十一：「小姐今日下臨，就如上元之降封涉，麻姑之過方平，蘭香之嫁張碩，彩鸞之遇文蕭，只是趙汝州有何德能，消受得起。」

按：道家仙女有上元夫人。〈漢武帝內傳〉：「王母乃遣侍女郭密香與上元夫人相問。」又《三洞經》：「元封元年，西王母上元夫人，同授漢武帝靈飛六甲上清十二事。」

乞巧穿針，水泊化生——舊時七月七日，婦女有穿針乞巧的風俗。

《金雀記》十七：「今乃七夕佳辰，內地有乞巧穿針，水泊化生之戲，侍兒們將銀盆過來。」

按：《荊楚歲時記》：「七月七日，牽牛織女會天河，人家婦女結綵縷穿七孔針以乞巧。有蟢子網於瓜上，則以為得。」《帝京景物略》：「七月七日之午丟巧針，婦女曝盎水日中，頃之水面生膜，繡針投之則浮，則看水底針影，有成雲物花頭鳥獸影者，有成鞋及剪刀水茄影者，謂乞得巧。」

子晉學吹笙——周靈王太子王子喬善吹笙，後得道成仙。南曲中用「隨子晉學吹笙」以喻求道成仙之意。

《紅拂記》十六：「多少經營，似求仙煉藥，空教人指望丹成。難平，不如子晉學吹笙，九天遙已知捷徑。」

《玉合記》十三：「願傍著蓬山芝嶺，隨子晉學吹笙。擣靈藥兔長生。」

按：子晉即周靈王太子王子喬，好吹笙，能作鳳凰的叫聲，遊伊、洛之間。有道士浮丘公引他上嵩山，修煉了二十年，後來在緱氏山顛，乘白鶴登仙而去。事見《列仙傳》。

千字文——古時童蒙的課本。

《龍膏記》二十一：「不恇駙馬爺有這一肚千字文的學問。」

按：《千字文》是梁周興嗣所撰的一本書，共有四言古詩二百五十句，一千字，教人從幼至長的處世讀書的方法，是昔日童蒙必讀的課本。

五丁神——古之大力神。

《春蕪記》十五：「登徒履，任你五丁驅得神功盡，定不教他寂寞流蘇冷繡茵。」

按：揚雄《蜀王本紀》：「天為蜀王生五丁力士，能徙山。秦王獻美女於蜀王，王遣五丁迎女，見一大蛇入山穴中，五丁共引蛇，山崩，壓殺五丁，化為石。」

木公、金母——木公是男仙之首，金母是女仙之首。

《綵毫記》二：「男子得道，隸籍木公，女子成真，列名金母，自古有之。」

按：《太平廣記》卷一：「世人登仙，皆揖金母而拜木公焉。或之居東極大蘆中有山焉，以清玉為室，深廣數里，僚蔫真仙，時往謁九靈金丹，一歲再遊其宮，共校定男女真仙階品功行，以昇降之，總其行籍而上奏元始，中開玉晨以稟命於老君也。」《故事物異名錄》：「山堂肆考，男子得道者名隸木公，女得道者名隸金母。」

木蘭——古代孝女，男裝代父從軍。

《贈書記》二十七：「小姐小姐，不是我將伊拋閃，還是你紅鸞星黯，致今朝相逢木蘭。」

《明珠記》三十三：「你不知昔日木蘭代父而出征，人都不覺。」

按：木蘭古之孝女，不知何時人，因父親年老被徵入軍伍，木蘭就男裝冒名代父從軍，十二年而人不知為女子。明徐渭《四聲猿》傳奇以為她姓花。

牛女——俗傳每年七月七日牛郎織女在天河相會。

《金蓮記》三：「他淒涼挨過可憐宵，浪想銀河駕鵲橋，只恐怕參商難傚女牛交。」

《玉合記》十七：「把青梅閒打，原來是一個鵲兒兩個鴉兒飛去了。我想那烏鵲也會填橋，織女一年一度，誰似我們，縱有烏鵲填橋還空踏。」

按：即牽牛星和織女星。相傳二星每年在七月七日之夜相會。《荊楚歲時記》：「七月七日，為牽牛織女聚會之夜。」又《爾雅翼》：「七月七日，鵲首無故比髡，相傳以為是日河鼓（即牽牛）與織女會於漢東，役烏鵲為梁以渡，故毛皆脫去。」

牛衣——喻夫婦共為家境貧寒而悲泣。

《琴心記》二十四：「㖸，本謂自沈埋，牛衣甘耐，肯信如今一旦腰橫帶，得上黃金市馬臺。」

《鸞鎞記》二十四：「我曾把譏評句，聊申勸勉情，也只為牛衣對泣憐同病。」

按：牛衣是編草或亂麻而成的蓑衣，冬日用來蓋覆牛背，使牛溫暖。漢王章為諸生時，臥病無被，和妻共臥牛衣哭泣。後人常用「牛衣對泣」來喻家境貧寒。《精注雅俗故事》讀本：「王章未遇，夫婦寒夜臥牛衣。」

升天雞犬——淮南王劉安成仙故事。

《玉合記》三十二：「漫回首五雲雙闕，願隨他升天雞犬，怕做送春鶗鴂。」

按：《神仙傳》：「淮南王安臨去時，餘藥器置在中庭，雞犬舐啄之，盡得昇天，故雞鳴天上，犬吠雲中也。」明朱權據此撰《白日飛昇》雜劇。

犬有濕草之義，馬有垂韁之恩——三國李信純的愛犬黑龍，和前秦苻堅的騧馬救主故事。《殺狗記》中引以喻人知恩當報。

《殺狗記》十六：「豈不聞犬有濕草之義，馬有垂韁之恩，犬馬尚然如此，你為人豈無報效乎？正是世情看冷煖，人面逐高低，一似潘郎倒騎驢，永不見你畜生面。」

按：古代傳說：三國時，李信純有一條愛犬黑龍。有一天，李信純酒醉睡在草地上，草著了火，黑龍就跳到水溝裏，沾濕了身上的毛，然後把身上的水抖落在草上，這樣來回沾抖，把草弄濕，李信純因此沒有被燒死，但狗卻累死了。

又：前秦苻堅被慕容沖攻擊，騎著騧馬逃走，卻不幸掉進水裏，上不來，騧馬就跪在水邊，讓苻堅抓住韁繩爬上岸繼續逃走。

不啞不聾怎做得阿家翁——郭曖和昇平公主失和，天子對郭子儀說：「子女閨房之事，做父母的要做到不聞不問。」

《玉環記》十五：「不比尋常不孝不忠，不啞不聾，怎做得阿家翁。」

按：唐趙璘《因話錄》：「郭曖（郭子儀子）嘗與昇平公主琴瑟不調，曖罵公主：『倚乃父為天子耶？我父嫌天子不作。』公主恚啼奔車奏之。上曰：『汝不知，他父實嫌天子不作，使不嫌，社稷豈汝家有也？』因泣下，但命公主還。尚父拘曖自詣朝堂待罪，上召而慰之曰：『諺云：不癡不聾，不作阿家阿翁。小兒女子閨幃之言，大臣安用聽？』賜賚以遣之，尚父杖曖數十而已。」《資治通鑑．唐紀》亦載此事。又《釋名》：「充耳所以止聽，故里語曰：『不瘖不聾，不成姑公已。』」

月老——即月下老人的省稱，主管人世間姻緣結合的神靈。

《三元記》八：「老婦不愁貧，生涯日日新，既能為月老，又會作牙人。老身媒主婆是也。」

按：《續幽怪錄》：「唐韋固，少未娶，旅次宋城，遇異人，倚囊坐，向月下檢書。固問，答曰：『天下之婚爾。』」今亦稱媒妁為月老。

王母——即西王母，是天上女仙之長。

《玉合記》五：「（貼）誰引你來，縱瑤池有路無青鳥。（生）小娘子就是王母使者了。」

按：《穆天子傳》：「吉日甲子，天子賓于西王母。」注：「西王母如人虎齒，蓬髮戴勝，善嘯。」又《太平廣記》卷五十六，謂王母「為極陰之元，位配西方，母養羣品，天上天下，三界十方，女子之登仙者，得道者，咸所隸焉」。

王月英留鞋在殿堂——元代有《留鞋記》雜劇，演王月英和洛陽秀才郭華幽期故事。

《荊釵記》三十九：「你本是王月英留鞋在殿堂，怎不學浣紗女抱石投江。」

按：元代無名氏撰《留鞋記》雜劇，演胭脂鋪女子王月英和洛陽落第秀才郭華相戀的故事。劇情大意說：郭華落第滯留京師，邂逅賣胭脂女子王月英，兩人互相傾慕。月英侍女梅香見月英相思憔悴，願做紅娘，於是月英賦詩約郭華於元宵夜在相國寺觀音殿中相會。屆時月英赴約，郭華卻醉臥在佛殿，屢喚不醒，月英只好留下羅帕、繡鞋而去。後郭華醒，見鞋及羅帕而大悔，竟吞下羅帕自盡，哽咽而死。命案由開封府包公審理，就命衙役張千喬裝貨郎，把繡鞋放在擔上，以期尋得有關人物。湊巧月英母親認出繡鞋，於是拘捕了月英母女和梅香，供出詳情，但卻不見羅帕，於是又赴相國寺尋找。月英至寺見郭華屍體，口邊露出羅帕一角，就用力抽出，郭華竟漸甦醒，案情因而大白。後包公就判月英嫁給郭華。

王慧姬纊衣寄塞——故事取自戲曲《雙珠記》傳奇中一段。

《飛丸記》二十五：「小姐，擲丸之戲，如王慧姬纊衣寄塞，韓夫人題葉傳波之事了。」

按：唐孟棨《本事詩》：「開元中，頒賜邊軍纊衣，製於宮中，有兵士於短袍中得詩：『沙場征戍客，寒苦孰為眠，戰袍經手作，知落阿誰邊？蓄意多添線，含情更著綿，今生已過世，重結來生緣。』兵士以詩白於帥，帥進之玄宗，命以詩遍示六宮，曰：『有作者勿隱，吾不罪汝。』有一宮人自言萬死，玄宗深憫之，遂賜配於得詩之人。」後明沈鯨撰《雙珠記》，即取此段情節，以宮女為主角王楫之妹慧姬，兵士則為楫的朋友陳時策。

王粲登樓——三國時，王粲落魄荊楚間，常登樓望鄉，愁鬱落淚。戲曲中常用以喻人有才而尚未得志。

《紫釵記》二十九：「參軍高見，此乃王粲登樓之才，李白嚇蠻之計也。左右取大觥進酒。」

《玉簪記》十七：「莫不是害了些王仲宣登樓的無奈。」

按：元人鄭光祖撰《王粲登樓》雜劇，演漢魏間王粲懷才孤傲而不得志，他的岳父蔡邕計激勵，暗中資助，終使他成名顯達的故事。當他投靠劉表不被任用時，落魄荊楚之間，該地有饒陽人許達，建一座溪山風月樓，依山臨水，風景至優美。許達同情他才高不遇，時常邀他登樓吟詠共飲，王粲酒醉，往往翹首望鄉，思親落淚，詩辭多愁鬱無奈。

王魁負桂英——宋元明間，民間盛傳王魁薄倖故事。

《四喜記》六：「那宋相公決然娶我，休論王魁不娶桂英。」

《飛丸記》二十五：「相公，你莫履王魁跡，辜負桂英心。」

按：宋元明間，王魁與桂英故事膾炙人口，大意說王魁下第失意，在平康中邂逅桂英，訂為夫婦。後王魁再應舉業，桂英為備行裝。將行，同至海神廟設誓，相盟不負，如有負心，神明殛之。王魁一試及第，竟嫌桂英微賤玷辱，不復通音訊，並議婚崔氏女。桂英遣僕遺書，亦被叱退。桂英恨王魁負心，自刎死，鬼魂追逼王魁，不數日，王魁亦死，戲曲搬演此段故事者甚多，亦有改變結局為大團圓者。自宋以後，以此事演為戲曲的，有宋人戲文《王魁》，王俊明《休書記》，元尚仲賢《負桂英》雜劇，明人《桂英誣王魁》、《王魁不負心》雜劇，及王玉峰的《焚香記》傳奇等。

月明和尚度柳翠——元人戲曲，演羅漢月明尊者度脫柳翠事。

《蕉帕記》三：「（淨）怎麼叫做紅蓮院，綠柳衙。（丑）這是前面竹林寺月明和尚度柳翠的故事。」

按：元人李壽卿撰《月明和尚度柳翠》雜劇，演觀音淨瓶中楊柳枝葉上沾塵，致貶落人間為妓女。觀音恐柳翠迷卻本性，令羅漢月明尊者降凡作和尚以度柳翠。經三次勸化，又設陰司幻境，使柳翠備受恐懼，柳翠然後醒悟，披剃為尼，不久坐化，月明和尚乘雲而去，同歸佛境。

平康巷——本唐時妓女所居地方，後借喻為花街柳巷。

《霞箋記》九：「李家郎才華精爽，怎不把寸心求放，少年若戀平康巷，後來時終難成望。」

《贈書記》六：「平康巷裏，是遊閒傳舍，來往難稽。況且小婦人呵，杜門久矣，那曾和他子夜追隨。」

按：《開元天寶遺事》：「長安有平康坊，妓女所居之地，京都狹少，萃集於此，兼每年新進士，以紅牋名紙，遊謁其中，時人謂此坊為風流藪澤。」

玉鏡——晉溫嶠詭譎以玉鏡臺聘娶表妹故事。

《玉合記》七：「（貼）這分明是溫家勾鳳引鸞的玉鏡。（旦）好個玉合兒，溫家玉鏡，是結姻的故事，你說他怎的。」

按：《世說新語》：「溫公喪婦。從姑劉氏，家值亂離散，唯有一女，甚有姿慧，姑以屬公覓婚，公密有自婚意。答云：『佳婿難得，但如嶠比云何？』少日，報姑已覓得，因下玉鏡臺一枚。既婚，交禮，女以手披紗扇，撫掌大笑曰：『我固疑是老奴，果如所卜。』」後元人關漢卿撰《玉鏡臺》雜劇，演溫嶠以玉鏡臺取得表妹劉倩英為妻故事。明人朱鼎稍改，敷演成《玉鏡臺記》傳奇。

玉簫——唐人傳奇玉簫女兩世姻緣事。

《四喜記》六：「空房猿鎖心猶競，裩中景復亂宣平。縱不如此，也只做得個玉簫，要嫁韋皋，直等再生。」

《四喜記》十四：「寃家鎮日縈懷抱，人如薛濤，情如玉簫，真誠怎比閒花草。」

按：《玉簫傳》：唐西川節度使韋皋，少遊江夏，止於姜使君之館，姜氏孺子曰荊寶，荊寶有小青衣曰玉簫，纔十歲，常令祇侍韋兄；玉簫亦勤於應奉。玉簫年漸長，因而有情。時韋復歸覲，與玉簫約，少則五載，多則七年來取。因留玉指環一枚，並詩一首遺之。至八年春，玉簫嘆曰：「韋家郎君一別七年，是不來耳。」遂絕食而殞。姜氏愍其節操，以玉環著於中指而殯焉。後韋鎮蜀，得遇荊寶，因問玉簫何在?姜氏告以已絕食死，韋乃廣修經像，以報夙心，且相念之懷，無由再會。後因祖山人少翁之術，齋戒七日，清夜玉簫魂至，謝曰：「承僕射寫經造像之力，旬日便當託生，卻後十三年，再為侍妾，以謝鴻恩。」後韋作生日，東川盧八座送一歌姬，未當破瓜之年，亦以玉簫為號，觀之，乃真姜氏之玉簫也。而中指有肉環隱出，不異留別之玉環也。元人喬吉據此撰《玉簫女兩世姻緣》雜劇，明楊柔勝《玉環記》傳奇，亦穿插此段情節，但稍有竄改。

白帽兒——明人以戴白帽兒為「做皇帝」隱語。

《四賢記》五：「只今朝廷無道，僭御中華，不若先收河洛，打破燕京，尋一頂白帽兒戴戴，卻不是好。」

按：相傳明洪武十五年，馬皇后崩逝，藩王到京奔喪，僧道衍對皇四子燕王說：「如果大王容易衍侍奉，我送一頂白帽兒與大王戴。」按「王」字上加上「白」字，就是「皇」字。因為當時燕王覬覦帝位。

目連——佛教尊者，性至孝，曾入地獄救母。

《南柯記》三十五：「天呵，俺曾寫下了目連經卷也，誰知道佛也無靈被鬼侵。」

按：元明間有一段孝子目連救母故事，非常盛行。目連是釋迦高弟子，神通第一，因母親墮餓鬼道中，目連藉神通之力親救他。《書言故事》：「佛經云：『目連以母生餓鬼中，不得食，佛令作盂蘭盆，至七月十五日，具百味五果著盆中，供養十方佛，而後母得食。目連白佛：「凡弟子行孝順者，亦應奉于蘭盆供養。」佛言大善。』後世因之，遂為于蘭盆會。」敷演為戲的有《目連救母》、《目連入冥》兩雜劇，撰者姓名均佚。

血盆經卷——元明間傳說佛教目連尊者自血盆池地獄救母故事。

《南柯記》二十三：「（貼）這血盆經卷，大悲孩兒目連。（老）因何？（貼）目連尊者為救母走西天，經過羽州追陽縣，曠野之中，見一座血盆池地獄，有多少女人，散髮披枷，飲其池中污血，目連尊者動問獄主，此是因何，獄主言道，這婦人呵，生產時血污了溪河，煎茶供厭污了良善。（老）是了，供奉三寶的茶水，被血水污，因此果報。後來，（貼）目連尊者聽見，大哭起來，俺母親也應受此苦楚了。竟以神通，走向佛所，致心頂禮，願祈世尊為我等開示，云何報答慈親，脫離此苦，佛言善哉。待酬恩睠，則三年內長齋拜懺，聲聲把彌陀念。（老）念了怎的？（貼）有好處，渡河船，便是血盆池上產金蓮。」

按：元明間有偽佛經名《女人血盆經》（簡稱《血盆經》），內容如《南柯記》中所說。

伐木有吳剛——傳說吳剛是漢朝西河人，學仙有過失，被貶謫到月中砍桂樹。《本草綱目．月桂集解》李時珍曰：「吳剛伐桂之說，起於隋唐小說。」

《金雀記》四：「愛殺他情聯比翼，永不分張，嫦娥真可想，伐木有吳剛。」

按：《酉陽雜俎》：「月中有桂，高五百丈，下有一人，常斫之，樹創隨合。其姓吳，學仙有過，謫令伐樹。」

江漢之遊女——鄭交甫在江漢遇仙女故事。

《龍膏記》十二：「冰夷對張先生說，我偶爾閒行，驀然相遇，實非江漢之遊女，敢窺青瑣之嘉賓。以禮自閑，願無及亂。」

《浣紗記》二：「卿是漢女，僕乃鄭生，敢借溪水之紗，權作江皐之佩，持此為定，勿背深盟。」

按：《列仙傳》：「鄭交甫常遊江漢，見二女皆麗服華裝，佩兩明珠，大如雞卵，交甫見而悅之，不知其神人也。謂其僕曰：『我欲下請其佩。』僕曰：『此間之人，皆習於辭，不得，恐罹悔焉。』交甫不聽，遂下與之言。二女手解佩以與交甫，交甫受而懷之，既趣而去，行數十步，視懷空無珠，二女忽不見。《詩》云：『漢有遊女，不可求思。』言其以禮自防，人莫敢犯。」

有腳陽春——宋璟為官，廣施恩德，如陽春溫煦遍及萬物。

《飛丸記》十九：「有腳陽春司讞聽，謾說道官清民靖。」

按：《開元天寶遺事》：「宋璟為太守，愛民恤物，時人咸謂有腳陽春。言所至之處，如陽春煦物也。」《書言故事》：「所到施恩，謂有腳陽春。」

西廂——唐元稹《會真記》小說，記文人張生與崔鶯鶯相約在西廂幽期。

《玉簪記》十六：「他獨自理瑤琴，我獨立得蒼苔冷，分明是西廂行徑。」

《明珠記》十：「分明是賴婚姻只把虛言誑，不念我處孤貧父母蚤年亡，你下得淚打鴛鴦，我拚個月滿西廂。」

按：唐元稹小說《會真記》，敘儒生張生借寓相國寺西廂，和崔相國女鶯鶯小姐戀愛幽期故事，後被元人董解元、王實甫等人編成戲曲名《西廂記》，盛行一時，張生和鶯鶯的艷情，從此膾炙人口。

老萊衣——春秋時楚國有孝子老萊子，後來常用他代稱孝順的兒子。南劇中則用「膝下斑斕」表示孝子娛親。

《明珠記》三十五：「天那，閃的我好苦，正是兵戈不見老萊衣，一去東流何日歸？」

《玉簪記》二十四：「春去秋來，秋去春來，形孤影寡，想殺我膝下斑斕。」

按：老萊子是春秋時楚國人，性至孝，年七十，著五彩衣娛親。《孝子傳》：「老萊子至孝，奉二親，行年七十，著五彩褊襴衣，弄鶵鳥於親側。」《新喻縣志》：「老萊子楚人，隱耕蒙山，楚王迎之不應。年七十二，親猶存，取水上堂，詐跌臥地，作嬰兒啼，以致親懽。」元時郭居敬編入二十四孝子中。元有《老萊子斑衣》南戲，明有《老萊子》雜劇。

成智瓊——天上仙女，得上帝意旨下嫁弦超。

《紫簫記》二十九：「神女仙姬，也要個人兒作伴，你看玉清偷渡，織女無光，成智瓊要嫁弦超，杜蘭香暗通張碩，何況凡心未死，那堪獨自無聊。」

按：《太平廣記》六十一卷載成智瓊嫁弦超事。大意說：濟北郡從事椽弦超，夜夢神女。自謂是天上玉女，姓成公，字智瓊，早失父母，上帝憐她孤苦，令得下嫁，後來就嫁給弦超。

何仙姑——八仙之一。

《焚香記》十九：「他說道，我家自有嬌滴滴香噴噴如花似玉這等一個何仙姑。」

按：宋時民間盛傳八仙故事，有《八仙過海》及《八仙慶壽》雜劇，何仙姑是八仙中唯一女仙。相傳她是唐時零陵市人，遇呂洞賓度脫成仙。這裏是以她為仙女喻「美如天仙之意」。

吹簫侶——春秋時，蕭史和秦弄玉夫婦善吹簫。

《紅拂記》二十六：「今朝暫捨吹簫侶，來日還圖夾日功。」

按：春秋時，秦有仙人蕭史善吹簫，混跡世間。穆公有女弄玉，亦善吹簫。穆公便讓他倆結為夫婦，十數年後，夫婦分別乘龍鳳昇天而去（見《太平廣記》卷四）。

宋弘——後漢宋弘富貴不易糟糠妻故事。

《玉鏡臺記》十六：「妻，與你糟糠盟訂，念這宋弘敢負情。」

按：《蒙求》：「後漢宋弘，光武時為大司空。時帝姊湖陽公主新寡，帝與共論朝臣，微觀其意，主曰：『宋公威容德器，羣臣莫及。』帝曰：『方且圖之。』後引見，帝令主坐屏風後，因謂弘曰：『諺言：貴易交，富易妻，人情乎？』弘曰：『臣聞：貧賤之知不可忘，糟糠之妻不下堂。』帝顧謂主曰：『事不諧矣。』」元人鮑天祐據此撰《宋弘不諧》雜劇。

宋江三十六，回來十八雙——傳說宋朝宣和年間，鄆城小吏宋江率領三十六員大將，替天行道。

《幽閨記》十二：「宋江三十六，回來十八雙，若還少一個，定是不還鄉。」

按：宋時民間相傳鄆城有小吏宋江，是天上天魁星，因宋室政治腐敗，民不聊生，於是率領天罡院三十六員猛將下凡，廣行忠義，殄滅奸邪，替天行道。後來這三十六員人數齊足後，宋江和吳加亮商議全體去東嶽燒香還願，宋江在旂上題了四句詩說：「來時三十六，去後十八雙，若還少一個，定是不還鄉。」後受朝廷撫召，官至節度使（見《大宋宣和遺事》）。元明間演宋江及三十六員猛將的戲曲很多，元有李致遠《還牢末》雜劇，康進之《李逵負荊》雜劇及明朱有燉之《豹子和尚》雜劇。

宋朝、龍陽——周朝時美男子。龍陽君為魏王男寵。

《贈書記》二十九：「我笑那傅郎，認你做齊姜宋子，誰知到是宋朝居室，龍陽當妻。」

按：春秋時，宋有公子名朝，姿容俊美（見《論語．雍也》）。又戰國時，魏王有寵臣龍陽君，姿容秀美，嘗謂魏王曰：「今以臣之惡，而得為王拂枕席，四海之內，美人亦甚多矣。聞臣之得幸於王也，必褰裳而趨大王。」魏王因令四境：「有敢言美人者族。」（見《戰國策．魏策》）

杖頭錢——三國時阮宣子以百錢掛杖頭買酒故事。

《幽閨記》四：「壚邊醉，甕底眠，從今不惜杖頭錢。」

按：《世說新語》：「阮宣子常步行，以百錢掛杖頭，至酒店便獨酣暢，雖當世貴盛，不肯詣也。」

杜康——周朝善造酒的人。

《南柯記》六：「拚了滴珠槽浸死劉伶，道的個百無成，只杜康祠蘸住了這窮三聖，做個帶帽兒堵酒瓶。」

《邯鄲記》六：「（送酒介）寬金盞，瀉杜康，緊班騅送陸郎。」

按：杜康，周朝人，善造酒，後人就用「杜康」二字代表「酒」，如魏武帝曹操〈短歌行〉說：「何以解憂，惟有杜康」是。

杜韋娘——唐時名妓，相傳甚得劉禹錫賞識。

《南西廂》二十：「一個潘郎鬢有絲，杜韋娘非舊時，一個帶圍寬清減了小腰肢。」

按：元人周文質撰《春風杜韋娘》雜劇，演唐時名妓杜韋娘和文人劉禹錫的故事。唐《教坊記》有杜韋娘曲。相傳劉禹錫為蘇州刺史時，司公李紳慕他的名，設宴邀飲，召妓侑酒，劉禹錫席上賦詩說：「高髻雲鬟宮樣粧，春風一曲杜韋娘。司公見慣渾閒事，斷盡蘇州刺史腸。」

杜蘭香——謫凡的仙女。

《紫簫記》二十九：「神女仙姬，也要個人兒作伴，你看玉清偷渡，織女無光，成智瓊要嫁弦超，杜香蘭暗通張碩，何況凡心未死，那堪獨自無聊。」

《紅梨記》二十一：「小姐今日下臨，就如上元之降封涉，痲姑之過方平，蘭香之嫁張碩。」

按：《太平廣記》六十二卷載杜蘭香事。記仙女杜蘭香，以過謫到人間，被洞庭漁父拾得，養至十餘歲，有青童靈人空降而下，把她帶走。降於洞庭張碩家。張碩亦是修道之人，三年後，張碩亦道成昇仙。

李亞仙——唐時義妓，後封夫人。

《鸞鎞記》二十五：「（生）莫不是墜鞭為那紅粉面。（小生）不是李亞仙這般妓女。」

按：即唐名妓李娃。《義妓傳》載：天寶中，常州刺史鄭某子，入京應試，與娃情好甚篤。久之，金盡，流為凶肆歌者。其父入京，道見子，怒其玷辱，乃在曲江杏園之東，痛笞而棄之，自此流為乞丐。後復遇娃，娃情激義動，以繡襦擁之歸，即自贖身於假母而留生，衣之食之，勸令仍事舉業。數年，上登甲科，又應直言極諫科，名第一，授成都參軍，會其父亦拜成都尹，既相會，驚喜，復為父子。父奇娃之為人，即命子備大禮迎娶為妻。生歷仕清顯，娃封汧國夫人。唐白行簡據之為作《李娃傳》，元人譜成劇曲者有高文秀之《鄭元和風雪打瓦罐》，石君寶之《李亞仙詩酒曲江池》。明薛近兗又敷演為南劇《繡襦記》。唐人傳奇中原無名字，元明劇曲中始為加元和及亞仙之名。本條所引「墜鞭為那紅粉面」，即寫鄭生初遇李娃時，驚其艷麗而墜馬鞭也。

沈香亭捧硯寫清平調——唐玄宗賞識李白文才，優禮特加故事。

《紫釵記》十七：「韻高，多應我詩成奪錦袍，沈香亭捧硯寫〈清平調〉，也則怕你愁望的酥胸拍漸銷。」

按：明人小說《今古奇觀》有〈李謫仙醉草嚇蠻書〉一段，內有李白應試，主試官是楊國忠，監視官是高力士。楊、高二人因李白未有送紅包，於是屈批李白的卷子。楊國忠說：「這樣書生，只好與我磨墨。」高力士說：「磨墨也不中，只好與我著韈脫靴。」後來唐明皇召李白起草〈嚇蠻書〉，李白就要求楊國忠為他捧硯磨墨，高力士為他脫靴結韈，以雪科場中被輕薄之恥。又考之各種記載，李白寫〈清平調〉三章，無人為他捧硯，本條說「沈香亭捧硯寫清平調」，恐是錯用典故。

阮籍窮途哭——三國時，阮籍放誕肆意故事。

《南柯記》十：「我儘意街坊遊去，但有高酒店鋪，顛倒沈醉一番，正是不消阮籍窮途哭，但學劉伶死便埋。」

按：阮籍窮途哭，見《三國志．王粲傳》注：「（籍）時率意獨駕，不由徑路，車跡所窮，輒慟哭而返。」

沙吒利——唐人小說《柳氏傳》，後部記章臺柳氏被番將沙吒利劫奪。

《紅梨記》六：「他那裏愁悶城堅若金湯，磨勒在何方，那沙吒利又十分威壯，如何更酌量。」

《飛丸記》二十五：「佳人未屬沙吒利，你便怎麼？」

按：唐許堯佐有小說《柳氏傳》，記唐天寶年間，詩人韓翃和章臺柳氏的戀愛。柳氏本富家李生的姬妾，轉贈給韓翃的。後韓翃省家，柳氏為番將沙吒利所劫奪，幸得俠士許俊為他搶回。明人梅鼎祚根據此情節譜成《玉合記》傳奇。

赤繩繫足——古代傳說，男女婚姻，由月下老人經管，該為夫婦者，月老就用赤繩繫兩人足。

《春蕪記》二十七：「佳人才子由來稱，赤繩繫足，朱樓合卺，不須白雪窺神。」

《懷香記》二十二：「恩情真是兩無虧，莫教容易，料赤繩繫足何疑？」

按：《續幽怪錄》載：「唐韋固旅次宋城，遇老人倚囊坐，向月下檢書；問囊中赤繩，云此以繫夫婦之足，雖仇家異域，繩一繫之，亦必好合。」故俗稱撮合姻緣者為月下老人，或簡稱月老。

阮瑀之固辭——三國時阮瑀不受曹操辟召事。

《龍膏記》二十：「下官昔緣春試，有方寵招，非效阮瑀之固辭，實負孫陽之清盼，久蒙涵庇，實切惶恐。」

按：《三國志．魏書．王粲傳》注：「〈文士傳曰〉：太祖（曹操）雅聞瑀名。辟之不應，連見偪促，乃逃入山中。太祖使人焚山，得瑀送至，召入。太祖時征長安，大延賓客，怒瑀不與語，使就技人列。」

臥冰求鯉——晉王祥孝感動天故事。

《三元記》三十：「孝養之情，一日三公不足榮，憶惜臥冰求鯉，泣竹筍生，第恐難成。」

按：臥冰求鯉是晉王祥冬日求鯉為母治病，孝感動天的故事。但干寶《搜神記》中王祥作楚僚。《搜神記》：「昔楚僚至孝，內親早亡，敬事後母，終身不失。忽母患一腫成癰，形容日悴，人皆不識，僚欲呼醫師針灸，恐母痛難忍，自以口於母腫上徐吮之，其腫有熟血流出，迨夜即得安寢。乃夢一小兒語母曰：『若得鯉魚食之，其病即瘥，可以延壽；若不得鯉食之，死矣。』母覺而告僚，僚聞之，悲懊無計，仰天嘆曰：『我不幸，今是十二月凝結之日，何處求之？』僚即抱而哭：『我如何失母去得？』行坐悲泣，願天效靈，乃脫衣上冰臥之。有一童子，決僚臥處，冰開，送鯉一雙與僚，僚得之喜悅，將歸與母食之，其疾即愈，延壽一百三十三歲，蓋僚至孝感天神，昭應如此。」《晉書·王祥傳》載王祥臥冰事，後元郭居敬編入二十四孝子中。元有《王祥臥冰》南戲及王仲文所撰雜劇。

奔月姮娥——古代傳說，后羿妻姮娥盜食不死藥，奔入月宮為仙。

《南柯記》二十五：「看這座瑤臺是不比其他，界斷銀河，冷澹些兒個，便以背兒夫竊藥向寒宮躲，念瑤芳怎學的姮娥。」

《紅拂記》十四：「只合藍橋水斷，祆廟延燒，怎比得奔月姮娥，悵望天香雲外飄。」

按：《丹鉛總錄》：「月中嫦娥，其說始於《淮南》及張衡《靈憲》。」張衡《靈獻》：「羿請不死之藥於西王母，羿妻姮娥竊之以奔月，託身於月，是為蟾蜍。」《淮南子·覽冥訓》注亦同。

孟母三遷——孟軻母為教子擇鄰故事，後人用以喻母教之辛勞。

《還魂記》二十：「他背熟的班姬四戒從頭學，不要得孟母三遷把氣淘。」

《運甓記》二：「落落西江一布衣，未能仗劍對公車，內承孟母三遷教，腹飽陳平六出奇。」

按：《列女傳》：「鄒孟軻之母也，號孟母，其舍近墓。孟子之少也，嬉遊為墓間之事，踴躍築埋。孟母曰：『此非吾所以居處子。』及去舍市傍，其嬉戲為賈人衒賣之事。孟母又曰：『此非吾所以居處子也。』復徙舍學宮之傍，其嬉遊乃設俎豆，揖讓進退。孟母曰：『真可以居吾子矣。』遂居之。及孟子長，學六藝，卒成大儒之名。」元明間無名氏據此撰《孟母三移》南劇及雜劇。

孟姜女千里送寒衣——古代傳說，孟姜女千里送寒衣給築長城的丈夫。

《尋親記》十七：「兒夫喪天涯，做不得孟姜女千里送寒衣，沒盤纏取他骸骨歸，有何顏更隨別人去。」

按：昔日有段民間故事說：春秋時代，秦始皇拉夫築長城，齊地萬杞梁被拉了去，他妻子孟姜女就送寒衣給他。《納書楹曲譜》：「奴是齊國東人氏，祖貫居民姜氏，名姜女。我夫婿范（一本作萬）杞梁，到此築城池，誰想他喪在邊城，念奴家迢迢千里送寒衣，送寒衣，實指望夫婦一同還鄉里。」元代無名氏撰《孟姜女送寒衣》南戲，又鄭廷玉有同名雜劇。

定昬店——唐人李復言小說，敘韋固在宋城南店遇月下老人，得知自己婚配的妻子。

《紫釵記》三十九：「是他弄簫臺把雲影重遮，你個定昬店把月痕偷搯。」

《還魂記》五十三：「天呵，繫頸的是定昬店赤繩羈鳳，領解的是藍橋驛配遞乘龍。」

按：唐李復言撰《玄怪錄》，中有定婚店一段，敘杜陵韋固少年未娶，旅次宋城南店，見有老人倚布囊在月下看書，書中文字韋固都不識，因問老人，老人說是記天下婚配的書，囊中是繫夫妻足的赤繩。並告訴韋固，他的妻現在才三歲，是店北賣菜陳婆之女。明日，韋固去看陳女，嫌她醜陋，叫僕人刺殺她，中眉心。後十四年，果娶得此女為妻。宋城太守聽說，就把城南的旅店叫做「定婚店」。

武陵源——喻人間仙境。

《紫釵記》九：「人近遠，幾重花路，比武陵源較直截。」

《紅拂記》八：「漁郎誤入仙源去，回首桃花路已迷，再莫向風前有所思。」

《南西廂》五：「爭奈玉人不見，將一座梵王宮疑是武陵桃源。」

按：晉陶淵明作〈桃花源記〉，明許樵點綴成雜劇《武陵春》。寫武陵漁人偶然到一個離隔塵世的快樂環境。後人就常用這個典故比喻快樂的仙境。

抱琵琶而過別船——本白居易〈琵琶行〉詩中語，後人常用此以喻婦女改嫁。

《曇花記》十：「老爺既脫履掛冠，持瓶鉢而遊方外，二妾豈忍施珠浥粉，抱琵琶而過別船。」

按：白居易〈琵琶行〉詩有「門前冷落鞍馬稀，老大嫁作商人婦」及「千呼萬喚始出來，猶抱琵琶半遮面」等句，其後余懷此而有「休抱琵琶過別船」的詩句，後人就沿用這詩句或改作「琵琶別抱」以喻女子的改嫁。元時馬致遠根據〈琵琶行〉詩構寫成《青衫淚》雜劇，明人顧大典又敷演作《青衫記》傳奇。

東京白牡丹——古代相傳東京白牡丹最美，《幽閨記》引以喻美慧的女子。

《幽閨記》六：「你十三，我十三，三個十三三十九，賽過東京白牡丹。」

按：漢高祖建都長安，後漢光武帝建都洛陽，後世就稱洛陽為東京，稱長安為西京。宋時有段民間故事，叫呂純陽三戲白牡丹。白牡丹原是嫦娥下世，投生在河南洛陽白富貴家，生得花容月貌，又有慧根。

東海孝婦三年旱——漢代東海孝婦被誣殺姑枉死故事。

《尋親記》十三：「東海出孝婦，旱三年天無雨墮。」

按：《說苑》：「丞相于定國者，東海下邳人也，其父于公，為縣獄吏決曹掾。東海有孝婦，無子少寡，養姑甚謹，姑欲嫁之，終不肯。姑告鄰人曰：『我老累丁壯，奈何？』後自經死。女告吏曰：『婦殺我母。』吏欲毒治，孝婦自誣服，具獄上府，于公數爭不能得；太守意殺孝婦。郡中枯旱三年，後太守至，卜求其故，於是殺牛祭孝婦家，天立大雨。」

河伯娶婦——戰國時，魏西門豹治鄴，剷除該地民間惡俗事。

《投梭記》二十三：「謾言河伯取婦，絕似鄧尉拋兒。」

按：褚少孫《補史記．西門豹傳》：「魏文侯時西門豹為鄴令，問民所疾苦；長老曰：『苦為河伯取婦，以故貧。』豹問其故，對曰：『鄴三老廷掾，常歲賦斂百姓，收取其錢得數百萬，用其二三十萬為河伯娶婦，與祝巫共分其餘錢持歸。』西門豹曰：『至為河伯取婦時，願三老幸來告語之，吾亦往送。』至其時，西門豹往會之，呼河伯婦來，視其好醜，即將女出帷中來至前。豹視之曰：『是女子不好，煩大巫嫗為入報河伯，得求更好女，後曰送之。』即使吏卒共抱大巫嫗投之河中。有頃，曰：『巫嫗何久也？』復投其弟子三人；復投三老；復欲使廷掾與豪長者一人入趣之，皆叩頭且破，額血流地，色如死灰。鄴吏民大驚恐，從是以後，不敢復言為河伯取婦。」

泣竹筍生——三國吳人孟宗孝感動天故事。

《三元記》三十：「孝養之情，一日三公不足榮，憶昔臥冰求鯉，泣竹筍生，第恐難成。」

按：三國時，吳國江夏孟宗性至孝，他母親嗜吃筍。當時冬節將至，竹筍未生，孟宗入竹林中哀歎感泣，竹為之出筍，得以供奉母親，當時人都以為是他至孝感動天神的緣故（見《三國志．吳志》注）。元人郭居敬編入二十四孝子故事，又屈恭之撰《孟宗哭竹》雜劇。

邯鄲夢——唐人沈既濟《枕中記》小說，敘呂翁在邯鄲道上夢境。後人以喻人生如夢，富貴虛幻。

《紫釵記》四十八：「那魯兩生可也不伏嘲，困黃粱是這邯鄲道。」

《春蕪記》四：「思省，看盈盈鬢星，須早把邯鄲夢醒。」

按：唐人沈既濟有《枕中記》小說，述呂翁在邯鄲道的邸舍中，在蒸黍（《太平廣記》作蒸黃粱）未熟一段時間內，使盧生在枕中經歷了人生富貴險阻，醒後悟出人生如夢、富貴虛幻的至理。後明人湯顯祖據此作《邯鄲記》傳奇。

阿堵——晉王衍諱言錢，稱錢為阿堵。

《飛丸記》二十一：「眼前阿堵終為病，枉自皇皇苦用情，焚身象齒，翠死因毛累不輕。」

《紫簫記》十：「果是兒馨，何須阿堵，只要白璧一雙。」

按：晉王衍妻貪錢，王衍矢口不說錢字，他妻子就趁他睡了時，把錢圍繞著他的床前，使他不能行。王衍早上起來，說：「把阿堵物拿走。」《野客叢書》：「今人稱錢為阿堵，蓋祖王衍之言也。阿堵，晉人方言，猶言『這個』耳，王衍當時指錢而為是言，非真以錢為阿堵也。」

金谷酒數——晉石崇在金谷園中宴衆賢，令各賦詩，不能者，罰酒三斗。

《龍膏記》九：「今日佳會，不可無詩，二公即席請敎一首，若詩不成，罰以金谷酒數。」

按：石崇〈金谷園詩序〉：「余以元康六年，從太僕卿，出為使持節，監青徐諸軍事，征虜將軍，有別廬在河陽縣界金谷澗中，有清泉茂林，衆果竹柏，藥草之屬，其為娛目歡心之物，備矣。時征西大將軍祭酒王詡當還長安，余與衆賢共送往澗中，晝夜遊宴，屢遷其坐，或登高臨下，或列坐水濱。時琴笙筑合載車中，道路並作，及住，令與鼓吹遞奏，遂各賦詩以敍中懷，或不能者罰酒三斗。」

長生殿裏情——唐明皇、楊貴妃七夕在長生殿盟誓，願世世為夫婦。

《贈書記》十三：「不須向百子池邊去，怎得細說長生殿裏情。」

按：唐天寶元年十月在華清宮造長生殿，名集仙臺以祀神。白居易〈長恨歌〉有「七月七日長生殿，夜半無人私語時」句；宋張君房〈麗情集〉中，寫楊貴妃死後，方士在蓬萊宮中尋得她，她敘說昔日和玄宗盟誓的事說：「昔天寶六年，侍輦避暑驪山宮。七月，牽牛織女相見之夕。秦人風俗，是夜張錦繡繒綺，樹瓜花，陳飲食，焚香于庭，謂之乞巧。三拜畢，縷針於月，袵線於裳。夜方半，歇侍衛於東西廂，獨侍帝，憑肩而立，相與盟心誓曰：『世世為夫婦。』誓畢，執手各嗚咽。此獨君王知之。」

青眼——晉阮籍用青、白眼看人故事。後人用青眼以喻對人垂顧照拂。

《東郭記》三十四：「淳于兄，這也不須談了，只所託妻孥，幸為青眼。」

按：晉阮籍看人有青、白眼之分，見禮俗之士，用白眼。他母親過世，嵇喜來弔，阮籍作白眼，喜不懌而退；喜弟康帶琴和酒來看他，阮籍大悅，見青眼。名義考云：「阮籍能為青白眼，故後人有青盼、垂青之語。人平視睛圓，則青；上視睛藏，則白。上視，怒目而視也。」又《書言故事》：「荷人愛厚，云極辱青眼。」

胡陽公主——後漢宋弘不與光武帝姊湖陽公主諧婚故事。

《幽閨記》三十九：「縱有湖陽公主，那宋弘呵，怎做虧心漢。」

按：後漢光武帝姊湖陽公主新寡，帝擬將公主配婚大司空宋弘，宋弘以不負糟糠之妻拒之（見《蒙求》）。

胡麻——劉晨、阮肇入天臺山得仙姬垂愛，設胡麻飯相饗故事。

《紫釵記》八：「武陵溪醮出胡麻。」

《春蕪記》十八：「儻仙姬肯渡塵凡，又何須更覓胡麻。」

按：《續齊諧記》：「永平中，劉晨、阮肇入天臺山採藥，見二女，顏容絕妙，便喚劉、阮姓名，因邀至家，設胡麻飯與食之。」

封姨——風神的別稱。

《金蓮記》十五：「恨封姨欺花偏緊，怨青娥侵荷忒勁。」

按：《合璧事類》：「崔元徽月夜遇數美人，曰楊氏、李氏、陶氏，又緋衣少女曰石措措，又有封家十八姨來。石措措曰：『諸女伴皆住苑中，每被惡風所撓，常求十八姨相庇，處士每歲旦輿，作『朱旛，圖日月五星，則免矣』。崔許之，其日立旛，東風颳地，折木飛花，而苑中花不動。崔方悟眾花之精，封家姨乃風神也。」

姻緣簿——古代傳說，男女婚姻，上天早已安排，記在月老婚姻簿上（參閱七五頁「定昏店」條）。

《荊釵記》三十一：「夫妻聚散前生注，這離別只說離別苦，想姻緣不入姻緣簿，聽取一言伸覆，須信人生萬事莫逃天數。」

《紅梨記》六：「只指望撩雲撥雨巫山嶂，誰知道煙迷霧鎖陽臺上，想姻緣簿空掛虛名，離恨債實受賠償。」

按：此取唐韋固事。《續幽怪錄》載：唐韋固少年未娶時，旅次宋城，遇異人倚囊坐，向月下檢書，因問，答曰：「天下之婚爾。」因告以其妻所在，後果如所言。《書言故事》：「婚成曰喜諧月老之書。」

南柯一夢——唐人李公佐有小說《南柯太守傳》，敘淳于棼夢入蟻穴，後人常用以喻人生富貴，都是如夢幻境。

《玉簪記》六：「對南薰方打疊，且高臥南柯蟻穴，誰到此又傳接。」

《還魂記》十：「正待自送那生出門，忽直母親來到，喚醒將來，我一身冷汗，乃是南柯一夢。」

按：唐人李公佐有小說《南柯太守傳》，敘淳于棼夢入槐安國為駙馬，主南柯郡政事二十年，被送歸而覺。後在院中大槐樹下尋得蟻穴，其布置形勢，一如夢中所歷，才知是夢入蟻穴。後明人湯顯祖據此而作《南柯記》傳奇。

柳毅賠笑在龍宮——唐人李朝威有小說《柳毅傳》，敘書生柳毅入洞庭湖龍宮故事。

《還魂記》五十三：「則待列笙歌畫堂中，搶絲鞭御街攔縱，把窮柳毅賠笑在龍宮。」

按：此典出於唐人小說《柳毅傳》，記儒生柳毅下第還湘，順道往訪旅居涇陽的同鄉，遇洞庭龍女為夫涇川君次子厭薄，哀泣江邊，央柳毅為她傳書給洞庭君。柳毅下洞庭傳書，而龍女得返洞庭。洞庭君感念柳毅恩德，在龍宮盛宴柳毅，並「出碧玉箱，貯以開水犀，錢塘君（洞庭君之弟）復出紅珀盤，貯以照夜環，皆起進毅，毅辭謝而受。然後宮中之人，咸以綃綵珠璧，投于毅側，重疊煥赫，須臾埋沒前後，毅笑語四顧，媿揖不暇。後返家，娶龍女為妻，相與歸于洞庭。」元人尚仲賢據此譜成《柳毅傳書》雜劇。

杵臼程嬰夙世緣——春秋時晉趙盾破家，杵臼、程嬰仗義存孤故事。此處喻犧牲自己成全他人的大義。

《飛丸記》二十七：「我姑媽呵，願天早賜輪迴也，怎報得杵臼、程嬰夙世緣。」

按：程嬰是春秋時晉人，因屠岸賈計害趙盾一家，程嬰為救趙家遺腹子，和公孫杵臼定計，杵臼抱他兒子藏到山中，由程嬰告發他藏匿孤兒，杵臼於是被殺。後程嬰撫育趙氏孤兒成立，攻殺屠岸賈，程嬰就自殺，以報杵臼。元代無名氏的《趙氏孤兒》雜劇，明人徐叔回的《八義記》傳奇，均演此段故事。

祆廟延燒——北齊公主與陳乳母子幽期故事。後以喻好事成空，絕望氣死。

《紅拂記》十五：「想鸞交，音問寥寥，只合藍橋水斷，祆廟延燒，怎比得奔月嫦娥，悵望天香雲外飄。」

《懷香記》二十二：「水溢藍橋，火騰祆廟，可憐良夜難成美。」

按：《異苑》：「北齊公主生，命乳母陳氏養之，遂與陳乳母之子期于祆廟。主至，陳子睡熟，及覺，公主去矣。陳子醒覺，心火烈熾，祆廟俱焚。」後元李直夫撰有《火燒祆廟》雜劇。

秋胡——春秋時，魯人秋胡遊宦三年，歸鄉至郊，誤戲其妻故事。

《玉合記》二十七：「昔日秋胡的妻，怨其夫懷金，陌上投水而死，我卻不是那般人。」

《雙珠記》十三：「（旦）還如舊，還如舊，可憎前日，秋胡窺牖。（見介生）秋胡是春秋時人，娘子為何說他。」

按：《西京雜記》：「魯人秋胡，娶妻三日而遊宦，三年，休還家。其婦採桑於郊，胡至郊而不識其妻也，見而悅之，乃遺黃金鎰。妻曰：『妾有夫，遊宦不返，幽閨獨處，三年于茲，未有被辱於今日也。』採桑不顧，胡慙而退。至家，問妻何在？曰：『行採桑於郊未返。』既歸還，乃向所挑之婦也。夫妻並慙，妻赴沂水而死。」後元人石君實據此譜成《秋胡戲妻》雜劇。

紅拂——唐人杜光庭小說中妓女張出塵故事。

《明珠記》四十一：「便做楊家紅拂，改換衣裝，密跡潛蹤出帝鄉。」

按：唐人杜光庭有小說《虬髯客傳》，敘隋末司空楊素歌妓持紅拂的張氏女，見李靖來謁楊素，器宇不凡，是夜五更，改裝男子，投李靖旅舍，相與私奔，後明人張鳳翼據此傳譜成《紅拂記》傳奇。

紅線盜盒——唐袁郊小說俠女紅線故事。

《明珠記》三十三：「你不知昔日木蘭代父而出征，人都不覺，紅線至魏博而偷盒，止卻反謀。據這小娘子，雖無紅線之才，也有木蘭之智。」

按：《太平廣記》一百九十五卷載唐人小說《紅線傳》，大意說：唐潞州節度使薛嵩家，有青衣紅線者，善彈阮咸，又通經史，嵩召俾其掌牒表，號曰「內記室」云云。朝廷命嵩遣女嫁魏博節度使田承嗣男，又遣嵩男娶滑臺節度使令狐章女，三鎮締交為姻婭，使蓋日浹往來。而田承嗣常患肺氣，遇熱增劇，每曰：我若移鎮山東，納其涼冷，可以延數年之命，乃募軍中武勇十倍者，得三千人，號外宅男，而厚其廩給，常令三百人夜直州宅，卜選良日，將併潞州。嵩聞之，日夜憂悶，咄咄自語，計無所出，云云。紅線曰：「此易與耳，不足勞主憂焉。暫放某一到魏城，觀其形勢，覘其有無。今一更首途，五更可以復命。請先定一走馬，具寒暄書，其他則待某卻回也。」嵩曰：「儻事或不濟，反速其禍，又如之何？」紅線曰：「無不濟也。」乃入闈房裝束，再拜而行，倏忽不見。嵩飲酒而待，紅線回時，盜得床頭金合為信。嵩就發使遣承嗣書，送回金合，承嗣遂不敢行其陰謀。後明人梁伯龍據此而譜成《紅線女》雜劇。

若耶溪畔邂逅緣——范蠡在若耶溪畔邂逅西施故事。

《龍膏記》十二：「看河洲雎鳥相求，更關關雙棲堪羡。若耶溪畔，這邂逅夙緣非淺。」

按：浙江紹興縣若耶山下有清溪，相傳越國西施在溪畔浣紗，和范蠡邂逅，一見鍾情。而他們卻能為國家興亡，犧牲了自己，到越國復國後，才再相攜泛舟五湖，重續姻緣。

范蠡載西施——相傳越范蠡助越王句踐滅吳雪恥後，即引身而退，和西施泛舟遨遊五湖，共享晚年。

《明珠記》四十二：「佳人共攜，覓得扁舟，載取西施。」

《還魂記》四十七：「（丑）罷，你也做楚霸王不成，奴家的虞美人也做不成，換了題目做。（淨）什麼題目。（丑）范蠡載西施。」

按：《通俗編》：「世傳西施隨范蠡去，不見所出，只因杜牧『西子下姑蘇，一舸逐鴟夷』而附會也。《墨子》曰：『吳起之裂，其功也；西施之沈，其美也。』此吳亡後，西施亦沈於水之證。《修文御覽》引《吳越春秋逸篇》云：『吳亡後，越浮西施於江，令隨鴟夷以終。』隨鴟夷者，謂伍胥裹鴟夷沈於江，而西施隨之。此實與《墨子》合。杜牧未精審，一時趁筆，乃有『一舸逐鴟夷』之句。皮日休〈館娃宮〉詩：『不知水葬歸何處，溪月彎彎欲效顰。』李商隱〈景陽井〉詩：『惆悵吳王宮外水，濁泥獨得葬西施。』皆可互證。」明人梁辰魚的《浣紗記》傳奇，和汪道昆的《五湖記》雜劇均演范蠡和西施泛舟五湖事。

娥皇——舜帝崩，二妃娥皇、女英淚下沾竹成斑故事。

《南西廂》三十三：「湘江兩岸秋，當日娥皇因虞舜愁，西廂兩淚流，今日鶯鶯為君瑞憂。」

按：《述異記》：「湘水去岸三十里許，有相思宮望帝臺。昔舜南巡而葬於蒼梧之野，堯之二女娥皇、女英，追之不及，相與協哭，淚下沾竹，竹文上為之斑斑然。」後代因稱此種有斑痕之竹曰湘妃竹。明人汪元享據此撰娥皇女英《斑竹記》雜劇。

桃園結義——三國時，蜀國劉備、關羽、張飛結義金蘭故事。

《殺狗記》二：「明日筵會，非通小可，乃是與柳、胡二官學桃園結義之事。」

《幽閨記》二十：「道這不是，那不是，怎有這好兄弟，賽關、張，勝劉備。」

按：《三國演義》一回：「飛曰：『吾莊後有一桃園，花開正盛，明日當於園中祭告天地，我三人結為兄弟，然後可圖大事。』次日於桃園中備下烏牛白馬祭禮等項，三人焚香，再拜而設誓。誓畢，拜玄德為兄，關羽次之，張飛為弟。」元明間有《桃園結義》雜劇，即演此事。

桃源應有路，仙子遇劉晨——劉晨、阮肇入山迷路，遇仙女故事。

《南西廂》二十：「（生）百歲歡娛，全憑這張紙。（貼）張先生，你放心，正是此去桃源應有路，管教仙子遇劉晨。」

《玉簪記》十三：「有人勾動春心，不數他那誤入天臺。」

按：《太平廣記》六十一卷：「劉晨阮肇，入天臺採藥，遠不得返，經十三日饑，遙望山圭，有桃樹子熟。遂躋險援葛至其下，噉數枚，饑止體充，欲下山以杯取水，見蕪菁葉流下，甚鮮妍，復有一杯流下，有胡麻飯焉，乃相謂曰：『此近人矣。』遂渡山，出一大溪，溪邊有二女子，容色甚美，見二人持盃，便笑曰：『劉阮二郎，捉向杯來。』劉阮驚，二女遂忻然，如舊相識，曰：『來何晚耶?』因邀還家。酒酣作樂，夜後各就一帳宿，婉態殊絕。至十日求還，苦留半年，氣候草木，常是春時，百鳥啼鳴，更懷鄉歸思甚苦，女遂相送，指示還路，鄉邑零落，已十世矣。」元明間據此譜成戲曲的有馬致遠、汪元享、陳伯將、王子一的《誤入桃源》雜劇（亦作《劉阮天臺》），今存明王子一一種。

桃條打鬼——古人認為桃有辟邪作用，用桃條打著鬼邪者，鬼即遠避。

《還魂記》五十三：「（外）這賊都說的是甚麼話，著鬼了，左右，取桃條打他，長流水噴他。（丑取桃條上）要的門無鬼，先敎園有桃，桃條在此。」

按：《風俗通》曰：「東海度朔山有大桃，蟠屈千里，其北有鬼門二神守之，曰神荼、鬱壘，主領眾鬼。黃帝因立桃板於門，畫二神以禦凶鬼。《典術》云：『桃乃西方之木，五木之精，仙木也，味辛氣惡，故能厭伐邪氣制百鬼。』今人門上用桃符辟邪，以此也。」

破鏡重圓——南朝時陳後主妹樂昌公主和駙馬徐德言，藉著半鏡分而復合故事。

《明珠記》三十八：「小生伉儷乖離，此生無復相見之理，得老丈萬死一生，成就好事，使德言之破鏡復合，都護之桃花再開，粉骨碎身，何可報答。」

《幽閨記》四十：「豈料姻緣在卑末，似瓜纏葛藟，松附絲蘿，幾年間破鏡重圓，今日裏斷釵重合。」

按：《太平廣記》卷一百六十六：「陳太子舍人徐德言之妻，後主叔寶之妹，封樂昌公主，方屬時亂，恐不相保，謂其妻曰：『以君之才容，國亡入權豪之家，儻情緣未斷，猶冀相見，宜有以信之。』乃破一鏡，各執其半，約曰：『他日必以正月望，賣於都市。』及陳亡，其妻果入越公楊素之家。德言至京，遂以正月望訪於都市，有蒼頭賣半鏡者，德言出半鏡以合之，乃題詩曰：『鏡與人俱去，鏡歸人不歸。無復姮娥影，空留明月耀。』陳氏得詩，涕泣不食，素知之，即召德言還其妻。」元人沈和據此撰《樂昌分鏡》雜劇。

秦王鞭石——秦始皇作石橋，神人以鞭驅石，石至流血故事。

《琴心記》二十：「相公，你對此橋呵，秦王鞭石奇功立就，勿淹留鵲河填守。」

按：《三齊略記》：「始皇作石橋，欲渡海看日出處，時有神人，能驅石下海，石去不速，神輒鞭之，皆流血，至今悉赤。」

秦青韓娥——古之善歌者，能振木遏雲，使人歡忭、哀哭。

《浣紗記》二十五：「今一動脣，則飛聲流轉，餘韻飄颺，雖秦青韓娥，不過如此。」

按：《太平廣記》二百四：「薛談學謳於秦青，未窮青之技，自謂盡之，遂辭去歸，秦青弗止，餞於郊衢，撫節悲歌，聲振林木，響遏行雲，談謝求返，終身不敢言歸。秦青顧謂其友曰：『昔韓娥東之齊，匱糧，過雍門鬻歌假食，既去而餘音繞梁，三日不絕，左右以其人弗去；過逆旅，旅人辱之，韓娥因曼聲哀哭，一里老幼悲愁泣涕，相對三日不食，遽追而謝之。娥復曼聲長歌，一里老幼歡忭舞，弗能自禁，乃厚賂而遣之。故雍門之人，至今善歌善哭，效娥之遺聲也。』」

秦宮毛女——秦始皇宮女毛玉姜流亡成仙故事。

《玉合記》十三：「你縱不是仙才，亦非凡骨，好做個秦宮毛女，梁家玉清。」

按：《列仙傳》：「毛氏，字玉姜，在華陰山中，山客獵師，世世見之，形體生毛，自言秦始皇宮人也，秦亡，流亡入山，道士教食松葉，遂不饑寒，身輕如此，至西漢時，已百七十餘年矣。」

高唐夢——楚懷王遊高唐，夢中遇幸巫山神女故事。

《紅拂記》二十六：「只道高唐永隔行雲夢，誰知道重上巫峰。」

《玉簪記》七：「喜玉宇風搖艷妝，照水輕盈嬌樣，似越女出瀟湘，似神女赴高唐。」

按：宋玉〈高唐賦〉李善注：「襄陽耆舊傳曰：赤帝女桃姬，未行而卒，葬於巫山之陽，故曰巫山之女。楚懷王遊於高唐，晝寢，夢見與神遇，自稱是巫山之女，王因幸之，遂為置觀於巫山之南，號為朝雲。」元明間據此撰成戲曲的，有《巫娥女醉赴陽臺夢》，和汪道昆、車任遠的《高唐夢》。

梁山伯、祝英臺——晉上虞女子祝英臺喬裝遊學，與同學梁山伯相愛，死後化為雙飛蝴蝶。

《蕉帕記》二十三：「江水上一對鴛鴦弗走開，好像梁山伯了祝英臺，雌個蛆蟲乃亨偏要搭子雄個走也。」

按：《宣室志》：「英臺，上虞祝氏女，偽為男裝遊學，與會稽梁山伯者同肄業。山伯，字處仁。祝先歸二年，山伯訪之，方知其為女子，悵然如有所失，告其父母求聘，而祝已字馬氏子矣。山伯後為鄮令，病，葬鄮城西。祝適馬代，舟過墓所，風濤不能進，問知有山伯墓，祝登號慟，地忽自裂陷，祝氏遂並埋焉。晉丞相謝安奏表其墓曰義婦冢。」《事物異名錄》：「俗傳太蝶必成雙，乃梁山伯祝英臺之魂，今即以此名蝶。」元白樸據此撰《祝英臺死嫁梁山伯》雜劇。

梁家玉清——天上仙女，織女侍兒。

《玉合記》十三：「你縱不是仙才，亦非凡骨，好做個秦宮毛女，梁家玉清。」

《鸞鎞記》十七：「聞得咸宜觀中，有個女冠魚玄機，本係豪家之女，來抱衾裯，出為道院之仙，偏嫌脂粉，才堪詠絮，貌復羞花，真個毛女重生，玉清再世。」

按：《獨異志》：「東方朔內傳云：秦并六國，太白星竊織女侍兒梁玉清衛承莊逃焉。梁玉清有子名休，玉清謫於北斗下，常眷其子，乃配於河伯驂乘行雨，子休每至少仙洞，恥其母淫奔之所，輒迴馭，故此地常少雨焉。」

啣環結草——喻受恩必報。

《紅拂記》二十：「奴家既蒙不殺之恩，又荷重諧之賜，啣環無地，結草何年。」

《幽閨記》二十二：「英豪，念孤恤寡，再生之恩難報，久以後啣環結草，敢忘分毫。」

按：《續齊諧記》：「楊寶年九歲，至華陰山北，見一黃雀為鴟梟所搏，墜樹下，寶取歸置巾箱中，食黃花百餘日，毛羽成乃飛去。其夜有黃衣童子，向寶再拜曰：『我西王母使者，君仁愛救拯，實感成濟。』以白環四枚與寶曰：『令君子孫潔白，位登三事，當如此環矣。』」又結草事見《左傳．宣公十五年》：魏顆遣嫁魏武子的嬖妾，不把她殉葬。後來他和秦國力士杜回在輔氏交戰，有老人結草絆倒杜回，魏顆因而擒獲了杜回。晚上夢見老人來告訴他，老人是那嬖妾的父親，因他活了他女兒的命，所以結草絆倒杜回以報恩。

崑崙奴——唐段成式小說，敘崑崙奴磨勒為主人偷取郭子儀府中歌伎紅綃故事。

《龍膏記》二十三：「我家前日一個紅綃，也被崑崙奴輕輕的搶去了，你們也搶一個來還報。」

《明珠記》四十一：「義士施偷天之計，郎君秉介石之心，紅綃託磨勒以得脫。」

按：唐段成式小說有《崑崙奴》傳奇，記博陵崔千牛有老僕崑崙奴磨勒。崔生帶著他去拜訪郭子儀，和郭府歌伎紅綃有情。後來崑崙奴就殺犬越牆，偷出紅綃，使和崔生同居。後被郭子儀知道，要追究崑崙奴的罪，他就飛越高牆逃走了。臨行約期相見，自謂是天上謫仙，今限期已滿，就告別而去。後明人梁伯龍據此譜成《紅綃記》雜劇。梅鼎祚撰《崑崙奴》雜劇。

崔徽——唐河中府娼妓，曾畫形像寄其相好裴敬中。

《還魂記》二十六：「小娘子畫似崔徽，詩如蘇蕙，行書逼真魏夫人。」

《邯鄲記》十：「（旦）夢回鴛枕翠生寒，始悔前輕別。（貼）一種崔徽情緒，為斷鴻愁絕。」

按：元稹〈崔徽歌〉注：「崔徽，河中府娼也。裴敬中以興元幕使蒲州，與徽相從累月，敬中便還，崔以不得從為恨，因而成疾。有丘夏善寫人形，徽托寫真寄敬中，曰：『崔徽一旦不及畫中人，且為郎死。』發狂卒。」

望夫石——相傳古代貞婦登山望遠役之夫，化為立石。

《紫釵記》五十三：「霍小玉憐才誓死，有望夫石不語之心，破產回生，有懷清臺衛足之智。」

《紅拂記》二十二：「伯勞東去，只怕蕭條虛繡戶，禁不得門掩梨花夜雨時。縱不然化做了望夫石，也難免瘦了腰肢。」

按：《幽明錄》：「武昌北山上有望夫石，狀若人立。古傳云：昔有貞婦，其夫從役遠赴國難，餞送此山，立望夫而化為立石，因名焉。」

章臺柳——唐許堯佐有小說《柳氏傳》，敘韓翃和妓女柳氏的戀愛故事。

《玉簪記》十：「我意絮沾泥心鍊鐵，從來不愛閒風月，莫把楊枝作柳枝，多情還向章臺折。」

《明珠記》二十：「螟蛉女，掌中珍，郎須好看待，休看做等閒人，悄一似章臺楊柳出侯門，再遇芳春。」

按：《太平廣記》：「韓翃，字君平，有友人，每將妙伎柳氏至其居，窺韓所與往還皆名人，必不久貧賤，許配之。未幾，韓從辟淄清，置柳都下，三歲，寄以詞曰：『章臺柳，章臺柳，昔日青青今在否？縱使長條似舊垂，亦應攀折他人手。』柳氏回答：『楊柳枝，芳菲節，所恨年年贈離別，一葉隨風忽報秋，縱使君來豈堪折。』後柳氏為番將沙吒利所劫，有虞侯許俊詐取得之，天子下詔歸韓翃。元明間據此撰成戲曲者有：元無名氏《章臺柳》南戲，鍾嗣成《章臺柳》雜劇。明張國籌《章臺柳》雜劇、張四維《章臺柳》傳奇等。

許飛瓊——古仙女，西王母侍女。

《紫釵記》六：「他飛瓊伴侶，上元班輩，迴廊月射幽暉。」

《還魂記》三十二：「他把姓字香沈，敢怕似飛瓊漏洩。姐姐，不肯泄漏姓名，定是天仙了，薄福書生，不敢再陪歡宴。儘仙姬留意書生，怕逃不過天曹罰折。」

按：〈漢武帝內傳〉：「王母命侍女許飛瓊，鼓震靈之簧。」

郭璞——晉人，相傳他善占相，死後化為神仙。

《雙珠記》三：「出處有先機，人情不預覺，一語覺迷途，殷勤尋郭璞。」

按：《神仙傳》：「郭璞字景純，河東人也，周識博聞，有出世之道，鑒天文地理，龜書龍圖，爻象讖緯，安墓卜宅，莫不窮微，善測人鬼之情狀。……殯後三日，南州市人，見璞貨其平生服飾，與相識共語，（王）敦不信，開棺無尸。璞得尸解之道，今為水仙伯。」

曾閔——曾參、閔子騫，都是孔子門中最能行孝的人。

《運甓記》八：「這情懷可矜，他孝同曾閔，怎肯把心如蚱蜢。」

按：《孝子傳》：「閔損與曾參，門徒之中，最有孝稱，今言孝者，莫不本之曾閔。」元無名氏有《閔子騫單衣記》南戲，演閔子騫少時為後母疾惡，以蘆花絮做衣服給他穿，後母所生二子，則穿綿絮衣。後為父所知，欲遣後母，騫泣曰：「母在一子寒，母去三子單。」終使後母感動，平待三子。又周朝曾參入山採薪，母親在家嚙指，曾參在山上忽感心痛；曾子路過勝母村，以村名勝母，不入村民之家。後元人郭居敬編《二十四孝》，亦有「閔子騫單衣順母」、「曾參母嚙指痛心」二則。

唾井之嫌——喻無故受嫌疑。

《玉合記》十一：「郎君，妾方待歲，不止周星，弄管持觴，既免蒸梨之過；稱詩守禮，何來唾井之嫌。」

按：《玉臺新詠》載曹植代劉勳妻王氏見出而為之詩曰：「人言去婦薄，去婦情更重，千里不唾井，況乃昔所奉，遠望未為遲，踟躕不得共。」其意是嘗飲此井，雖舍而去之，亦不忍唾也。

麻姑仙子——漢代仙女。

《紫簫記》：「麻姑仙子，也有人間之情。看羅敷早配玄都，恨玉蘭空孕蓮花。」

《明珠記》六：「水上盈盈步羅襪，只疑他麻姑有緣。」

按：《神仙傳》載：漢孝桓帝時，神仙王方平和麻姑同降蔡經家。麻姑是年十八九的好女子，髮結髻於頂，餘髮垂至腰，衣有文章，光彩耀目。自說已見東海三為桑田。飲宴畢，方平麻姑命駕昇天而去，簫鼓道從如初。

梁鴻之妻——漢梁鴻妻孟光，敬順夫婿，以賢明見稱。

《鸞鎞記》二十四：「賢哉夫人，下官得第之時，寄詩激我，下官得第之後，寄詩賀我，不減樂羊之婦，梁鴻之妻，可敬。」

按：《列女傳》卷八：「梁鴻妻者，右扶風梁伯淳之妻，同郡孟氏之女也。其姿貌甚醜，而德行甚脩，鄉里多求者，而女輒不肯。行年三十，父母問其所欲，對曰：『欲節操如梁鴻者。』時鴻未娶，扶風世家，多願妻者，亦不許，聞孟氏女賢，遂求納之。孟氏盛飾入門，七日而禮不成，妻跪問曰：『竊聞夫子高義，斥數妻，妾亦已偃蹇數夫，今來而見擇，請問其故？』鴻曰：『吾欲得衣裘褐之人，與共遁世避時，今若衣綺繡，傅黛墨，非鴻所願也。』妻曰：『竊恐夫子不堪，妾幸有隱居之具矣。』乃更麁衣椎髻而前，鴻喜曰：『如此者，誠鴻妻也。』字之曰德曜，名孟光；自名曰運期，字俟光，共遯逃霸陵山中。此時王莽新敗之後也，鴻與妻深隱耕耘織作，以供衣食，誦書彈琴，忘富貴之樂。後復相將至會稽，賃舂為事，雖雜庸保之中，妻每進食，舉案齊眉，不敢正視，以禮脩身，所在敬而慕之。」孟光事被譜成戲曲的，有元無名氏的《舉案齊眉》雜劇。

紫玉從韓重——吳王夫差小女紫玉對韓重至死不渝的愛情。

《玉合記》三十五：「我想起我家故事，昔日吳王之女紫玉，欲從韓重，竟不遂而死。你不記南山之詩乎，南山有鳥雌失雄，可如紫玉從韓重。」

按：《搜神記》：「吳王夫差小女紫玉，悅童子韓重，欲嫁之，不得，氣結而死。重遊學，歸知之，往弔於墓側。玉形見，贈重明珠，因延頸作歌，重欲擁之，如煙而沒。」

莊周夢——戰國時莊子夢化蝴蝶故事。

《精忠記》二十一：「功多的也是空，名高的也是空，都做了一枕莊周夢。」

按：《莊子．齊物論》：「昔者莊周夢為蝴蝶，栩栩然蝴蝶也，自喻適志與，不知周也；俄然覺，則蘧蘧然周也。不知周之夢為蝴蝶與？蝴蝶之夢為周與？周與蝴蝶，則必有分矣。」元時有雜劇名《老莊周一枕蝴蝶夢》，簡作《莊周夢》。大意說戰國時，四川成都府人莊周，本是天上大羅仙，因在天帝面前失儀，貶謫塵世。後莊周遊學杭州，蓬壺仙恐其迷失正道，領風花雪月四仙女，化為娼妓，迷惑莊周。又由太白金星化為李府尹，令燕、鶯、蜂、蝶為四仙女，各攜琴、棋、書、畫作詩唱和，並勸莊周戒除酒、色、財、氣。又令春、夏、秋、冬四仙，化作桃、柳、竹、石四女，為莊周煉丹。最後由金星引莊周證果回元，重歸仙籍。所演劇情，全部出自作者胸臆，與莊子夢為蝴蝶之事無涉。而《精忠記》所引，是取雜劇情節。

溫衾扇枕——喻孝事父親，漢黃香孝親事。

《荊釵記》二：「親年邁，且自溫衾扇枕，隨分度朝昏。」

按：後漢江夏黃香，九歲失母，思慕骨立，事父竭力致養，冬無被袴，而盡滋味；暑則扇床枕，寒則以身溫席，和帝嘉之，特加異賜。後元郭居敬輯入二十四孝子故事，黃香孝行，從此膾炙人口。

黃粱境——喻人生富貴如夢境。

《還魂記》二十七：「則為這斷鼓零鐘金字經，叩動俺黃粱境。」

《琴心記》三十三：「我與你空門暫隱，且將六根淨，莫恨塵緣猶未盡，黃粱有夢還堪信。」

按：唐沈既濟《枕中記》小說，敘盧生在邯鄲道旅舍中，用呂翁枕入睡，蒸黃粱未熟而醒，夢中卻已經歷了幾十年的富貴，於是頓悟人生的虛幻。後元人馬致遠據此撰《黃粱夢》雜劇。

琴心記——漢司馬相如琴挑卓文君故事。

《龍膏記》二十三：「（淨）院子，我前日見搬琴什麼記的戲文，那故事你可記得麼？（眾）是《琴心記》，卓文君的故事。」

按：漢司馬相如以琴音挑動卓文君的芳心，二人黃夜私奔（見《史記·司馬相如傳》）。後明人孫柚據此譜成《琴心記》傳奇。

無鹽——齊宣王王后鍾離春，極醜，後人以她喻醜婦。

《春蕪記》四：「夫人任氏，貌比無鹽，性同跋扈，全無為婦道的四德三從，只有降老公的千方百計。」

《春蕪記》二十五：「那登徒子之妻，貌如嫫姆無鹽。」

按：《列女傳》：「鍾離春者，齊無鹽邑之女，宣王之正后，其為人極醜無雙，臼頭深目，長指大節，印鼻結喉，肥項少髮，折腰出胸，皮膚若漆，行年四十無所容入，衒嫁不售，流棄莫執，於是乃拂拭短褐，自詣宣王，乞備後宮，因說王以四殆，王拜為正后。」元人鄭光祖撰有《智勇定齊》雜劇，即演鍾離春智破秦燕兩國而定齊國事。

無鹽可刻畫——意見前條。《四賢記》中是取醜女亦可說成美麗之意。

《四賢記》十二：「我做虔婆甚挑剔，三寸舌兒甜似蜜，西子可唐突，無鹽可刻畫，說合為媒稱第一。」

按：《世說新語》：「庾元規語周伯仁：『諸人皆以君方樂。』周曰：『何樂？謂樂毅耶？』庾曰：『不爾，樂令耳。』周曰：『何乃刻畫無鹽，以唐突西子也？』」注：「《列女傳》曰：鍾離春者，齊無鹽之女也，其醜無雙云云，行年三十，無所容入，衒嫁不售，乃自詣宣王，乞備後宮，因說王以四殆，王拜為正后。」

董公千林紫杏——三國吳侯官人董奉栽杏林治病活人故事。

《明珠記》三十二：「醮壇邊松竹森森，講堂下煙霞細細，門種董公千林紫杏，庭棲蕭史一對青鸞。」

按：《神仙傳》：「董奉居山不種田，日為人治病，亦不取錢，重病愈者，使栽杏五株，輕者一株，如此數年，計得十萬餘株，鬱然成林。乃使山中百禽羣獸，遊戲其下，卒不生草，常如芸治也。後杏子大熟，於林中作一草倉，示時人曰：『欲買杏者，不須報奉，但將穀一器置倉中，即自往取一器杏去。』常有人置穀來少，而取杏去多者，林中羣虎出吼逐之，大怖，急挈杏走，路傍傾覆，至家量杏，一如穀多少。或有人偷杏者，虎逐之到家嚙至死，家人知其偷杏，乃送還奉，叩頭謝過，乃卻使活。」

董雙成——仙女，西王母侍女。

《綵毫記》十三：「佳人貌比雙成樣，才子胸盤五色腸。」

《曇花記》三十七：「侍兒輩，這分明是董雙成萼綠華隨侍西王母降下凡世也。」

按：〈漢武帝內傳〉：「有侍女四人，帝問其名，曰：董雙成、許飛瓊、賈陵華、段安香。」《浙江通志》：「周董雙成，西王母侍女，其故宅在杭州西湖妙庭觀，丹成得道，自吹玉笙，駕鶴仙去。邑人立橋上望之，因名望仙橋。宋紹興初，道士董行元掘土得銅牌，有字云：『我有蟠桃樹，千年一度生，是誰來竊去，須問董雙成。』」

落鳳坡——三國時蜀將龐統，道號鳳雛，三十六歲時帶軍前往雒城，在落鳳坡遭伏，死於亂箭之下。

《飛丸記》十二：「牆危險似落鳳坡，軟腳如何能跳過。」

按：《三國演義》六十三回：「龐統邐迤前進，抬頭見兩山逼窄，樹木叢雜，又值夏末秋初，枝葉茂盛。龐統心下甚疑，勒住馬問：『此處是何地名？』數內有新降軍士，指導：『此處地名落鳳坡。』龐統驚曰：『吾道號鳳雛，此處名落鳳坡，不利於吾。』令後軍疾退。只聽山坡前一聲礮響，箭如飛蝗，只望騎白馬者射來。可憐龐統竟死於亂箭之下。」

獅子吼河東——宋陳慥懼妻故事。後人用以喻人妻子嚴悍。

《綵毫記》二十三：「奴家皇帝鼻豐隆，胡種。拖帶奴奴做正官，打哄，三千粉黛盡花容，奪寵。一聲獅子吼河東，怕恐。」

按：《容齋三筆．陳季常》：「陳慥字季常，公弼之子，居于黃州之歧亭，自稱龍丘先生，又曰方山子。好賓客，喜畜聲妓，然其妻柳氏絕兇妬，東坡有詩云：『龍丘居士亦可憐，談空說有夜不眠，忽聞河東獅子吼，拄杖落手心茫然。』河東獅子指柳氏也。」明人汪廷訥據此撰《獅吼記》傳奇。

跳江心，撈明月——李白醉酒捉月溺死故事。

《荊釵記》二十四：「拚此身來，早去跳江水，撈明月。」

按：古代傳說唐李白以附王璘有罪，流貶夜郎。赦還後，遊采石磯，在舟中醉飲，見江心有一輪明月，隨波蕩漾，心甚愛之，乘興跳到江心撈月，遂溺死江中（見《摭言》）。元人王伯成之《貶夜郎》雜劇，亦演此事。

雷轟薦福——宋時，有書生落魄，范仲淹令脫薦福寺碑文出售以濟之，碑竟為雷打碎故事。

《尋親記》二：「簞瓢陋巷，人不堪其憂；雷轟薦福，天何苦相逼。」

按：《冷齋夜話》卷二：「范文正公鎮鄱陽，有書生獻詩甚工，文正禮之。書生自言，天下之至寒餓者，無在某右。時盛行歐陽率更書〈薦福寺碑〉（歐陽詢為率更令，〈薦福寺碑〉為詢所書），墨本直千錢，文正為具紙墨，打千本使售於京師，紙墨已具，一夕雷擊碎其碑，故時人為之語曰：『有客打碑為薦福，無人騎鶴上揚州。』」後元人馬致遠據此情節，增飾撰成《薦福碑》雜劇。

甄妃遺枕——魏曹植在甄后死後，見甄后遺枕，而興感傷事。

《雙珠記》二十七：「抱甄妃遺枕重憂，羨韓女題紅機偶。」

按：曹植〈洛神賦〉序李善注：「植初求甄逸女不遂，後太祖回，與五官中郎將，植殊不平，晝思夜想，廢寢與食。黃初中入朝，帝示植甄后玉鏤金帶枕，植見之，不覺泣下；時已為郭后讒死。帝意尋悟，因留宴飲，仍以枕賚植。植還度轘轅將息洛水上，因思甄后，忽若有見，遂述其事作〈感甄賦〉。」明人汪道昆所撰《洛神記》（亦名《洛水悲》）亦演此事。

賈女私窺——賈充女偷窺、私戀韓壽故事。

《紅拂記》十八：「自那日把新妝改易，悄出門偷從君子，司空不見了我呵，只道我似賈女私窺，忍捐恩負主。」

《龍膏記》十一：「那袁大娘說的佳偶，多應在此了，只是他蘭閨隔絕，誰傳賈氏之奇香。」

按：《世說新語》三十五：「韓壽美姿容，賈充辟以為掾。充每聚會，賈女於青璅中看見壽，說之，恒懷存想，發於吟詠。後婢往壽家具述如此，並言女光麗，壽聞之心動，遂請婢潛修音問，及期往宿。壽蹻捷絕人，踰牆而入，家中莫知。自是充覺女盛自拂拭，說暢有異於常。後會諸吏，聞壽有奇香之氣，是外國所貢，一著人則歷月不歇。充計武帝唯賜己及陳騫，餘家無此香，疑壽與女通，而垣牆重密，門閤急峻，何由得爾。乃託言有盜，令人修牆，使反曰：『其餘無異。唯東北角如有人跡，而牆高非人所踰。』充乃取女左右婢考問，即以狀對。充秘之，以女妻壽。」後元人李子中據此撰《韓壽偷香》雜劇。

愛河邊題紅葉——唐僖宗時于祐和宮女韓夫人御溝題紅葉而結姻緣的故事。

《還魂記》五十四：「一般兒輪迴路駕香車，愛河邊題紅葉，便則到鬼門關逐夜的望秋月。」

《玉合記》三十一：「看他恨轉結，我中更熱，翠鈿含情羞再帖，孩兒，你御水空教題紅葉。」

《霞箋記》四：「潛蹤隱跡人難料，一幅霞箋隔院抛，把你做紅葉傳情出御橋。」

按：《合璧事類》：「唐僖宗時，于祐於御溝拾一紅葉題詩云：『流水何太急，深宮盡日閒，殷勤謝紅葉，好去到人間。』祐題一葉云：『曾聞葉上題紅怨，葉上題詩寄阿誰？』置溝上，流為宮女韓拾之。後祐託韓泳門館，因帝放宮女三千人，泳以韓有同姓之親作伐嫁祐，及成禮，各於笥中取紅葉相示曰：『事豈偶然，乃前定也。』」後明人祝長生據此撰題《紅葉記》傳奇。

楊朱泣路岐——喻人對於事物抉擇決定的困難。

《紅拂記》四：「不須買卜君平宅，免使楊朱泣路歧。」

按：《淮南子．說林訓》：「楊子見逵路而哭之，為其可以南可以北。」注：「憫其本同而末異。」

《風俗通》：「斯乃楊朱哭於歧路，墨翟悲於練素者。」

楊修之捷悟——三國時楊修穎悟過人故事。

《贈書記》二：「小生談塵，表字子玄……鄴下之步比才，揮塵而驚四筵，楊修之捷悟不為異。」

按：《世說新語》載楊修捷悟的故事有三則：

㈠「楊德祖（修字德祖）為魏武（曹操）主簿，時作相國門，始搆榱桷，魏武自出看，使人題門作『活』字，便去。楊見，即令壞之，既竟，曰：『門中「活」，「闊」字，王正嫌門大也。』」

㈡「人餉魏武一杯酪，魏武噉少許，蓋頭上題『合』字以示眾，眾莫能解。次至楊修，修便噉，曰：『公教人噉一口也，復何疑？』」

㈢「魏武嘗過曹娥碑下，楊修從。碑背上見題作『黃絹幼婦外孫齏臼』八字，魏武謂修曰：『解不？』答曰：『解。』魏武曰：『卿未可言，待我思之。』行三十里，魏武乃曰：『吾已得。』令修別記所知。修曰：『「黃絹」，色絲也，於字為「絕」；「幼婦」，少女也，於字為「妙」；「外孫」，女子也，於字為「好」；「齏臼」，受辛也，於字為「辭」，所謂「絕妙好辭」也。』魏武亦記之，與修同；乃歎曰：『我才不及卿，乃覺三十里！』」

楊貴妃捧硯，高力士脫靴——傳說李白起草〈嚇蠻書〉時的榮寵。

《明珠記》十九：「老娘是唐明皇宮中老內人，楊貴妃捧硯，高力士脫靴。」

按：《摭遺》：「李白遊華陰縣，乘驢過縣門，宰怒，白乞供狀，曰：『曾用龍巾拭吐，御手調羹，力士脫靴，貴妃捧硯，天子殿前，尚容走馬，華陰縣裏，不得乘驢。』」又明人小說記李白應試，因不行賄賂，被主試官楊國忠、高力士屈批試卷。後來唐明皇召李白起草〈嚇蠻書〉，李白要求楊國忠為他磨墨，高力士為他脫靴著襪，以雪前恥（見《今古奇觀》）。

緊那羅——佛家樂神名叫緊那羅，似人而有角，號「人非人」。

《荊釵記》三：「奴奴體兒多嬝娜，嫦娥也賽奴不過，市人都道我，道奴相像緊那羅。」

按：文句：「緊那羅，亦云真陀羅，此云疑神，似人而有一角，故號人非人。天帝法樂神，居十寶山。」《荊釵記》取其「似人非人」醜陋之意。

蒙正守窰時——元時民間盛傳宋代呂蒙正貧寒出身故事。

《殺狗記》十一：「吁，想蒙正守窰時，雖然困守破窰，還有妻兒相倚，似我孫榮，欲並誰為侶？回首無人形影隨。」

按：元人王實甫、關漢卿均撰有《呂蒙正風雪破窰記》雜劇，演宋代呂蒙正少時貧困，屈居破窰，寄食白馬寺，終得為官事。大意謂呂蒙正少時，和寇準同居在破窰中讀書，竟得洛陽富人劉仲實女月娥的招婿綵毬，娶得月娥為妻，同居在破窰中。蒙正常到白馬寺乞齋度日，又為寺僧以「飯後鐘」戲弄。劉仲實又嫌怨他，搗毀破窰，蒙正就和寇準赴京，後得洛陽縣令而回。《通俗編卷》三十七：「《宋史》：『蒙正父龜圖多內寵，與妻劉氏不睦，並蒙正出之，頗淪躓窘之，劉誓不復嫁。及蒙正登仕，迎二親同堂異室，奉養備至。』《避暑錄》：『文穆為父所逐，衣食不給，龍門寺僧識其貴人，延至寺中，鑿山岩為龕居之，凡九年，後諸子即石龕為祠堂。』按：『元關漢卿、王實甫俱撰《呂蒙正風雪破窰記》，貢性之有〈風雪破窰圖〉詩，破窰之說，當即以石龕傳訛。其與蒙正共淪躓者，母劉氏也，今傳奇乃謂蒙正妻劉因，蒙正為妻、父並逐，又沒龍門寺僧，而牽飯後鐘事蠛之，皆繆甚。蒙正妻宋氏，史言淳化時，右正言宋抗上疏忤旨，蒙正妻族，坐是貶官，可證。」由翟氏考證，可知關漢卿、王實甫的戲劇，只是隨心所之，卻極流行，為時人所引用。

蒸梨之過——曾子妻因蒸藜不熟而被出故事。梨是藜之誤。

《玉合記》十一：「郎君，妾方待歲，不止周星，弄管持觴，既免蒸梨之過，稱詩守禮，何來唾井之嫌。」

按：《孔子家語》七十二弟子解：「曾參後母，遇之無恩，供養不衰，其妻以藜蒸不熟，因出之。」《白虎通．諫諍》：「傳曰：『曾子去妻，藜蒸不熟，問曰：「婦有七出，不蒸亦預乎？」曰：「吾聞之也：絕交令可友，棄婦令可嫁也。藜蒸不熟而已，何問其故乎？」』」

遣遞絲鞭——唐人張嘉貞牽絲選婿故事。

《幽閨記》三十五：「蒙聖旨著俺招贅文武狀元為婿，不免請夫人女孩兒出來，一同遣遞絲鞭便了。」

《幽閨記》三十五：「媒婆，你去遞絲鞭，一雙兩美，成就好姻緣。」

按：《海錄碎事》：「張嘉貞有五女，欲納郭元振為婿，令五女各以一絲，元振從簾外牽之，得第三女。開元遺事。」

漂母一飯千金——韓信封侯後，以千金報答貧寒時給他飯吃的漂母的故事。

《運甓記》十二：「釣魚臺下千金重，漂母祠前一飯輕。」

按：《史記．淮陰侯傳》，記淮陰侯韓信布衣時，貧至無食，「釣於城下，諸母漂。有一母，見信饑，飯信，竟漂數十日，信喜謂漂母曰：『吾必有以重報母。』母怒曰：『大丈夫不能自食，吾哀王孫而進食，豈望報乎？』」後韓信隨劉邦建立漢朝，封淮陰侯，用千金報恩。後明人沈采撰《千金記》傳奇五十齣，亦演此段故事。第四十九齣報德有「令我將千金在此，欲報母恩之德」的話。

齊姜宋子——古代賢淑的婦人。

《贈書記》二十九：「我笑那傅郎，認你做齊姜宋子，誰知到是宋朝居室，龍陽當妻。」

按：齊姜，齊桓公之宗女，晉文公之夫人。文公為公子時，出亡至齊，齊桓公以宗女妻之。齊姜知文公貪在齊之富貴安樂，將老死於齊，於是設計醉遣文公，文公終得為晉君。宋子，宋鮑蘇之妻。鮑蘇仕衛三年而娶外妻，宋子不妬，養姑愈敬，賂遺外妻甚厚。後人稱齊姜公正不怠，宋子謙和知禮（均見《列女傳》卷二）。

銅雀鎖二喬——三國時美人橋氏姊妹。

《紅拂記》十二：「好似秦樓乘鳳，去弄璚簫，那銅雀焉能鎖二喬。」

《紅拂記》五：「花封繡戶貯嬌姿，不數他鄴都銅雀。」

按：三國時有喬（原作橋）氏姊妹，皆美人。《吳志．周瑜傳》：「時得橋公兩女，皆國色，策自納大橋，瑜納小橋。」又建安十五年，曹操在鄴城建銅雀臺，遺命死後使其妾與伎人，每月朝十五在臺上向帳前作伎。是橋氏二女原與銅雀臺了無關涉，後因唐杜牧〈赤壁〉詩有「東風不與周郎便，銅雀春深鎖二喬」之句，便誣曹操有鎖二喬之念，所以清翟灝說：「此詩人推擬之詞，非曹氏當日果蓄此念也。」

蒹葭倚玉——喻可資靠重的姻親。

《玉簪記》七：「陳旺，潘親家家中到也未，蒹葭倚傍在何方。」

《運甓記》二十四：「世儀，寅恭義深篤，倚玉蒹葭散香馥。」

《春蕪記》二十七：「論蒹葭倚玉，總是三生定，親執伐，奉君命。」

按：《世說新語》卷五：「魏明帝使后弟毛曾，與夏侯玄共坐，時人謂蒹葭倚玉樹。」注：「《魏志》曰：『玄為黃門侍郎，與毛曾並坐，玄甚恥之，曾說形於色。』」

裴航配雲英——唐長慶時秀才裴航，後和仙女雲英結婚，並得道仙去。

《玉簪記》三十一：「月下姻緣曾有約，得見雲英在異鄉，暗許配裴航。」

《明珠記》二十五：「藍橋今夜好風光，天上羣仙降下方，只恐雲英難見面，裴航空自擣玄霜。」

《鸞鎞記》二十五：「多分是路近藍橋有個雲英也，勾引裴航得遇仙。」

按：唐人傳奇小說有裴航故事，記秀才裴航與雲英婚配，大意說：長慶年間，有秀才裴航，在湘漢船上結識樊夫人，心戀慕而不可得，後夫人贈詩一章，詩說：「一飲瓊漿百感生，玄霜搗盡見雲英，藍橋便是神仙窟，何必崎嶇上玉清。」其後裴航行經藍橋驛側，向道旁茅屋老婦求漿解渴，老婦命孫女雲英捧漿出；裴航見雲英姿容絕艷，即求納禮迎娶。老婦說：「我今老病，有仙藥靈丹，要用玉杵臼擣百日吞服才好。欲娶我孫女的人，須以玉杵臼為聘，並須為擣藥百日。」裴航尋訪數月餘，罄其所有，才買得玉杵臼；回到藍橋，又擣藥百日，然後和雲英共入山中成婚。原來老婦、雲英、樊夫人均為神仙中人，樊夫人即雲英姊名雲翹。後來裴航亦在玉峰得道仙去。後元人庾天錫據此而撰《裴航遇雲英》雜劇，明人明龍膺又撰《藍橋記》傳奇。明楊之炯又配以崔護事撰《玉杵記》。

鳳絃膠——漢武帝有鸞膠可以續接斷了的弦線，南劇中常用喻夫婦的分而復合。

《紫釵記》四十八：「你淒淒切切愁色冷金蕉，只俺臂鷹老手拈不出鳳絃膠。」

《明珠記》三十一：「夢入藍橋，不見桃花面，知君多意氣，好心堅，願把鸞膠續斷絃。」

按：〈漢武帝外傳〉：「西海獻鸞膠，武帝弦斷，以膠續之，弦兩頭遂相著，終日射不斷，帝大悅，名續弦膠。」後人因喻夫婦的分而復合，或再結婚姻為「鸞膠續斷弦」。陶穀〈風光好〉詞：「待得鸞膠續斷弦，是何年？」

種玉藍田——楊雍伯種石生玉，以玉求得好婦故事。

《玉合記》九：「恨平生種璧在藍田後，那裏去懷珠向漢浦求。」

按：《搜神記》：「楊公雍伯，雒陽縣人也，本以儈賣為業，性篤孝，父母亡，葬於無終山，遂家焉，山高八十里，上無水，公汲水，作義漿於坂頭，行者皆飲之。三年，有一人就飲，以一斗石子與之，使至高平好地有石處種之，云玉當生其中。楊公未娶，又語云：『汝當得好婦。』語畢不見。乃種其石，數歲，時時往視，見玉子生石上，人莫知也。有徐氏者，右北平著姓，女甚有行，時人求，多不許，公乃試求徐氏，徐氏笑以為狂，因戲云：『得白璧一雙來，當聽為婚。』公至所種玉田中，得白璧五雙以聘，徐氏大驚，遂以女妻公。天子聞而異之，拜為大夫，乃於種玉處四角作大石柱各一丈，中央一頃地，名曰玉田。」據《搜神記》載，楊雍伯種玉不在藍田，後以藍田山產美玉（《漢書．地理志》），故曰種玉藍田。明人龍渠翁撰《藍田記》傳奇，即演楊雍伯種玉事。

精衛填橋——炎帝女溺死東海，化為小鳥，啣石填海。

《青衫記》三：「笑癡兒慾火延燒，好一似精衛填橋。」

按：《山海經．北海經》：「發鳩之山，其上多柘木，有鳥焉，其狀如烏，文首白喙赤足，名曰精衛，其鳴自詨，是炎帝之少女，名曰女娃，女娃遊於東海，溺而不返，故為精衛，常銜西山之木石，以堙于東海。」

嬌紅記——元明間極流行的戲劇，演西王母侍兒玉女、金童思凡受罰故事。

《霞箋記》八：「君未觀嬌紅記乎？倘有不虞，則申為嬌死，嬌為申亡，夫復何恨。」

按：宋元間，民間小說有記某年七夕，玉帝在天宮歡宴羣仙，金童、玉女因思凡受罰，謫下紅塵，金童謫為申晉的次子申純，玉女謫為王理之女嬌娘。後兩人因婚姻不遂，先後憂悶而死，重回仙界。根據這情節撰成戲劇的，元有王德信的《嬌紅記》雜劇（已佚）；明人撰成雜劇的有劉東生、金文質、劉兌、湯式等，撰為傳奇的有沈受先，都名《嬌紅記》，但情節多不相同。

鄭玄家婢——讀書識字、調古弄今的婢女。

《龍膏記》十：「就是我冰夷呵，觀金別玉，遠遜石季翾風，調古弄今，愧非鄭玄家婢。」

《玉合記》五：「我又不是鄭康成家婢，誰與你調今弄古。」

按：《世說新語》卷二：「鄭玄家奴婢皆讀書，嘗使一婢不稱旨，將撻之，方自陳說，玄怒，使人曳箸泥中。須臾復有一婢來，問曰：『胡為乎泥中？』答曰：『薄言往愬，逢彼之怒。』」所問語是《詩．衛風．式微》詩句；所答語是〈衛風．柏舟〉詩句。

閬苑——㈠仙人的居所。㈡王侯的宮苑。

《春蕪記》九：「袖拂爐煙，身依閬苑。」

《懷香記》六：「小姐是閬苑奇花，椒房貴戚，怕沒佳配。」

按：㈠《宣和畫譜》：「阮郜作仙女圖，有瑤池閬苑風景。」又《續列仙傳》：「其後鶴林犯兵火，焚寺樹，失根株，信歸閬苑矣。」

㈡《輿地紀勝》：「唐初魯王靈夔、滕王元嬰，相繼鎮是州（四川省閬中縣），以衙宇卑陋，遂修飾宏大之，擬於宮苑，謂之隆苑。後避明皇諱，改為閬苑，中有五城，宋德之為守，又建碧玉樓於西城之西南隅，亦名十二樓，以成閬苑之勝概。」

撒帳果——古婚禮在夫婦對拜合巹以後，家人向新人撒以金錢和五色果。

《琴心記》三十四：「你這般莽撞喫不成撒帳果，只怕你惡姻緣到頭來纏得苦。」

按：《戊辰雜鈔》：「撒帳始於漢武帝。李夫人初至，帝迎入帳中共坐，飲合巹酒，預戒宮人，遙撒五色同心花果，帝與夫人以衣裙盛之，云得多得子多也。」

撒帳錢——從前男女結婚過程中的一項撒錢的儀式。

《紫簫記》十五：「四娘，你也房裏揸些撒帳錢回去。」

按：《夢華錄》：「凡娶婦，男女對拜畢，就床，男向右，如向左坐，婦女以金錢綵果散擲，謂之撒帳。」至於這種風俗的來源，《戊辰雜鈔》說：「撒帳始於漢武帝，李夫人初至，帝迎入帳中共坐，飲合巹酒，預戒宮人，遙撒五色同心花果，帝與夫人以衣裾盛之，云得多得子多也。」所撒的錢，據洪邁〈泉志〉所記，錢作梅花形，中有孔，一面刻有「長命守富貴」、「如魚似水」、「夫妻偕老」、「五男二女」、「弄璋添喜」等吉語。

壽陽妝面——南朝宋武帝女壽陽宮主，正月七日，梅花落在額上，而成宮中流行的梅花妝。

《南柯記》十三：「我瑤芳歲淺，教人怎的支纏，院宇修儀，試學壽陽妝面。」

按：《金陵志》：「宋武帝女壽陽公主，人日臥於含章殿簷下，梅花落於額上成五出花，拂之不去，號梅花妝，宮人皆效之。」

劉伶入醉鄉——晉劉伶放情嗜酒故事。

《殺狗記》十二：「我把古人比與你聽，本待學劉伶入醉鄉，你如今倒在雪裏，又像一個古人，好一似臥冰王祥。」

按：晉劉伶縱酒放達。《世說新語》卷五：「劉伶病酒，渴甚，從婦求酒，婦捐酒毀器，涕泣諫曰：『君飲太過，非攝生之道，必宜斷之。』伶曰：『甚善。我不能自禁，唯當祝鬼神自誓斷之耳。便可具酒肉。』婦曰：『敬聞命。』供酒肉於神前，請伶跪而祝曰：『天生劉伶，以酒為名，一飲一斛，五斗解酲，婦人之言，慎不可聽。』便引酒進肉，隗然已醉矣。」劉伶是當時竹林七賢之一，著有《酒德頌》。又《竹林七賢論》云：阮籍與伶共飲步兵廚中，並醉而死。

劉伶死便埋——晉劉伶放達遺骸事。

《南柯記》十：「我儘意街坊遊去，但有高酒店鋪，顛倒沈醉一番。正是不消阮籍窮途哭，但學劉伶死便埋。」

按：《名士傳》曰：「伶字伯倫，沛郡人。肆意放蕩，以宇宙為狹。常乘鹿車，攜一壺酒，使人荷鍤隨之，云：『死便掘地以埋。』」

衛玠——晉衛玠姿容絕美，所到處，時人爭睹丰彩。

《贈書記》二：「那郎君生得好丰姿……何來衛玠穿芳徑，看他丰姿出羣，飄飄韻生。」

按：《玠別傳》：「齠齔時，乘白羊車於洛陽市上，咸曰：『誰家璧人？』於是家門州黨，號為璧人。」又《世說新語》卷十四：「驃騎王武子，是衛玠之舅，儁爽有風姿，見玠輒歎曰：『珠玉在側，覺我形穢。』」又：「衛玠從豫章至下都，人久聞其名，觀者如堵牆。玠先有羸疾，體不堪勞，遂成病而死，時人謂：『看殺衛玠。』」

樂羊之婦——戰國時，魏樂羊子妻規勉丈夫成器。

《鸞鎞記》十三：「昔有樂羊子遊學一年而歸，其妻引刀斷機，羊子感激，遂成大儒。」

《鸞鎞記》二十四：「賢哉夫人，下官下第之時，寄詩激我，下官得第之後，寄詩賀我，不減樂羊之婦，梁鴻之妻，可敬。」

按：戰國時魏有高士樂羊子，其妻賢淑明義，能規箴丈夫。《東周列國志》八十五回：「樂羊嘗行路，得遺金，取之以歸，其妻唾之曰：『志士不飲盜泉之水，廉者不受嗟來之食，此金不知來歷，奈何取之，以污素行乎？』樂羊感妻之言，乃拋金於野，別其妻而出，遊學於魯衛。過一年來歸，其妻方織機，問夫：『所學成否？』樂羊曰：『尚未也。』妻取刀斷其機絲。樂羊驚問其故。妻曰：『學成而後可行，猶帛成而後可服。今子學尚未成，中道而歸，何異於此機之斷乎？』樂羊感悟，復往就學，七年不返。」

蔡女胡笳——後漢蔡琰妙解音律，博學有文才，虜入胡十二年，胡人思文姬，吹笳為哀怨之音。

《明珠記》二十七：「你看俺小姐這詩，清新流麗，不讓班姬團扇之篇，抑鬱悲愁，絕似蔡女胡笳之曲。」

《明珠記》十九：「蔡女胡笳聲，字字胡搊。」

按：唐劉商〈胡笳曲〉序曰：「蔡文姬（名琰）為胡人所掠，入番為王后。武帝與邕（文姬父）有舊，敕大將軍贖以歸漢。胡人思慕文姬，捲蘆葉為吹笳，奏哀怨之音。後董生以琴寫胡笳聲為十八拍（見《樂府詩集》）。戲劇演蔡文姬事的有元人金仁傑撰的《蔡琰還朝》雜劇，和明人陳與郊撰的《文姬入塞》雜劇。

彈鋏客——本指戰國時齊公子孟嘗君門客馮諼的故事，後借為貧士尋主以寄食。

《明珠記》十八：「彈鋏客，久飄零，千辛萬苦來仙境，風景昔日渾不異，故人存否信難憑。」

《紅拂記》六：「寒燈欹枕聽夜雨，堪憐彈鋏無魚。懷刺侯門誰是主，抱奇才未遇明時。」

《玉合記》二：「與小生契合雲霞，遊同山澤，屢遷幸舍，不勞彈鋏馮驩。」

按：《戰國策．齊策》：「齊人有馮諼者，貧乏不能自存，使人屬孟嘗君，願寄食門下。孟嘗君曰：『客何好？』曰：『客無好也。』曰：『客何能？』曰：『客無能也。』孟嘗君笑而受之，曰：『諾。』左右以君賤之也，食以草具。居有頃，倚柱彈其劍歌曰：『長鋏歸來乎！食無魚。』左右以告，孟嘗君曰：『食之，比門下之客。』居有頃，復彈其鋏，歌曰：『長鋏歸來乎，出無車。』左右皆笑之，以告，孟嘗君曰：『為之駕，比門下之車客。』於是乘其車，揭其劍，過其友曰：『孟嘗君客我。』」後明人車任遠作有《彈鋏記》傳奇（已佚）。

蕉鹿夢——喻人生的得失，疑夢疑真，亦夢亦真。

《春蕪記》三：「且向銀塘緩步，趁春明日融，想百年一似蕉鹿夢。」

《雙珠記》四十六：「骨肉飄零堪痛，福患雲蒸霧滃，恍惚十年蕉鹿夢，可憐彼此同。」

按：《列子．周穆王》：「鄭人有薪於野者，遇駭鹿，御而擊之，斃之，恐人見也，遽而藏諸隍中，覆之以蕉，不勝其喜，俄而遺其所藏之處，遂以為夢焉。順塗而詠其事。傍人有聞者，用其言而取之；既歸，告其室人，曰：『向薪者夢得鹿而不知其處，吾今得之，彼直真夢者矣。』室人曰：

『若將是夢，見薪者之得鹿邪？詎有薪者邪？今真得鹿，是若之夢真邪？』夫曰：『吾據得鹿，用何知彼夢我夢邪？』其妻又疑其為夢。薪者歸，復真夢藏之之處，又夢得之之主，案所夢而尋得之，遂訟而爭之。歸之士師，士師欲二分之，以聞鄭君，皆互有夢覺之說。相國曰：『欲辯夢覺，維黃帝孔子。』」後明人車任遠據此而作《蕉鹿夢》雜劇，情節稍加改飾，黃文暘《曲海總目》云：「作者撰出樵夫烏有辰得鹿，為漁翁魏無虛所取，且云是山神奉仙師列禦寇意旨，點醒世人。」

萼綠花——晉代的仙女，西王母侍女。

《曇花記》三十七：「侍兒輩，這分明是董雙成萼綠花隨侍西王母降下凡世也。」

按：《太平廣記》卷五十八：「萼綠華者，女仙也。年可二十許，上下青衣，顏色絕整，以晉穆帝昇平三年己未十一月十日夜，降於羊權家，自云是南山人，不知何仙也。贈權詩一篇，並火澣布手巾一，金玉條脫各一枚。謂權曰：『慎無泄我下降之事，泄之則彼此獲罪。』因曰：『修道之士，視錦繡如弊帛，視爵位如過客，視金玉如礫石，無思無慮，無事無為，行人所不能行，學人所不能學，勤人所不能勤，得人所不能得。何者？世人嗜欲，我行介獨；世人行俗務，我學恬淡，世人勤聲利，我勤內行；世人得老死，我得長生。故我行之，已九百歲矣。』授權尸解藥，亦隱景化形而去，今在湘東山中。」

蕭史青鸞——春秋時，蕭史善吹簫，能作鳳鳴，後與秦弄玉乘鸞鳳仙去。

《明珠記》三十二：「醮壇邊松竹森森，講堂下煙霞細細，門種董公千林紫杏，庭棲蕭史一對青鸞。」

《琴心記》三：「況鳳管未逢蕭史，藍橋不識裴航，既無一夜之恩，安有百年之義。」

按：《神仙傳．拾遺》：「蕭史，不知得道年代，貌如二十許人，善吹簫，作鸞鳳之響，而瓊姿煒爍，風神超邁，真天人也。秦穆公有女弄玉，善吹簫，公以弄玉妻之，遂教弄玉作鳳鳴。居十數年，吹簫似鳳聲，鳳凰來止其屋，公為作鳳臺，夫婦止其上，不飲不食，不下數年。一旦弄玉乘鳳，蕭史乘龍，昇天而去。」明無名氏撰有《秦樓蕭史》雜劇。

謝娥詠雪——晉謝道蘊以柳絮隨風擬雪飄，極得謝玄激賞。

《雙珠記》九：「幼通律呂，效蔡女之知絃，長好詞章，輕謝娥之詠雪。」

按：《世說新語》：「謝太傅寒雪日內集，與兒女講論文義。俄而雪驟，公欣然曰：『白雪紛紛何所似？』兄子胡兒曰：『撒鹽空中差可擬。』兄女曰：『未若柳絮因風起。』公大笑樂。」謝玄從女名道蘊，有文才，嫁左將軍王凝，有詩賦誄頌傳於世。

嚇蠻書——宋、明時，民間傳說李白曾代唐玄宗作〈嚇蠻書〉。

《南西廂》十六：「特蒙秘策回生，猶勝〈嚇蠻書〉。」

《紫釵記》二十九：「參軍高見，此乃王粲登樓之才，李白嚇蠻之計也。」

按：明抱甕老人《今古奇觀》卷六，有〈李謫仙醉草嚇蠻書〉一段。大意謂唐朝玄宗皇帝時，有番使賫國書到中國，滿朝文武，並無一人懂得番字。幸得李白認識番文，不但譯出文意，並就天朝大國立場，答覆番使，番國因而懼怕，納降朝貢。

韓信乞食，漂母堪哀——韓信寒微時，無以為生，漂母哀憐，為他具食。

《白兔記》二：「勸你寬心寧耐，論韓信乞食，漂母堪哀，忽朝一日運通泰，男兒志氣終須在。」

按：《史記．淮陰侯傳》：韓信從下鄉南留亭長食，亭長妻苦之，乃晨炊蓐食，信往不為具食，自絕去。至城下釣，有一漂母哀之，飯信。信曰：「吾必重報母。」母怒曰：「大丈夫不能自食，吾哀王孫而進食，豈望報乎？」項羽死，高祖襲奪信軍，徙為楚王，都下邳。信至國，召所從食漂母賜千金。及下鄉亭長錢百，曰：「公小人也，為德不竟。」（節錄黃文暘《曲海提要》）元王仲文據此作《韓信乞食》雜劇。

韓盧狗——戰國時，韓國產黑毛良犬名盧，一旦能走五百里，善逐兔。

《東郭記》三十四：「前途難傒，好加餐功成燕遊，奇勳應似韓盧狗。」

按：《博物志》：「韓國有黑犬曰盧。」後人用韓盧喻強武之將領，易立戰功。《戰國策．秦策》：「以秦卒之勇，車騎之多，以當諸侯，譬如馳韓盧而逐兔也。」《故事成語考》：「走韓盧而搏蹇兔，比言敵之易摧。」

薛夜來的神針——三國魏文帝寵姬薛靈芸故事。

《明珠記》六：「描鸞刺鳳，個個皆稱薛夜來的神針。」

《運甓記》二十八：「奈何精神耗於計術，心力竭於圖維，遂致身遭病疚，祟入膏肓，腠理之疾難調，軒岐之業未奏，秦越人空投藥劑，薛夜來枉費神鍼。」

《玉合記》三：「素手縫裳，薛夜來神針可數。」

按：《拾遺記》：「魏文帝所愛美人薛靈芸，常山人也。年十五，容貌絕世。谷習出守常山，以千金寶賂聘之，以獻文帝。靈芸未至京師，數十里膏燭之光，相續不滅。帝乘雕玉之輦，以望車徒之盛，嗟曰：『昔者言：朝為行雲，暮為行雨，今非雲，非雨，非暮。』改靈芸之名曰夜來。入宮後，最寵愛。夜來妙於鍼工，雖處於深帷之內，不用燈燭之光，裁製立成，非夜來縫製，帝則不服，宮中號為鍼神。」

薛濤——唐代長安名妓，善詩賦，有才名。

《贈書記》二：「奴家魏氏，小字輕煙，身落煙花，志多倜儻，不嫻詞賦，有愧薛濤。」

《四喜記》十四：「獨坐悶無聊，淚紛紛溼素袍，寃家鎮日縈懷抱，人如薛濤，情如玉簫，真誠怎比閒花草。」

按：薛濤，字洪度（一作弘度），唐長安人，本良家女，隨父流落蜀中，遂隸樂籍，以詩精巧聞名於當時。韋皐鎮蜀時，常召她陪侍酒宴，善詩賦，故有女校書的雅稱；與元稹、白居易、杜牧等人相唱和。晚年屏居浣花溪畔，特製深紅松花小箋以作小詩，蜀中一時盛行，名之為「薛濤箋」（見《稿簡贅筆．蜀牋譜》）。

織錦迴文——晉竇滔妻有文才，織錦作迴文詩以寄相思之情。

《南西廂》二十五：「鬼病廝相侵，小姐呵，只為你綵筆題詩，迴文織錦，待月燒香，隔牆聽琴。」

《運甓記》三十九：「空嗟怨，枉太息，難歡聚，便有織錦迴文欲寄憑誰。」

《玉合記》二十九：「（末）夫人，看你這樣文才，何減蘇蕙，只是俺相公須不比竇安南。（旦）便做道織錦回文，這千絲萬縷難抽。」

按：《列女傳》：「竇滔妻蘇氏，始平人也，名蕙，字若蘭，善屬文。滔，苻堅時為秦州刺史，被徙流沙，蘇氏思之，織錦為迴文旋圖詩以贈滔，宛轉循環以讀之，詞甚悽宛，凡八百四十字。」

襟裾馬牛——罵人無知識，不識禮儀，如牛馬穿著人的衣服，即沐猴而冠之意。

《投梭記》八：「那有許多胡訕，看他具襟裾馬牛一般。」

按：韓愈符《讀書城南》詩：「人不通古今，馬牛而襟裾。」《故事成語考》：「馬牛襟裾，罵人不識禮儀。」

覆水難收——齊太公妻馬氏嫌貧求去，後太公富貴，又求復合故事。

《南西廂》二十八：「自古來沈舟可補，如今覆水難收。」

按：《拾遺記》：「太公（望）初娶馬氏，讀書不事產，馬求去，太公封齊，馬求再合。太公取水一盆傾于地，令婦收水，惟得其泥。太公曰：『若能離更合，覆水定難收。』」《鶡冠子》所記亦同。據此，嫌貧求去，覆水難收，本出於齊太公望呂尚，後人竟附會於漢代朱買臣妻，大概因買臣妻亦嫌貧求去之故也。《故事成語考》：「可怪者買臣之妻，因貧求去，不思覆水難收。」

舊家京兆——漢張敞為妻畫眉，後人以喻恩愛夫婿。

《霞箋記》二十五：「（小旦）你可曾有丈夫麼？（旦）原自有舊家京兆。」

按：漢代京兆尹張敞為妻畫眉，長安中傳為佳談，有司奏上宣帝，上愛其才能，弗責備也（見《漢書．張敞傳》）。後人因借京兆代稱夫婿，明人汪道昆撰有《張敞畫眉京兆記》雜劇。

題柱田郎——漢靈帝題柱贊田鳳故事。

《玉合記》四十：「須看白晝翱翔，喜歸來紅雲帝鄉，重逢題柱田郎。」

按：《三輔決錄》：「田鳳為尚書郎，容儀端正，每入奏事，靈帝目送之，題柱曰：『堂堂乎張，京兆田郎。』」

題橋司馬——漢代司馬相如過昇仙橋，題字於橋柱故事。

《紅拂記》二：「看你儀容俊雅，笑談間氣展霓虹，多管是吹簫伍相，刺船陳孺，題橋司馬。」

《鸞鎞記》九：「堂前鬧嚷，敢是司馬題橋，遊子嚴裝。」

按：《成都記》：「司馬相如初西去過昇仙橋，題柱曰：『不乘高車駟馬，不過此橋。』」元人屈恭之據此撰《相如題柱》雜劇，明人陸濟之又撰《題橋記》傳奇。

藍橋水滔滔——尾生和女子在橋下約會，水漲不去，因而淹死的故事。

《春蕪記》十六：「教人潸潸淚垂，藍橋水滔滔西逝。」

《紅拂記》十四：「想鸞交，音問寥寥，只合藍橋水斷，祆廟延燒。」

按：《莊子．盜跖》：「尾生與女子期於梁下，女子不來，水至不去，抱梁柱而死。」宋元時人據此敷演為通俗故事，改尾生名韋燕春，女子名賈玉珍，二人邂逅鍾情，私訂終身，相期於藍橋下。到時韋燕春如約在橋下相待時，忽然狂風大雨，河水高漲。韋生守信不去，終於抱著橋柱淹死。故《西廂記崔鶯鶯夜聽琴》雜劇謂：「白茫茫溢起藍橋水，不鄧鄧點著祆廟火。」元人李直夫撰有《水渰藍橋》雜劇，即演尾生守信事。

鎖骨連環——古有婦人，骨連環相鎖，是菩薩化身，後人因用以代稱菩薩。

《還魂記》三十七：「問天天，你怎把他昆池碎劫無餘在，又不欠觀音鎖骨連環債，怎丟他水月魂骸。」

按：《玄怪錄》：「延州有婦人，孤行城市，及卒，有胡僧向墓敬禮，曰：『此鏁子骨菩薩也，不信，可啓視之。』開墓視之，徧身骨鈎結，皆如鎖狀。」明人余翹撰《鎖骨菩薩》雜劇。

雙塚鴛鴦——戰國時，宋大夫韓馮妻被奪，夫婦共殉情故事。

《玉合記》三十五：「妾還記得君家一事，昔日韓馮之妻，為宋王所奪，賦詩見志，相繼而死，有雙塚鴛鴦之異。」

按：《搜神記》：「宋大夫韓憑，娶妻而美，康王奪之。妻密遺憑書云：『其雨淫淫，河大水深，日出當心。』王以問蘇賀，對曰：『「其雨淫淫」，言愁且思也；「河大水深」，不得往來也；「日出當心」，死有志也。』憑自殺，妻亦投臺下死。」《列異傳》：「宋康王埋韓憑夫婦，宿昔文梓生，有鴛鴦雌雄各一，恒棲樹上，音聲感人。一云化為蝴蝶。」

擲果車——三國時，潘岳美姿容，風儀閒暢，每出，必得婦人青盼。

《紅拂記》十：「元來是紫衣年少俊龐兒，戴星何事匆匆至，莫不是月下初回擲果車。」

《玉合記》九：「到如今孤身久客，四海空囊，有賦聲金，未許看花立仗，其人如玉，空教擲果盈車。」

《南西廂》二十二：「回頭看，你這離魂倩女，怎發付擲果潘安。」

按：《語林》：「安仁（潘岳字）至美，每行，老嫗以果擲之，滿車。」

離魂倩女——唐王宙和倩娘純情精感，魂離軀體相隨故事。

《南西廂》二十二：「回頭看，你這離魂倩女，怎發付擲果潘安。」

按：陳玄祐《離魂記》：張鎰幼女倩娘，端妍絕倫。鎰外甥太原王宙，幼聰悟，美容範，鎰常器重，每曰：「他時當以倩娘妻之。」後各長成。有賓僚之選者求倩娘，鎰許焉，女聞而鬱抑；宙亦深恚恨，託以當調，請赴京，止之不可，遂厚遣之。宙陰恨悲慟，決別上船。日暮，至山郭數里。夜方半，宙不寐，忽聞岸上有一人行聲甚速，乃倩娘徒行跣足而至，宙驚喜發狂，遂匿倩娘於船，連夜遁去。至蜀五年，生兩子，與鎰絕信。其妻常思父母，宙哀之，遂俱歸衡州。既至，宙獨身先至鎰家，首謝其事。鎰曰：「倩娘病在閨中數年，何其詭說也？」宙曰：「見在舟中。」鎰大驚，促使人驗之，果見倩娘在船中，顏色怡暢，訊使者曰：「大人安否？」家人異之，疾走報鎰。室中女聞，喜而起，飾裝更衣，笑而不語。出與相迎，翕然而合為一體。後元人鄭德輝據此譜成《倩女離魂》雜劇，此艷情傳奇，遂傳誦千古。

翾風——石崇愛婢，能辨別玉聲金色。翾亦作翔。

《龍膏記》十：「就是我冰夷呵，觀金別玉，遠遜石季翾風，調古弄今，愧非鄭玄家婢。」

按：《拾遺記》：「石季倫愛婢名翔風，魏末於胡中得之，年始十歲，使房內養之，至十五無有比其容貌。特以姿態見美，妙別玉聲，巧觀金色。石氏之富，方比王家驕侈，當世珍寶奇異，視如瓦礫，積如糞土，皆殊方異國所得，莫有辨其出處者，乃使翔風別其聲色，悉知其處。言西方北方玉聲沈重而性溫潤，佩服者益人性靈，東方南方玉聲輕潔而性清涼，佩服者利人精神。」

壞長城哭殉他——春秋時，齊杞梁殖之妻哭崩城殉夫故事。

《紫釵記》三十九：「十郎夫，若是你走陰山命不佳，淹撩了壞長城哭殉他。」

按：《列女傳》：「齊杞梁殖之妻也，莊公襲莒，殖戰而死。……杞梁之妻無子，內外皆無五屬之親，既無所歸，乃枕其夫之屍于城下而哭，內誠動人，道路過者莫不為之揮淚，十日而城為之崩。既葬，曰：『吾何歸矣！夫婦人必有所倚者也：父在則倚父，夫在則倚夫，子在則倚子。今吾上則無父，中者無夫，下則無子，內無所依，以見吾誠；外無所倚，以立吾節，吾豈能更二哉？亦死而已。』遂赴淄水而死。」後之小說家，據此編故事，則改成杞梁妻名孟姜，杞梁為秦築長城，勞苦而死，故孟姜千里赴長城，哭崩長城而殉，與原事情節稍異。明代無名氏撰《孟姜女死哭長城》雜劇。

羅浮夢邊——隋趙師雄在羅浮醉宿梅花樹下，夢與梅花精飲樂故事。

《還魂記》十二：「愛煞這晝陰便，再得到羅浮夢邊。」

按：《龍城錄》：「隋開皇中，趙師雄遷羅浮。一日，天寒，日暮在醉醒間，因憩僕車於松林間酒肆，傍舍見一女人淡粧素服，出迓師雄。時已昏黑，殘雪對月色微明；師雄喜之，與之語，但覺芳香襲人，語言極清麗，因與之扣酒家門，持盃相與飲。少頃，有一綠衣童來，笑歌戲舞，亦自可觀。頃醉寢，師雄亦懵然，但覺風雲相襲。久之，時東方已白，師雄起視，乃在大梅花樹下，上有翠羽啾嘈，相須月落參橫，但惆長而已。」《還魂記》此段，是杜麗娘夢中與柳夢梅精情相感後，想再得夢中相會，一如趙師雄羅浮之夢。明人徐羽化撰有《羅浮夢》雜劇。

羅敷——戰國時趙國邯鄲女子秦羅敷，已嫁邑人王仁。後趙王在臺上見她採桑，悅其美色，羅敷歌《陌上桑》以自明，趙王乃止。

《還魂記》八：「呀，甚麼官員在此，俺羅敷自有家，便秋胡怎認他，提金下馬。」

《紅拂記》二十：「論兒郎，羅敷空有，漫效野鴛鴦。」

《玉合記》六：「羅敷知他有夫，不著緊目成心許。」

按：《古今注．音樂》：「陌上桑，出秦氏女子。秦氏邯鄲人，有女名羅敷，為邑人千乘王仁妻，王仁後為越王家令。羅敷出採桑於陌上，趙王登臺，見而悅之，因飲酒欲奪焉。羅敷力彈箏，乃作陌上歌以自明焉。」〈陌上桑〉歌有二句云：「使君自有婦，羅敷自有夫。」趙王乃止。

龐居士散寶珠——唐襄陽龐蘊居士散財證道故事。

《曇花記》十九：「況有明師引金繩修行徑路，又何如龐居士散寶珠，一家兒同登蓮土。」

按：《輟耕錄》卷十九：「世斥貪利之人，必曰：『汝便是龐居士矣。』蓋相傳以為居士家貲巨萬，殊用勞神，竊自念曰：『若以與人，又恐人之我若，不如置諸無何有之鄉。』因輦送大海中，舉家修道，總成證果。」《釋氏稽古錄》：「襄陽居士龐蘊，字道元，唐衡州衡陽人。」可見龐蘊得道事元時已非常盛行。劉君錫撰《龐居士誤放來生債》雜劇，即演唐襄陽居士龐蘊成道故事。劇情大略：有李孝先借龐居士銀兩經商，虧折不能償還。某日，經過縣門，見衙內拷打欠債人，因而驚憂成病。龐居士採得孝先病由，私念濟人反成造業，於是當孝先面折券，又再賙以銀兩。回家將所藏債券全數焚去；上帝遂命增福神下界叩查記下。某夜，居士過磨房，見磨博士驅打之苦，於是給以銀兩，令另營生。又過馬槽，聽驢馬牛作人語，都是前生短欠居士銀兩，今世作驢馬作牛以償還；居士大驚，因悟念平日為善，竟弄巧成拙，放做來生債。乃召妻子兒女，告以真相，釋放牛馬驢，焚燬田宅券，又以大船數艘，載家財珠寶，沈於大海中。攜家入鹿門山清修，斫竹編籬以易食。後居士全家上兜率宮證果朝元。

攀仙桂——唐以來讀書人中舉，謂之攀折月中仙桂，蓋取晉郤詵對策及第，自詡為「桂林一枝，崑山片玉」故事而演繹附會。

《南西廂》二十九：「願攀仙桂去，雲路快先登。」

按：《酉陽雜俎．天咫》：「舊言月中有桂，有蟾蜍，故異書言：月桂高五百丈，下有一人常斫之，樹創隨合，人姓吳名剛，西河人，學仙有過，謫令伐樹。」是蟾宮之桂，本不由人折，蓋取晉郤詵故事而附會。《兼明書辨．月桂》：「代人謂及第人謂折月桂者，明曰，昔者郤詵射策登第，天子問之曰：『卿自以為如何？』對曰：『臣以為桂林之一枝，崑山之片玉。』今人謂為折月桂，何其謬歟！且月中無地，安得有桂，蓋以地影入於月中似樹形耳。」其實元明時人是把《酉陽雜俎》附會上去。

懸梁刺股——孫敬、蘇秦奮勉向學故事。

《還魂記》七：「（末）懸梁刺股呢？（貼）比似你懸了梁，損頭髮；刺了股，添疤納，有甚光華。」

按：《楚國先賢傳》：「孫敬到洛，在大學，折柳為簡以寫經，睡則懸頭于梁。」《戰國策．秦策》：「（蘇秦）歸至家，妻不下紝，嫂不為炊，父母不與言。……乃夜發書，陳篋數十，得太公陰符之謀，伏而誦之，簡練以為揣摩。讀書欲睡，引錐自刺其股，血流至足。」一個以繩結髮，懸於梁上；一個以錐刺股，皆使膚體受苦，以驅除睡意，勉力向學。後人常用以喻人之艱苦力學。

蘇小小——錢塘名妓。

《紅梨記》六：「俏名兒堪與秋娘抗，蘇小小才貌相當，呂雙雙風流不讓。」

《霞箋記》四：「堪羨陽春白雪，玉振金聲，何必歌蘇小？」

按：蘇小小有二人，皆名妓。《陔餘叢考》：「南齊有錢塘妓蘇小小，見郭茂倩《樂府解題》；南宋有蘇小小，亦錢塘人，其姊為太學生趙不敏所眷，不敏命其弟娶其妹名小小者，見《武林舊事》。」元時白樸的《錢塘夢》雜劇，即演蘇小小事。

蘇秦說向妻嫂，何前倨而後恭——蘇秦榮歸，妻嫂一改昔日倨傲態度。此是蘇秦問嫂語。

《明珠記》十九：「（淨）只因傳下聖旨。（丑）將人挫了威風。（笑介）蘇秦說向妻嫂，何前倨而後恭？」

按：《戰國策．秦策》：「（蘇秦）資用乏絕，去秦而歸，羸縢履蹻，負書擔橐，形容枯槁，面目犁黑，狀有歸（愧）色。歸至家，妻不下紝，嫂不為炊，父母不與言。」後蘇秦相趙，「山東之國，從風而服。……將說楚王，路過洛陽，父母聞之，清宮除道，張樂設飲，郊迎三十里；妻側目而視，傾耳而聽；嫂虵行匍伏，四拜自跪而謝。蘇秦曰：『嫂何前倨而後卑也。』嫂曰：『以季子之位尊而多金。』」（亦見《史記．蘇秦列傳》）元時有無名氏撰《蘇秦衣錦還鄉》南戲及《凍蘇秦》雜劇，均演蘇秦由落魄到衣錦還鄉。

灌園避世——戰國時齊湣王世子法章避難莒太史敫家為僕故事。

《春蕪記》二：「看你片語警座，一語論交，豈懷寶迷邦，謾說灌園避世。」

按：明張鳳翼有《灌園記》傳奇，演戰國時齊湣王荒淫無度，世子法章使其傅王蠋諫之，不聽。後燕軍來攻，殺齊王，王蠋使法章改名王立，避難莒太史敫家為僕。太史女君后愛之，私贈寒衣，又得侍女朝英之助，暗中私通。後因君后誤失寶簪於園中，太史因而知之。會逢田單破燕復國，迎世子回齊，於是納君后為妃，朝英為田單夫人。本劇情節係根據《史記．田完世家》敷演而成。

鷸蚌相持——兩爭不放，謂之鷸蚌相持。

《玉合記》十六：「這相持勢已拚鷸蚌，一戰功須淨犬羊。」

按：《戰國策．燕策》：「趙且伐燕，蘇代為燕謂惠王曰：『今日臣來過易水，蚌方出曝，而鷸啄其肉，蚌合而箝其啄。鷸曰：「今日不雨，明日不雨，即有死蚌。」蚌亦謂鷸曰：「今日不出，明日不出，即有死鷸。」兩者不肯相舍。漁者得併擒之，今趙且伐燕，燕、趙久相友，以敝大眾，臣恐強秦之為漁父也。故願王之熟計之也。』惠王曰：『善。』乃止。」

鑿壁——漢代匡衡家貧，夜無燈火，鑿壁引鄰家光讀書。

《還魂記》二：「憑依造化三分福，紹接詩書一脈香，能鑿壁，會懸梁，偷天妙手繡文章。」

《還魂記》二：「渾如醉，無螢鑿遍了鄰家壁，甚東牆不許人窺。」

按：《西京雜記》：「匡衡勤學無燭，鄰舍有燭而不逮衡，乃穿鑿引其光，以書映光而讀之。」後人用此事喻人苦讀。元人關漢卿撰有《鑿壁偷光》雜劇。

鸞膠續斷絃——漢武帝用鸞膠續斷弦故事。

《幽閨記》三十九：「姻緣，難把鸞膠續斷絃。」

《四喜記》三十四：「既然如此，何不就去請來，莫遲延，不妨鳳閣諧重侶，管取鸞膠續斷絃。」

按：〈漢武帝外傳〉：「西海獻鸞膠，武帝弦斷，以膠續之，弦兩頭遂相著，終日射不斷，帝大悅，名續弦膠。」後人由續斷弦而用為續斷絃，凡是姻緣再續，或男子娶後妻，都稱為鸞膠續斷絃。

鸞鏡——罽賓王所養鸞，見鏡中己影，思慕悲鳴而死故事。或曰鸞孤，鸞臺（指鏡臺）都出於此。

《南柯記》四十二：「獵龜山他為防備守檀蘿，葬龍岡我悽惶煞了鸞鏡。」

《金蓮記》二：「瑤臺春冷孤鸞鏡，誰念我青閨麗人。」

《玉簪記》十：「爭奈禪心愛寂寥，鸞臺久已棄殘膏。」

《紫釵記》二十五：「新人故，一霎時眼中人去，鏡裏鸞孤。」

按：《異苑》：「罽賓王一鸞三年不鳴，夫人曰：『聞見影則鳴。』懸鏡照之，鸞覩影悲鳴，中宵一奮而絕。」後文士用以喻失偶感傷的人。

六十種曲的諺語

書籍寫成的目的，主要在於記下人類的社會情況，所遭逢到的事物，和對於某些事情的感受，所以《易經》的寫成，是古代卜筮決疑的卦辭，《尚書》是堯帝和夏、商、周三代的號令檔案，《詩經》是周朝的歌謠，而這些被尊為經典的書簡中，收有許多當時社會上街道閭巷的鄙言諺語。劉勰《文心雕龍．書記篇》說：

「諺者，直語也。……廛路淺言，有實無華，鄭穆公云：『囊漏儲中。』皆其類也。〈太誓〉曰：『古人有言：「牝雞無晨」。』〈大雅〉云：『人亦有言：「惟憂用老」。』並上古遺諺，《詩》《書》所引者也。……夫文辭鄙俚，莫過於諺；而聖賢詩書，採以為談；況踰於此，豈可忽哉！」

因為這些鄙直的諺語，往往是前人體驗實際生活所得的真理，引來論理、教訓別人，真是簡明便捷不過了。所以我國的典籍，無論經、史、子、集，或多或少，都收錄一些當時的諺語。例如：

《大學》：「故諺有之曰：『人莫知其子之惡，莫知其苗之碩。』」

《史記．秦始皇本紀》贊：「野諺曰：『前事之不忘，後事之師也。』」

《管子．大匡》篇：「鮑叔曰：『先人有言曰：「知子莫若父，知臣莫若君。」』」

《白香山集》後集卷五〈雙鸚鵡〉詩：「鄭牛識字吾嘗歎。」自注云：「諺云：『鄭玄家牛，觸牆成八字。』」

明張居正《太岳文集．看詳戶部進呈揭帖疏》：「務使歲入之數，常多於所出，以漸復祖宗之舊，庶國用可裕，而民力亦賴以少寬也。鄙諺云：『常將有日思無日，莫待無時想有時。』」

這些例子，不過是萬中取一，就以《左傳》一書來說，所收錄諺語之多，數在百千計，不能盡舉。至於一般通俗文學，如小說、平話、戲曲等作品中，雜入諺語之多，尤其俯拾即是。

諺語的來源，以靠口頭上的傳遞為多。《尚書．無逸》某氏傳：「俚語曰諺。」《禮記．大學．釋文》：「諺，俗語也。」《說文》：「諺，傳言也。从言，彥聲。」段注：「傳言者，古語也。古字从十口，識前言，凡經傳所稱之諺，無非前代故訓。」《說文長箋》：「傳言者，一時民風土著論議也，故从彥言。若鄙俚淫僻之詞，何彥之有？觀彥言而可以知寓教於文矣。」而這些被傳下來的話，不一定是出自某人某書，只要含有至理，就會流傳下來。楊萬里《獨醒雜志．序》說：

「古者有亡書，無亡言：南人之言，孔子取之；夏諺之言，晏子誦焉；南、北異地，夏、周殊時，而其言猶傳，未必垂之策書也，口傳焉而已。雖然，書又可廢乎？書存則人誦，人誦則言存，言存則書可亡而不亡矣。」

所以有些活在今人口頭間的諺語，是很古老的話；但當我們引用這些話時，不一定知道出自何人何書？因為有時在流傳的過程中，會有所竄改或訛誤。像現在許多人打一個噴嚏，會說：「有人說我。」這種「打噴嚏有人說」的傳說，是出自《詩經．邶風．終風》篇：「願言則嚏。」鄭玄箋：「今俗人嚏則曰：『人道我。』此古之遺語也。」可見這種傳說的古老，所以翟灝《通俗編》說：「古籍之語，今多有祖其意而變其文者，雖極雅俗之殊，而淵源猶可溯也。」

戲曲的本身是一種俚俗的作品，藉著曲詞賓白的唱說，來傳播忠、孝、節、義的道德觀念，改良社會風氣，引用諺語是必然的事。以元明人作品為主的《六十種曲》，雖說較元代的北曲典雅得多，但它本身終究是以一般民眾為觀賞者的作品，引用諺語，數亦不少，就《六十種曲》所錄的諺語來看，其源有六：

㈠取自經典的　像《鳴鳳記》第二十七齣和《水滸記》第十齣，用「三人同心，其利斷金」諺語，本出於《易經》。《易．繫辭》上：「二人同心，其利斷金；同心之言，其臭如蘭。」在傳遞過程中，二人改成三人了。又如《香囊記》第二十二齣有「求忠臣必於孝子之門」，本於《孝經緯》；《孫廷尉集》中的《喻道論》，已列為諺語。又《史記．田單傳》有「忠臣不事二主，烈女不更二夫」的話，亦已相傳成為諺語；《琵琶記》第二十三齣，《千金記》第三十七齣都引用。又《鳴鳳記》十六齣所引「天作孽猶可違，自作孽不可活」，見於《孟子．公孫丑》上篇。這些都是出於經典的諺語。

㈡取自明以前詩句或楹聯的　像經常出現在南劇中的「閉門不管窗前月，分付梅花自主張」二句，本是陳世崇先人的詩句。又如：陸游詩句：「不如意事常八九，可與人言無二三。」世俗習傳，變成諺語；《琵琶記》第三十五齣曾加引用。又如《水滸記》第二十五齣的「雙手劈開生死路，一身跳出是非門」，亦見於《香囊記》第二十九齣；二句本是明太祖微行時題閹家的春聯，原聯下句是「一刀斬斷是非根」，後人竄改作「一身跳出是非門」，或「翻身跳出是非門」，或「一身逃去是非關」。像這樣地改動轉變，經久以後，恐怕就尋不回它的本源了。《六十種曲》中五言、七言式的諺語很多，像《千金記》第二十二齣：「鰲魚脫卻金鈎釣，擺尾搖頭不再來。」《飛丸記》第十二齣變作：「鰲魚脫卻金絲網，擺尾搖頭再不來。」本源出於何處？就不得而知了。其他如《紫簫記》第十齣：「此處不留人，定有留人處。」（陳後主詩句）第三十五齣：「踏破鐵鞋無覓處，得來全不費工夫。」（夏元鼎詩句）《琵琶記》第二十七齣：「善惡到頭終有報，只爭來早與來遲。」（古詩）等等都是這一類的諺語。

㈢取自野史筆記的典故的　如《焚香記》第二十七齣、《紅梨記》第二十六齣都用了「賺人上高處，掇了樓梯」；《蜀志．諸葛亮傳》、《世說新語》和《羅湖野錄》都有記載。又《香囊記》第四十一齣：「恭敬不如從命。」見於釋贊寧的《筍譜》，以及《三元記》第七齣：「送君千里終須別。」見於《太平廣記》

等等，都記明這類諺語所自來。

㈣取自元人戲曲的　此類諺語，大概是產生於宋、元。如《白兔記》第二十三齣，和《霞箋記》第三齣有「朝朝寒食，夜夜元宵」的諺語，喻人夜眠晏起，享樂無度，見於元白樸的《梧桐雨》雜劇。又如「賠了夫人又折兵」（《蕉帕記》第九齣）這句話，至今仍活在我們的口舌間，而且都知道出自周瑜為了對付劉備，把孫權妹嫁給劉備，以謀奪荊州的故事。翟灝《通俗編》收錄這條諺語，下注：「見元人隔江鬥智雜劇，史志中未有其事。」可見這是元以後才產生的諺語。又如《紅梨記》十五齣、《四賢記》十九齣的「善意栽花花不發，等閑插柳柳成蔭」，翟灝說出自關漢卿雜劇。其他如「救人須救徹」（《三元記》第四齣）、「路遙知馬力，日久見人心」（《尋親記》第二十二齣）均先見於元無名氏的《爭報恩》雜劇、「話不投機半句多」（《琵琶記》三十一齣）先見於元賈仲明《對玉梳》雜劇等等，都是先見於元人雜劇的諺語。

㈤取自宋、元、明間僧人的話　像《玉簪記》第五齣，《水滸記》第十二齣的「有緣千里能相會」，見於《傳燈錄》。《傳燈錄》是宋真宗景德元年，吳沙門道原所撰，記釋迦以來祖祖之法脈，及錄其法語。又《水滸記》第十四齣引「上天無路，入地無門」諺語，出於《五燈會元》。《五燈會元》是宋釋普濟所撰，考論釋氏宗系十分詳明。又《水滸記》第十七齣：「日間不作虧心事，半夜敲門不喫驚。」見於明釋沈袾宏《諺謨》。其他如「將軍不下馬，各自奔前程」（《青衫記》第十一齣），改自《五燈會元》的「相逢不下馬」等，都是這類的諺語。

㈥取自時人對事物的觀感心得，這類多數用譬解、或反說、或諧聲、或歇後、或比喻等語法出之如：

《南西廂》第十三齣：「晌午吃晚飯，早些哩。」

《殺狗記》第六齣：「網巾圈撇在腦後，要見面也是難了。」

《殺狗記》第六齣：「蜻蜓喫尾，自喫自。」

《春蕪記》第十三齣：「鵝子石塞床腳，未穩哩。」

以上是譬解語，讀來使人發笑，《六十種曲》中這類諺語很多。又：

《龍膏記》第十五齣：「原來也有井落在弔（吊）桶裏的時節。」

這是反語。

《幽閨記》第六齣：「這狗骨頭，白鐵刀，轉口快。」

這是諧聲，「轉」諧「捲」字。

《紫釵記》第四齣：「蘇姑子作好夢也。」

這是歇後語，省略了「空想」二字。

《殺狗記》第六齣：「破蒸籠不盛氣。」喻人沒有氣派。

《焚香記》第十四齣：「君心恐似綿裏針。」喻無從捉摸。

以上是比喻。

由上面所述，可見《六十種曲》中諺語取材範圍之廣。我這裏收錄了一百四十二條，每條略加註釋，例證，並盡可能考明其出處。

一日不趁，一日不活——言人必須每日工作，以謀生活。

《霞箋記》十七：「相公，一日不趁，一日不活，我老人家要打柴，沒有閒工夫。」

《投梭記》三：「我兒，明日就去買了機兒，揀好日就動手。你一日不趁，一日不活哩。」

按：《傳燈錄》：「百丈懷海禪師，凡作務執勞，必先于眾，主者密收作具息之。師既徧求作具，不獲而亦忘餐，故有『一日不作，一日不食』之語。」又趙孟頫〈題耕圖〉：「一日不力作，一日食不足。」這諺語是從懷海禪師的不工作而忘食，變成趙孟頫的工作不力，就不得溫飽，再變而為《投梭記》的不工作趁錢，就不能活。

一心忙似箭，兩腳走如飛——形容人心中有事趕著去辦，腳步自然走得飛快。

《水滸記》八：「（外急上）一心忙似箭，兩腳走如飛。這畜生休得要動手。」

《尋親記》八：「（末）如今地方已叫破，你去說與黃德哥哥黃文知道，我去報與員外得知。（丑科）正是一心忙似箭，兩腳走如飛。」

一字入公門，九牛拔不出——公文遞入了官府，絕對抽取不回。喻事成定局。

《雙珠記》十四：「一字入公門，九牛拔不出。倘官府究出真情，反坐我誣告之罪，如何區處。」

按：《五燈會元》：「隆興府黃龍，慧南禪師，問『無為無事人，猶是金鎖難，未審過在什麼處？』師曰：『一字入公門，九牛車不出。』曰：『學人未曉，乞師方便。』師曰：『大庾嶺頭，笑卻成哭。』」

一交跌在籠糠裏——喻作事一無所得，又有麻煩之意。

《南西廂》十三：「一交跌在籠糠裏，抱穩了。」

按：籠應作礱，磨也。礱糠，是礱磨稻穀所產生的殼糠裏。跌在籠糠裏，既沒有收穫，又沾得一身髒。

一鞍一馬——一妻配一夫。

《荊釵記》三十二：「他見差，逼汝身重嫁，那些個一鞍一馬。這書劍令人遺發，管成就鸞孤鳳寡。」

《焚香記》十：「海神爺爺呵，記此盟，念敫桂英自嫁兒夫王俊民，一馬一鞍誓死生，若負初心，仰望尊神降臨。」

一馬不跨雙鞍——一女不嫁二夫。

《南西廂》三十五：「（貼）小姐已嫁與別人去了。（淨）胡說，道不得一馬不跨雙鞍，父在日許我親事，今日父死，便要悔親，那有此理。」

按：《元史．列女傳》：「汴梁孟志剛妻衣氏為夫治棺，給匠曰：『可寬大，吾夫有遺書，欲盡置其中。』匠者然之。及成，氏語同居王媪曰：『吾聞一馬不被兩鞍，吾夫既死，與之同棺共穴可也。』遂自剄。」

一斟一酌，莫非前定——古人以為人生在世的飲食，上天早有定限，不會無故增多或減少。

《琵琶記》十七：「一斟一酌，莫非前定。今日奴家去請糧，誰知道里正作弊，倉中沒了，若不得相公督併，里正賠償，奴家如何得這些穀回家救濟二親。正是饑時得一口，強似飽時得一斗。」

《琵琶記》三十四：「一斟一酌，莫非前定。奴家準擬今日抄化幾文錢鈔，就此追薦公婆，誰知撞著這兩個瘋子，攪鬧了一場。」

按：《玉堂閒話》逸文：「諺云：『一飲一啄，繫之於分。』斯言雖小，亦不徒然。常見前張賓客澄言，頃任鎮州判官日，部內有一民婦家，貧且老，平生未嘗獲一完全衣。或有哀其窮賤，形體袒露，遺一單衣，其婦得之，披展之際而未及體，若有人自後掣之者，舉手已不知衣之所在，此蓋為鬼所奪也。」

人心不足蛇吞象——喻人貪得的欲望永難滿足。

《飛丸記》二十九：「人心不足蛇吞象，世事到頭螳捕蟬。」

按：《山海經．海南經》第十：「巴蛇食象，三歲而出其骨，君子服之，無心腹之患。」

人生七十古來稀——喻人生命多數短促，長壽者少。

《琵琶記》三：「道是人生七十古來稀，不去嫁人待何時。」

按：《玉壺清話》卷九〈李先主傳〉：「梁王徐知諤，溫之少子也。平日嘗謂所親曰：『諺謂人生百歲，七十者稀。吾幼享富貴而復恣肆，一日之費敵人一年之給，或幸卒於七十之半已足矣。』果卒於三十五。」

人生莫作婦人身，百年苦樂由他人——古代女子，無獨立生活能力和社會地位，生命中的榮枯禍福，完全取決於她父親和丈夫。此語正道出了當日女姓的可憐。

《三元記》三：「娘子，正所謂人莫作婦人身，百年苦樂任他人。自將賣身文契遞與我，世上有這等可憐之事。」

《飛丸記》四：「人生莫作婦人身，百年苦樂由他人，榮華富貴暫時事，江水江花只自春。」

按：白居易〈太行路〉：「人生莫作婦人身，百年苦樂由他人。」

人世難逢開口笑，好花須插滿頭歸——謂人生苦多於樂，須及時行樂，莫負芳華。

《玉環記》五：「管什麼夜去明來無了時，綠珠碧玉，芳夕已非；三貞九烈，題他怎的？自古道：人世難逢開口笑，好花須插滿頭歸。」

按：《莊子．盜跖》篇：「人除病疲死喪憂患，其中開口而笑者，一月之中不過四五日而已矣。」後杜牧用此成詩：「人世難逢開口笑。」又《陶朱新錄》：「吏部侍郎陳彥修有侍姬曰小姐，氣羸多病，所服率鍾乳丹砂。睡則多異夢，於園囿遊處動作，別是一塵寰也；多向骨肉言之。醫者引《神農醫書》云：『臟虛多夢。』亦不以為異。宣和間，一夕夢少年挾升酒樓，飲酣，少年執板，歌以侑酒。《覺猶記》云：『人生開口笑難逢，富貴榮華總是空。惟有隋隄千樹柳，滔滔依舊水流東。』」

三人同心，其利斷金——即團結就是力量，必可解決難題。

《鳴鳳記》二十七：「正所謂三人同心，其利斷金，就此聯名進去便了。」

《水滸記》十：「實不相瞞，我們早已計定了，又得師父相助，正所謂三人同心，其利斷金。」

按：《易．繫辭》上：「二人同心，其利斷金；同心之言，其臭如蘭。」演變為諺語後，二人訛作三人了。

三十六著，走為上著——謂在各種戰策中，全身保命才是最好的計策。

《水滸記》十七：「晁兄，你那黃泥崗上的事已露了。本府差人來縣中，叫添人協拿。小弟特來通知晁兄。為今之計，古人說得好，三十六著，走為上著。」

按：《冷齋夜話》：「淵才曰：三十六計，走為上計。」《南齊書．王敬則傳》：「東昏侯在東宮，議欲叛，使人上屋望見征虜亭失火，謂敬則至，急裝欲走，有告敬則者，敬則曰：『三十六策，走是上計，汝父子唯應急走耳。』」清曾廷枚《古諺閒譚》亦引此諺。

三朝媳婦，月裏孩兒——新進門的媳婦，剛生的嬰兒，過分的遷就寵愛，就會養成壞習慣。喻人要謹慎事情的開始。

《白兔記》六：「待我叫娘子出來幫打。娘子，房下，令正，渾家，拙荊，山妻，怎麼好。自古道：三朝媳婦，月裏孩兒。引慣了他了。罷罷，我的娘。」

按：《通俗編》卷四引《顏氏家訓》作「教婦初來，教兒嬰孩」。翟灝按：「謂端其始也。今諺云：『三朝媳婦，月裏孩兒。』同此。」

千里有緣能會——佛家說人在世間和誰結交為伴，要靠緣分。

《玉簪記》五：「但願你受著五戒三皈，說什麼琉璃金翠。須知，這都是千里有緣能會。」

《水滸記》十二：「有緣千里能相會，無緣對面不相逢。今日那女郎甚覺有情，只可惜他母親在坐。」

按：《通俗編》十三：「《傳燈錄》：『石霜往見楊大年，楊言對面不相識，千里卻同風。』按元雜劇所云無緣對面不相逢，有緣千里能相會，本于此也。」

小娘兒愛俏，老鴇兒愛鈔——喻世人作事，目的各自不同。

《青衫記》十七：「（小丑）員外，方纔這小娘兒不肯接你，也不要怪她。（淨）卻怎麼？（小丑）自古道，小娘兒愛俏，老鴇兒愛鈔。員外，你這般打扮，也不像個闞客，你日後要去，須換了這高巾，說了這件大袖衫子，打扮得俏麗些，她就喜歡你了。」

按：《板橋雜記》：「曲中女郎多親生之女，故憐惜倍至，遇有佳客，任其流連，不計錢鈔；其傖父大賈，拒絕勿與通，亦不顧也；從良落籍，屬於祠部，親母則取費不多，假母則勒索高價，諺所謂『娘兒愛俏，鴇兒愛鈔』者，蓋為假母言之也。」

上天無路，入地無門——喻人身處險境，無地安身。

《水滸記》十四：「我叫你們不要喫這個酒，你們不肯信。如今害得我上天無路，入地無門，怎麼樣了？」

按：《通俗編》卷一引《五燈會元》：「西余柔、沕潭英俱舉此二語。」

上床別了鞋和襪，天曉知他來不來——人命旦夕不自保之意。

《曇花記》二十一：「滾滾紅塵天外碾，絲絲白髮鏡中催，上床別了鞋和襪，天曉知他來不來。」

按：《空同集》卷三十七〈族譜傳〉：李夢陽有弟曰孟章，頗好與黃冠人遊，其伯氏怒罵之，弟知伯氏弗己悅也，於是間說之曰：「夫人生日，劻劻勷勷何為者，與是非為名與利哉？夫豢我者，戕我者也；軒冕者，桎梏我者也，今釋養生之道不務，乃日劻劻勷勷與利名爭，是亦益速自戕爾。長老有言曰：『上床脫屣，不知生死。』言旦暮難保也。」

口裏嗒嗒，腰裏撒撒——有吃的，有用的。

《春蕪記》十三：「或者他曉得我也是個中人，要尋我去幫閒，也未可知，若得如此就好。口裏嗒嗒，腰裏撒撒，是一樁好生意來了。」

《贈書記》十七：「口裏嗒嗒，腰裏撒撒。」

按：嗒嗒，是吃東西的聲音；撒撒，是銅錢相碰撞的聲音。口裏嗒嗒，喻有東西可吃；腰裏撒撒，是有錢可花。

大匠不持斧，大將不鬥手——喻成大事的人不計較小事。

《千金記》八：「罷罷，自古大匠不持斧，大將不鬥手。你兩個既要我鑽過去，抬起足來。」按：《呂覽·貴公》：「大匠不斲，大庖不豆，大勇不鬥，大兵不寇。」注：「但視規模而已，不復自斲削也。」

太歲頭也被你哄白了——喻人善於哄騙。

《尋親記》十七：「那有許多長本錢，太歲頭也被你哄白了。我不管，若無錢還，你隨我回去。」

按：古人稱木星為太歲，主凶煞；故以太歲喻凶惡之人。太歲頭也被哄白，極言人哄騙技巧的高明。

心似酒旗終日掛，眼如魚目不曾乾——喻時刻想念，以致淚流不止。

《焚香記》十四：「奴家一自兒夫去後，坐想行思，魂馳夢繞，不知他途路上安否如何？不知他到京的光景如何，又不知他科場事業如何？正是心似酒旗終日掛，眼如魚目不曾乾。」

心急步行遲——言人心中急於趕路，最快的步伐也嫌慢了。

《幽閨記》二十六：「正是心急步行遲，晚相催，天冷彤雲密。」

尺水番成一丈波——喻人專會挑撥是非，推波助瀾，使小事擴大。

《焚香記》八：「懊恨嫥嫫，尺水番成一丈波。謝媽媽，你錯認章臺路。」

《荊釵記》二十三：「書中語句有差訛，致使娘兒絮刮多，真偽怎定奪，是非爭奈何，尺水番成一丈波。」

井落在弔桶裏面——喻一反常情，情勢倒轉。

《龍膏記》十五：「只是你小小孩童，眇視先達，只道常在丞相府中高譚闊論，原來也有井落在弔桶裏面的時節，今日做了賊，在我手裏。」

按：當日有俗諺：「吊桶落在井裏。」喻入人掌握中，隨人擺弄，亦有說「井落在弔桶裏」的反語。如《水滸傳》二十一回：「好呀！我只道弔桶落在井裏，原來也有井落在弔桶裏。」

不如意事常八九，可與人言無二三——喻人生有許多不足為外人道的煩惱。

《琵琶記》三十五：「不如意事常八九，可與人言無二三。奴家自嫁蔡伯喈之後，見他常懷憂悶，費盡心機去問他，他又不說；比及奴家知道，去對爹爹說，誰想爹爹不肯，被奴家道了幾句，幸喜爹爹也心回意轉，教人去取他爹媽媳婦，又不知他行路上安否如何？為這些事，教我擔了多少煩惱。」

按：此二語本陸游詩句。《嘯虹筆記》：「『不如意事常八九，可與人言無二三。』世俗習傳語也。二師乃云可與人言無二三，更覺有味。」杜文瀾云：「此條上句，本於羊叔子語，而元人傳奇，與下句連用，則習俗相傳，由來久矣。」

不因親者卻來親——喻人攀援權勢，阿諛富貴，向富貴者攀親認戚，以沾光采。

《殺狗記》十七：「官人，常言道，我有黃金千萬兩，不因親者卻來親。兄弟到底是真，結義的到底只有假。」

不是一番寒徹骨，爭得梅花撲鼻香——喻人生甜美的成果，都是從艱苦奮鬥而來。

《琵琶記》四十二：「門閭旌表感吾皇，孝服今朝換吉裳。不是一番寒徹骨，爭得梅花撲鼻香。」

按：《通俗編》卷三十作：「不是一番寒徹骨，誰許梅花噴鼻香。」翟灝注：「見賈仲昌雜劇。」

不是冤家不聚頭——言人生恩怨糾纏，愛恨混淆。

《琵琶記》二十一：「相看到此，不由人不珠淚流，不是冤家不聚頭。」

按：古人以為人的一生，和什麼人相處為伴，都是前生善惡的果報，尤其認為今生的配偶，多是前生有冤仇的人，所以有「不是冤家不聚頭」的諺語。《朝野僉載》：「梁簡文之生，寶誌謂武帝：『此子與冤家同年。』其年侯景亦生于雁門也。」《道山清話》：「彭汝礪晚娶宋氏，有姿色，承順恐不及，臨卒，書『夙世冤家』四字。」翟灝《通俗編》卷十三亦收此諺語。

不將辛苦意，難趁世間財——利益的獲得，一定要花費許多精神勞力。

《四賢記》五：「（淨）請問如何可以治生？（小生）何不商賈為業。（淨）什麼叫做商賈？（小生）行貨曰商，居貨曰賈。（淨）不將辛苦意，難趁世間財，不去做他。」

天下無有不是的父母——言為子女者不可記恨於父母。

《荊釵記》十一：「爹爹，天下無有不是的父母，孩兒何忍不辭而去。」

按：《小學嘉言》：「羅仲素論瞽瞍底豫，而天下之為父子者定云：只為天下無不是底父母，了翁聞而善之。」

天有不測風雲，人有旦夕禍福——喻人生常會有意料之外的遭遇。

《水滸記》二十七：「（末）且把他監在牢裏去。（雜押生介）天有不測風雲，人有旦夕禍福。」
《琵琶記》二十一：「天有不測風雲，人有旦夕禍福，奴家婆婆死了。」
《還魂記》二十：「天有不測之風雲，人有無常之禍福，我小姐一病傷春死了也，痛殺了我家爺，我家奶奶。」
按：南劇中使用這句諺語，多指遭逢不幸而言。

天作孽猶可違，自作孽不可活——言天災易逃，自招之禍則無法解救。

《鳴鳳記》十六：「天作孽猶可違，自作孽，不可活。老爺，斬罪犯人聽候。」
按：《孟子．公孫丑上》引《書經．太甲》：「天作孽猶可違，自作孽不可活。」後人經常引用，互相傳說，成為諺語。

日間不作虧心事，半夜敲門不喫驚——喻人不作壞事，則心安理得。

《水滸記》十七：「（生）晁保正在那裏？（外上）日間不作虧心事，半夜敲門不吃驚。」
按：明釋沈袾宏《諺謨》有「日間不作虧心事，半夜敲門不吃驚」一條，可知此諺語在明代十分盛行。

世情看冷暖，人面逐高低——即世態炎涼之意。言世人的態度，往往因人的貧富而改變。

《殺狗記》十六：「豈不聞犬有溼草之義，馬有垂韁之恩，犬馬尚然如此，你為人豈無報效乎？正是世情看冷煖，人面逐高低。」
按：《隱居通議》卷二十五：「孟嘗君太息謂馮驩曰：『文嘗好客，客見文一日廢，皆背文而去，客有何面目見文乎？』曰：『富貴多士，貧賤寡友，事之固然也。今君失位，賓客皆去，不足以怨士，而徒絕賓客之路，願君遇客如故。』孟嘗君曰：『敬從命矣。』廉頗之免長平而歸也。失勢之時，故客盡去，及復用為將，客復至。廉頗曰：『客退矣。』客曰：『吁，君何見之晚也！夫天下以市道交，君有勢我則從君，君無勢則去，此固其理也，有何怨乎？』漢衛青為大將貴顯，而霍去病以功為驃騎將軍，大將軍權日退，驃騎日益貴，舉大將故人門下，多去事驃騎，輒得官爵，惟任安不肯。以上三事一律，蓋趨時附勢，人情則然，古今所同也，何責於薄俗哉。諺云：『世情看冷暖，人面逐高低。』若任安者，垂名萬世宜矣。」

生米做成熟飯——喻既成事實。

《三元記》十：「小姐，如今生米做成熟飯了，又何必如此推阻。」

生花鐵樹——鐵樹經六十年著花一次。故世人以鐵樹生花喻事之難成。

《紫簫記》三十一：「今日後秋寺聞蟬止益悲，眼看見愁來至，憔悴了生花鐵樹，迤逗了落葉阿黎。」

按：《日詢手鏡》：「吳湘間有俗諺：見事難，則曰：『須鐵樹開花。』余在廣西馴象衛，見一樹，高可三四尺，幹葉皆紫色黑色。質理細厚，問之，曰：『此鐵樹也，每遇丁卯年花一開，累月不凋。』乃知『須鐵樹生花』之說，有自來矣。」

叫的你噴嚏似天花唾——古人謂有人思念，則被念的人會打噴嚏。

《還魂記》二十六：「待小生狠狠叫她幾聲，美人，美人，姐姐，姐姐，向真真啼血你知麼，叫的你噴嚏似天花唾。」

按：《通俗編》：「《詩》：『願言則嚏。』傳曰：『願猶思也。蓋他人思我，我則嚏之也。』箋曰：今俗人嚏，則曰：『人道我。』此古之遺語也。」

石灰布袋，處處有跡——喻人風流成性，到處留情。

《白兔記》二十三：「（淨）這裏又是一個夫人。（生）我入贅在岳府了。（淨）劉官人，石灰布袋，處處有跡。」

巧媳婦無米煮不得飯——言有才能而無工具，亦不能成事。

《千金記》三：「卻不道猛將軍無刀殺不得人，巧媳婦無米煮不得飯。這等年成，那得本錢學做生理。」

按：《雞肋篇》：「陳無己詩亦多用一時俚語，如『巧手莫為無麵餅』，即俗語：巧媳婦做不得無麵飥飥」改成「無米煮不得飯」，應是受地域影響而改變。

只許州官放火，不許百姓點燈——喻恃勢欺人。

《曇花記》五十三：「（外）貧僧要從葛藤裏打筋斗來哩！（生）只許州官放火，不許百姓點燈。」

按：《譚槩》：「田登作郡，怒人觸其名，犯者必笞，舉州皆謂燈為火，值上元放燈，吏揭榜於市曰：『本州依例放火三日。』俗語：『只許州官放火，不許百姓點燈。』本此。」

白鐵刀，轉口快——喻人善於改口。

《幽閨記》六：「這狗骨頭，白鐵刀，轉口快。」

按：白鐵是在鐵的薄片上鍍上鉼，質地軟。用白鐵造的刀，刀口易捲。「轉」是諧「捲」的音。

各掃自家門前雪，休管他家瓦上霜——言人只須盡心己事，勿管他人閒是非。

《蕉帕記》十三：「我是辛苦人，要睡去，你自把蠟丸收好了。正是各掃自家門前雪，休管他家瓦上霜。」

《琵琶記》三十：「相公，夫妻何事苦相妨，莫把閒愁積寸腸，難道各人自掃門前雪，莫管他家瓦上霜。」

按：《古今譚槩》載蜀人杜渭倡酒令舉此二句（見《通俗編》卷一），此諺語至今仍常被人引用。

早知燈是火，飯熟已多時——喻人往往忽略了眼前，捨近求遠。

《蕉帕記》八：「（中淨）小姐，香便有了，待取火來。（旦）蠢丫頭，這燈不是火麼？（中淨笑介）正是。早知燈是火，飯熟已多時。」

按：《蘇詩合注》卷三十五〈石塔寺〉詩：「雖知燈是火，不悟鐘非飯。」王注：「次公曰：諺云：早知燈是火，飯熟已多時。」馮應榴云：「諺語見《五燈會元》，僧眾問用元禪師語。」

此處不留人，定有留人處——喻世界廣大，定有可棲身立足之處。

《紫簫記》十：「他貴遊公子，年少才人，此處不留人，定有留人處，只好一兩日間定貼此事。」

按：《通俗篇》十三引平陳錄：「貴妃權寵，沈后經半年不得御，陳主當御沈后處，暫入即還，謂后曰：『何不見留？』贈以詩云：『留人不留人，不留人也去。此處不留人，會有留人處。』」又《大業拾遺記》：「麗華拜帝一章，辭以不能，麗華笑曰：『嘗聞此處不留儂，會有留儂處，安可言不能？』帝強為之。」

成人不自在——下句為自在不成人。譬言人若想有成就，須經艱苦奮鬥。

《紫釵記》十六：「（旦）春香呵，咱怎比做女兒時，由得自家心性那。（浣）可是成人不自在哩。」

《還魂記》五十：「（丑見生介）老爺軍務不閒，請自在。（生）叫我自在，自在不成人了。（丑）等你去成人不自在。」

按：《鶴林玉露》：「廬陵士友藏朱文公一小簡真跡云：『便中承書，知比日侍奉安吉，吾子讀書，比復如何，只是專一勤苦，無不成就，第一更切檢束操守，不可放逸，親近師友，莫與不勝己者往來，薰染習熟，壞了人也。諺云：「成人不自在，自在不成人。」此言雖淺，然實切至之論，千萬勉之，千萬為門戶自愛。』此簡蓋與其親戚卑行也，大全集所不載。」

合了一條腿——比喻站在同一陣線上，或步驟一致。

《霞箋記》十四：「原來他既戀著李玉郎，你女兒最要搗鬼的，倘他兩個合了一條腿，尋個計策，使起官勢來，多則不過二三百兩，少則不過一二百兩。」

在他簷下過，怎敢不低頭——喻人人都得屈服於他人勢力之下。

《琵琶記》二十四：「（丑）道姑迴避。（旦）正是在他簷下過，怎敢不低頭。（慌下）」

《四喜記》三十七：「此人即日亡矣。正是在人矮簷下，怎敢不低頭。目今說他好，庶免刑戮。」

《雙珠記》三十三：「前日是我們同輩，今日是他統屬了，不免下禮相見，正是在他矮簷下，誰敢不低頭。陳老爹有請。」

如籃提水走歸家——結果成空。

《殺狗記》十四：「夜來因喫酒，大雪中跌倒孫兄，讓他落後，拿了他靴中兩錠鈔，又把玉環拐走，怎知今日跌破，我兩個如籃提水走歸家，籃內何曾有？乾嘔氣，惹場羞。」

《紅梨記》四：「惹禍的是花容月貌，賺人的是雲魂雨夢，從今後似提籃打水，落得一場空。」

有子萬事足——古時重男輕女，有了兒子，可以養老繼後，則心滿意足。

《鳴鳳記》三：「有子萬事足，我為無子所牽。」

按：蘇軾〈賀子由生第四孫〉詩：「無官一身輕，有子萬事足。」（見《東坡居士集》）又《戴表元集·壽陳子猷太傅十詩》，以「無官一身輕，有子萬事足」為韻。

有福之人人伏侍，無福之人伏侍人——喻人命有貴賤，地位有高低。

《琵琶記》二十二：「（貼上生）左右，夫人來了，且各迴避。（眾）正是有福之人人伏事，無福之人伏事人。」

《焚香記》十五：「呀，前面一班秀士來了，想是看榜的，不免先到杏園去，正是有福之人人伏侍，無福之人伏侍人。」

按：《畜德錄》：「都御史韓公雍與夏公塤飲，各出酒令，公欲一字內有大人小人，復以諺語二句證之，曰：『傘字有五人，下列眾小人，上侍一大人，所謂：「有福之人人服事，無福之人服事人。」』夏云：『爽字有五人，旁列眾小人，中藏一大人，所謂：「人前莫說人長短，始信人中更有人。」』」

但存方寸地，留與子孫耕——言人要常存善心，好為兒孫積福。

《四賢記》六：「間有一二不臧者，已經明斥其非，使令改過遷善，大都君子成人之美，豈忍注之下考。正是但存方寸地，留與子孫耕。」

按：《鶴林玉露》卷六：「俗語云：『但存方寸地，留與子孫耕。』指心而言也。三字雖不見於經傳，卻亦甚雅。余嘗作『方寸地』說。」《通俗編》卷二：「王直方《詩話》：『張嘉甫言少見人誦此詩，不知誰作，後過毘陵汪迪家，出所藏晉水部賀手書，乃知此詩賀作。』按《葉水心集》有〈留耕堂記〉云：『余童稚時已聞田野傳誦，出遊四方，所至閭巷，無不道此相訓切。蓋其辭意質而勸戒深也。』」

呂太后的筵席——漢時呂太后宴會羣臣，用軍法行酒。後人因用以喻戰兢害怕，雖是好意，也使人受不了。

《殺狗記》十三：「呀，唬得我一雙筯拿不住放不得，一口飯吞不進吐不出，嫂賜食一似呂太后的筵席。」

按：漢高祖劉邦死後，太后呂雉專政。有一次，呂太后請羣臣吃酒，用軍法勸酒，有一人不肯吃，當場被殺。因此後來就有「呂太后的筵席」這句諺語，比喻這頓酒食是不好吃的。

利刀割水兩難開——喻交情密切，不因小故而分開，如水之割不開。

《殺狗記》二十五：「利刀割水兩難開，好語解人金腰帶，多年鄰舍，且宜忍耐。」

冷眼觀螃蟹——以冷靜心情，看弄權勢的人能橫行多長久。猶言「善惡到頭終有報，只爭來早與來遲」之意。

《春蕪記》二十一：「（外）景大夫，不要與他纏，我們且去著，正是常將冷眼觀螃蟹。（末）看你橫行到幾時。」

按：《湧幢小品》九卷：「相傳貴溪臨刑，世宗在禁中，數起看三臺星，皆燦燦無他異，遂下硃筆傳旨行刑。旨方出，陰雲四合，大雨如注，西市水至三尺云。京師人為之語曰：『可憐夏桂州，晴乾不肯走，直待雨淋頭。』既死，嚴氏日盛，京師人又為語曰：『可笑嚴介溪，金銀如山積，刀鋸信手施。嘗將冷眼觀螃蟹，看你橫行得幾時。』」《野獲篇》亦有此條，但前半作「可恨嚴介溪，作事忒欺心」。

弄快刀子的手段——玩花招，騙人的手法。

《曇花記》五十三：「夜眠清早起，更有不眠人。你兩個在這裏弄快刀子的手段，怎麼出的我。」

求忠臣必於孝子之門——言人能孝順父母，亦必能效忠國君。

《香囊記》二十二：「只是我母親妻子在家，不能無私恩之念。傳曰：求忠臣必於孝子之門，忠孝怎能兩全？」

按：《孫廷尉集．喻道論》：「夫忠孝名不並立，穎叔違君，書稱純孝，石碏戮子，武節乃全。傳曰：子之能仕，父教之忠，策名委質，二乃辟也，然則結纓公朝者，子道廢矣，何見危授命，誓不顧親，皆名注史筆，事標教首，記注者豈復以不孝為罪。故諺曰：『求忠臣必於孝子之門。』明其雖小違於此，而大順於彼矣。」《明詩綜》卷一〇〇引吳人語曰：「求忠臣，須孝子。」亦此意。

我本將心托明月，誰知明月照溝渠——即「好心不受鑑領」的意思。

《浣紗記十八》：「（淨）太宰之言有理，決不聽你，再勿多言。（外長歎介）罷罷，正是我本將心托明月，誰知明月照溝渠。」

《精忠記》十七：「屈陷忠良實可悲，辭官棄職遠災危，指望將心托明月，誰知明月照溝渠。」

兒不嫌母醜，犬不怨主貧——子女對生養自己的父母應無嫌介。

《殺狗記》十六：「吳忠曾聞古人言，兒不嫌母醜，犬不怨主貧。我員外不知為何把小官人趕將出去，我聽得沒處安身，卻在城南瓦窰中權歇，今日得些工夫，瞞過大員外，不免走去探望則個。」

忠臣不事二君，烈女不更二夫——言人在世，男要忠一主，女要從一夫。

《千金記》三十七：「告大王知道，忠臣不事二君，烈女不更二夫。大王倘有不幸，奴家豈肯存得異心。」

《琵琶記》二十三：「（外）待我死後，教他休要守孝，早早改嫁便了。（旦）公公，你休那般說，自古道忠臣不事二君，烈女不更二夫。」

按：《史記．田單傳》：「王蠋曰：忠臣不事二主，貞女不更二夫。吾與其生而無義，固不如烹。」此二句在劇曲中引用甚多，蓋已成諺語。《通俗編》卷四亦收此諺。

事到頭來不自由——謂事情之發展，往往不順人意。

《雙珠記》十九：「親老兒孤，淒涼兩僝僽，生死雖云命，難道盡遭陽九，事到頭來不自由，強步含羞何處投。」

明人點頭即知，癡人棒打不曉——言聰明人敏悟，愚人遲鈍。

《殺狗記》二十三：「明人點頭即知，癡人棒打不曉。你這老奴，知我趕兄弟出去，故把這畫兒來嘲笑我。」

《殺狗記》十七：「咄，伶人點頭就知，呆漢棒打不曉。你見我兄弟不和，故意扳今弔古，在我面前絮絮叨叨許多閒話。」

和針吞卻線，繫人腸肚刺人心——喻牽掛之極，亦作和鉤吞線。

《雙珠記》十八：「只是我妻子在外，乏人依賴，母妹在家，不知安否，總上心來，不勝傷感。好似和針吞卻線，繫人腸肚刺人心。」

《幽閨記》三十八：「有事掛心懷，好一似和鉤吞線。」

兩人共一個枕頭，各自做夢——各有見解的意思。

《金雀記》七：「（淨）走路與鋤田的，話不相同。（丑）兩人共一個枕頭，各自做夢。請了。」

按：此諺猶如「同床異夢」的意思。

空裏拈花，水中撈月——喻幻境中事物都是虛假不可得的。

《還魂記》三十二：「是人非人心不別，是幻非幻如何說，雖則似空裏拈花，卻不是水中撈月。」

按：此本是佛家語，言一切都是幻境，多用鏡花水月為喻。〈證道歌〉：「鏡裏看形見不難，水中捉月爭拈得？」

依樣畫葫蘆——喻人善於倣效。

《紫釵記》三十：「醞就了打辣酥兒香碧綠，你獻了呵三盃和萬事，降唐呵也依樣畫葫蘆，罵你個醉無徒。」

按：《東軒筆錄》卷一：「陶穀文翰為一時冠，後為宰相者往往不由文翰，而聞望皆出穀下，穀不平，乃俾其黨因事薦穀，以為穀久在詞禁，宣力實多，太祖笑曰：『頗聞翰林草制，皆檢前人舊本，改換詞語，乃俗所謂「依樣畫葫蘆」，爾何宣力之有？』穀聞之，乃作詩於玉堂之壁云：『官職須從生處有，才能不管用時無；堪笑翰林陶學士，年年依樣畫葫蘆。』太祖益薄其怨望，決不用。」

是非終日有，不聽自然無——即不涉是非，就無是非。

《四賢記》十六：「惟有女奴丁香，語言每每妬忌，我想這樣賤輩，與他爭甚高低？正是是非終日有，不聽自然無。」

配了千個，不如先個——喻元配夫妻才是最好的伴侶。

《紫釵記》四十六：「妻呵，常言道配了千個，不如先個。你聽後夫說，賣了釵，有日想李十郎來，要你悔也。」

屋漏更遭連夜雨，行船又遇打頭風——禍不單行之意。

《明珠記》十八：「兩日之前，劉老爺被盧丞相讒言屈陷，朝廷把他全家抄沒了去，苦不知生死如何。今日不免街上尋問我相公去向，正是屋漏更遭連夜雨，行船又遇打頭風。」

《琵琶記》二十三：「屋漏更遭連夜雨，船遲又被打頭風，奴家自從婆婆死後，萬千狼狽，誰知公公病又將危。」

按：清曾廷枚《古諺閒譚》「打頭風」條：「風之逆舟，人謂之打頭風，古有『江喧過雲雨，船泊打頭風』。坡公詩：『臥聽三老白事，半夜南風打頭。』按「過雲雨」亦俗諺。又『屋漏更遭連夜雨，船行又被打頭風』，皆諺語。」

計就月中擒玉兔，謀成日裏捉金烏——喻有好計，則事無不成。

《千金記》八：「（丑）今日要與你比一個手段，要他在我兩個跨下鑽過，饒他；他若不鑽，憑我怎麼。（淨）好計，好計，計就月中擒玉兔，謀成日裏捉金烏。」

《尋親記》三：「到周羽家去，他是一個懦儒，就把他開手。計就月中擒玉兔，謀成日裏捉金烏。」

禹門三汲浪——喻讀書人中舉不易。汲應作級。

《幽閨記》三十五：「況他乃讀書才子，有日禹門三汲浪，一舉占鰲頭。孩兒寧甘守節，斷難從命。」

《尋親記》三：「正是黎民遇難實堪哀，瓠子堤崩潮正來，高似禹門三汲浪，險如平地一聲雷。」

按：禹門即龍門，在山西河津縣西，是夏禹所鑿的，故名；龍門水勢險急，魚鱉不能過。《三秦記》：「江海魚集龍門下，登者化龍。」故世人以龍門來喻榮達的關頭。「禹門三汲浪」，是古時登第詩中一句。

急煎滾湯，不能下手——喻事情棘手。

《雙珠記》十：「況且其夫是個酸子，能會吃醋，緊緊的看著老婆，不肯廝放，就如急煎滾湯，不能下手，使我茶飯懶沾，形容消瘦。」

前船便是後船的樣子——即前車可鑑之意。

《霞箋記》三：「多少從良的姐兒不得了當，前船便是後船的樣子。」

兔兒踹壞了娑婆樹——月不好了。「月」字諧「越」字音，「更糟」的意思。

《殺狗記》六：「阿呀，兔兒踹壞了娑婆樹，月不好了。迎春是大哥的通房，怎麼與我和你結義，一發不是了。」

要知山下路，須問過來人——喻前人的經驗，就是後人的借鏡。

《荊釵記》二十四：「什麼守節。要知山下路，須問過來人。我當時若守得定時，為何又嫁你老子。」

《蕉帕記》十六：「小姐，你要知山下路，須問我過來人。今夜那人有多少家數哩。」

相逢盡道休官好，林下何曾見一人——喻世人追逐名利，言行不一致。

《琵琶記》三十四：「年老心閒無外事，麻衣草座亦容身，相逢盡道休官好，林下何曾見一人。」

按：《集古錄》：「世俗相傳：『相逢盡道休官好，林下何曾見一人。』此二句以為俚諺。慶曆中，許元為發運使，因修江岸，得石刻於池陽江水中，始知為釋靈徹詩也。」

酒不醉人人自醉，色不迷人人自迷——言人的作為，都是出於自我。

《水滸記》十二：「酒不醉人人自醉，花不迷人人自迷。……前日無心走到街上，見一個女子，十分手緻，我看他，他也看我。」

殺人見血，剗草除根——徹底解決之意。

《雙珠記》十四：「自古道殺人見血，剗草除根，李總管，你可用些機謀，壞些錢鈔，擺布他一個下落。」

恭敬不如從命——言凡事不拗逆，就是最高的敬意。

《香囊記》四十一：「（旦）周老姥，多多虧你，可受了罷。（淨）恭敬不如從命。老夫人大人在上，不敢固辭，多謝賞賜。」

按：宋釋贊寧《筍譜》：「昔有新婦，不得舅姑意，其婦善承不違。一日歲暮，姑索筍羹，婦答即煮供上。妯娌問之曰：『今臘中何處求筍？』婦曰：『且應為貴，以順攘逆責耳，其實何處求之？』姑聞而悔，後倍憐新婦。故諺曰：『恭敬不如從命，受訓莫如從順。』」

破蒸籠不盛氣——喻沒有派頭、氣勢。

《殺狗記》六：「呸，破蒸籠不盛氣。他是孫大哥家裏使喚的，我每喫酒，他來伏事的，到與他結義做朋友，沒志氣。」

破鏡難重照，落花不上枝——喻夫婦一旦仳離，就不可能復合。

《紅拂記》十七：「奴聞破鏡難重照，落花不上枝，那些個破鏡重圓，落花再發。」

《幽閨記》十九：「否極何時生泰，苦盡更甜來，只除是枯樹上再花開也囉。」

按：《傳燈錄》：「落花難上枝，破鏡不重照。」

宰相肚裏好撐船——喻大人自有大量。

《玉環記》四：「（丑）宰相肚裏好撐船。（末）難得三江水都喫在肚子裏罷。」

按：《水東日記》：「南京大理少卿楊公復能詩有名，其家童往往於玄武湖壖採萍藻為豚食。吳思菴以其密邇廳事拒之。楊戲答詩云：『數點浮萍容不得，如何肚裏好撐船。』蓋諺有之：『宰相肚裏好撐船。』故云。」

留得青山在，不怕沒柴燒——喻人要保全生命，才能有作為。

《三元記》十六：「二叔，留得青山在，不怕沒柴燒，不可短見。」

送君千里終須別——言要分離的終歸要分離。

《三元記》七：「卑人看昏鴉集樹日將曛，自古道送君千里終須別，西出陽關無故人。列位請回。」

按：《太平廣記》卷一六九引《廣人物志》：貞觀元年，李勣為并州都督，侍中張文瓘為參軍事，勣嘗歎曰：「張稚珪後來管蕭，吾不如也。」待以殊禮，勣將入朝，文瓘因送行二十餘里，勣曰：「諺云：『千里相送，終於一別。』稚珪何行之遠也，可以還矣。」

晌午喫晚飯——太早了。歇後語。晌午，正午、中午。

《南西廂》十三：「晌午吃晚飯，早些哩。」

家有一心，有錢買金；家有二心，無錢買針——謂家中各人同心同德，則家道興盛，否則日漸衰敗。

《殺狗記》十九：「男子治家之主，女子是權財之主，俗諺云：『家有一心，有錢買金；家有二心，無錢買針。』我若依了你的言語，背了大員外，使人送些錢與小官人，有何難處，只是於禮不可，些乃背夫之命，散夫之財，非賢婦也。」

假饒染就乾紅色，也被傍人講是非——喻凡事都會引人猜測、評論。如把衣物染成乾紅色，別人則會猜測你是否殺了人，於是就會有是非的傳言。

《殺狗記》七：「不念手足之親，聽信喬人言語，將兄弟趕出，將兄弟趕出，不容完聚，教人談議，好癡迷。假饒染就乾紅色，也被傍人講是非。」

《殺狗記》三十四：「休多說，假饒染就乾紅色，也被傍人道是非。」

按：翟灝《通俗編》卷三十有「大家飛上梧桐樹，自有旁人語短長」一條，云出自葉紹翁《四朝見聞錄》所引無名子〈嘲京仲遠〉詩。翟灝又引元曲選《陳州糶米》雜劇，則作「鳳凰飛上梧桐樹」；又《抱粧盒》雜劇作「大鵬飛上梧桐樹」；南劇《殺狗記》又作假饒染就乾紅色，想是訛傳的結果。

張果老倒騎驢，永遠不要見這畜生面——彼此相背，各不相睬。

《荊釵記》十一：「（丑）嫂嫂，女兒請你出來拜別。（淨在內說）不出來，一似張果老倒騎驢，永遠不要見這畜生的面。」

按：張果老是八仙之一，相傳他在唐時隱居恒州中條山，他常乘一白驢，日行數萬里，休則疊之如紙，置巾箱中，乘則以水噀之，還成驢矣。宋以後人繪他的形像，都是倒騎著驢。倒騎驢，則不見驢面，故有此諺語。翟灝《通俗編》卷三十七說：「俗言張果老倒騎驢，各傳記未云，蓋倒騎驢乃宋潘閬事。」潘閬，宋大名人，號「逍遙子」。

救人一命，勝造七級浮圖——使人活命是最大的善行。

《飛丸記》十二：「他得命了。救人一命，勝造七級浮圖。這是小姐的大陰果，不免回復與他。」

救人須救徹——喻好事要做到底。

《三元記》四：「你身無盤費，豈能回去，若又拆散，不如不救你了。自古道：救人須救徹。叫當直的，銀子取五兩過來。」

按：元關漢卿《望江亭》及無名氏《爭報恩》劇均有此語。《望江亭》作「為人須為徹」。

猛將軍無刀殺不得人——喻才能和工具要配合才能成事。

《千金記》三：「卻不道猛將軍無刀殺不得人，巧媳婦無米煮不得飯，這等年成，那得本錢學做生理。」

眼望旌捷旗，耳聽好消息——等候佳音。

《投梭記》七：「王導待罪闕門，不敢朝見，專在此等候回音。正是眼望旌捷旗，耳聽好消息。」

《千金記》二十五：「下官不敢擅專，必須轉達吾王，老丞相只在此少待，眼望旌捷旗，耳聽好消息。」

粗麻大線，怎透針關——喻事情棘手，不能解決，使人為難。

《南西廂》二十二：「老夫人啊，手執棍兒摩挲看，這粗麻大線，怎透針關，直待拄著拐棒兒閒攢懶。」

《懷香記》十五：「小姐在深閨之內，韓生是小心之人，麤麻線穿針怎透關兒。」

甜言美語三冬暖，惡語傷人九夏寒——極言言語對人的影響。

《南西廂》二十二：「別人行甜言美語三冬暖，俺跟前惡語傷人九夏寒。」

《懷香記》三十：「孩兒，豈不知道恩情浹洽三冬煖，言語參差六月寒。」

莫信直中直，須防仁不仁——喻凡事不要完全相信別人。

《三元記》九：「我明日稟了官，只是監著你。……就在此間歇了罷。莫信直中直，須防仁不仁。」

《投梭記》八：「莫信直中直，須防仁不仁，我老身正在老烏家喫酒，有人說謝窮又到我家來了，因此急急趕回。」

閉門不管窗前月，分付梅花自主張——喻不管閒事，隨人自作主張。

《浣紗記》三十九：「（旦）前日的事，都是太宰弄出來的，今差他去，怕他不去？（淨）正是。美人你且迴避，待我喚他出來。太宰那裏。（旦背語介）閉門不管窗前月，分付梅花自主張。（下）」

《霞箋記》十七：「你看後生家這等性急，將老夫推倒，竟跑去了，且回家去罷。正是閉門不管窗前月，一任梅花自主張。（下）」

按：《通俗編》卷一：「陳世崇《隨隱漫錄》自述其先人藏一警句，為真西山劉漫塘所擊賞者。」所藏即此條二句，後被傳言成諺語。

雪獅子向火，酥了一半——形容美人使人一見就熔化。

《荊釵記》七：「若說我姪女兒，只教你雪獅子向火，酥了一半。」

野花不種年年有，煩惱無根日日生——喻煩惱事憑空而起。

《千金記》三：「野花不種年年有，煩惱無根日日生。自家韓信小舅是也。我大哥高起被點從軍去了，我姐夫韓信，卻也要去投軍。」

得饒人處且饒人——謂人待人處事應從寬容著眼，不應苛刻。

《水滸記》二十五：「（淨向雜介）宋押司實落不在家裏，你們且去著，差使錢明日我到縣同你們回官的時節打發你們。（雜應介）正是好放手時須放手，得饒人處且饒人。」

按：《通俗編》卷十三引《西溪叢語》：「蔡州有一道人善棋，凡對局饒人一先。有詩云：『自出洞來無敵手，得饒人處且饒人。』」又《老學庵筆記》：「紹興末，朝士多饒州人，時有監察發薦京官狀以關節，欲與饒州人，或規其當先孤寒，監司者憤然曰：『得饒人處且饒人。』時傳以為笑。」二說不同，應以前說為是。

將軍不下馬，各自奔前程——喻有事在身，匆匆相別。

《青衫記》十一：「軍情緊急，不坐了。正是將軍不下馬，各自奔前程。」

按：《五燈會元錄》真淨語云：「相逢不下馬，各自奔前程。」北曲《氣英布》雜劇亦有此語，但作「將軍不下馬」，是元人俗諺已改「相逢」為「將軍」。

善惡到頭終有報，只爭來早與來遲——謂世人行善或作惡，上天自有報應。

《琵琶記》二十七：「（丑）五娘子，你他日芳名一樣題。（合）正是善惡到頭終有報，只爭來早與來遲。」

《蕉帕記》三十三：「天兵此日破重圍，酒色昏迷尚不知，叛逆到頭終有報，只爭來早與來遲。」

按：《通俗編》卷十四引《螢雲叢說》：「善惡若無報，乾坤必有私，此古語也。善惡到頭終有報，只爭來早與來遲，此古詩也。一是反說，一是正說。」翟灝按：「元真詩通上二語為一首。」

著意栽花花不發，等閒插柳柳成蔭——喻事情往往在無意間得到成就。

《紅梨記》十五：「偶語風前一笑深，月中人許報佳音，著意栽花花不發，等閒插柳柳成蔭。」

《四賢記》十九：「夜來室人杜氏分娩一男，使我十分歡善，頓忘顧後之憂，百世蒸嘗，甫遂崇先之願。正是有意種花花不發，等閒插柳柳成蔭。」

按：翟灝《通俗編》卷三十亦載此條，云出自關漢卿雜劇。

無毒不丈夫——喻人不狠心就不能成就大事業。

《曇花記》三十六：「（內叫）林甫，你自知太毒，何不改變了心腸。（李）咳，這是我的舊業障，自古道無毒不丈夫。」

《四賢記》十一：「可惡該使烏古孫澤留執原票，公然抗違，正是恨小非君子，無毒不丈夫。」

買乾魚放生——不知死活，譬解語。

《南西廂》二十二：「買乾魚放生，不知死活。他把我打罵焦躁中寫來的，又說事成了。」

《春蕪記》十八：「（淨）夫人，扶便扶我進去，只是還要你季小姐。（丑）呸，買乾魚放生，死活也不知。快進去，快進去。」

喫了老娘洗腳水——猶如說「中了我的圈套」，「上了我的當」。

《贈書記》十六：「我開個酒店在這山前，凡有來往客商經過，將些麻汗藥藏在酒內，待他喫了，一時暈倒，男子年老的開剝來當豬肉貨賣，年小的解到府內打草料喂馬。若拿得婦女，送到軍前聽用。正是由你奸似鬼，喫了老娘洗腳水。」

《水滸記》十四：「將杯酒，易車輪，齊拍手，快生平。由你奸如鬼，喫了洗腳水。」

畫虎畫皮難畫骨，知人知面不知心——喻人心難測。

《琵琶記》二十九：「他道是若有寸進，即便回來，如今年荒親死，一意不回，你知他心腹事如何。正是畫虎畫皮難畫骨，知人知面不知心。」

《殺狗記》二：「哥哥要結義他，自去結義，小弟決不敢從命。正是畫虎畫皮難畫骨，知人知面不知心。」

按：元曲選尚仲賢《單鞭奪槊》及孟漢卿《魔合羅》二劇均有知人知面不知心之語。

富嫌千口少，貧恨一身多——有錢人家，喜人多熱鬧；貧窮的人，連自己也養活不了。

《殺狗記》十一：「孤身遭凍餒，何方干謁豪家，空嘆息，自嗟呀。富嫌千口少，貧恨一身多。似這般大雪，多少富豪快樂，單只孫榮這般受苦。」

朝朝寒食，夜夜元宵——喻每日躭於享樂，夜眠晏起。

《霞箋記》三：「誰似做小娘的，朝朝寒食，夜夜元宵，卻不受用。」

《白兔記》二十三：「劉智遠自贅岳府，朝朝寒食，夜夜元宵。」

按：白樸《梧桐雨》雜劇亦有此條，亦見《通俗編》卷三。

渾濁不分鰱共鯉，水清方見兩般魚——喻時局混亂，人之善惡難分；時代清明，就見出好人或壞人。

《尋親記》二十二：「我只道周娘子心如鐵石，一旦改了。且住，知他是真是假，我如今潛地到他家，看他動靜，便知分曉。正是渾濁不分鰱共鯉，水清方見兩般魚。」

萬般皆是命，半點不由人——謂人生際遇，早有命運安排，多不能如意發展。

《荊釵記》十三：「追思前事，追思前事，心下如同理亂絲，雖然頗頗有家私，爭奈年高無後嗣，怎不教人怨咨。萬般皆是命，半點不由人。」

葡萄架倒——或說倒了葡萄架，喻女人吃醋拈酸。

《金蓮記》十三：「惟願若妻若妾，各厭雨雲，為正為偏，平分風月，添來替死鬼，轉盼時酒醋瓶翻，捨去美前程，著手處葡萄架倒。」

《玉合記》三十八：「準準的寡頭醋喫了百來瓶，活活的乾相思害了十幾頓，喇喇的葡萄架倒了十數遭。」

《綵毫記》二十三：「大燕皇帝真瀟灑，開宴朝初罷，佳人碧玉釵，美酒黃金斝，只可恨母夜叉又來倒了葡萄架。」

當權正好行方便，積德留來蔭子孫——即勸人時常為善，以積陰德，庇蔭子孫。

《飛丸記》二十一：「差人帶送朱指揮，收名入冊，以備操演，正是當權正好行方便，積德留來蔭子孫。」

按：《景行錄》有「千經萬典孝義為先，天上人間方便第一」的話，是宋元以來，釋道都勸人行善。本條諺語是說人行了善，不但本身有好報，亦可積餘庇蔭子孫。

當權若不行方便，如入寶山空手回——喻人若不趁時機行善，以積陰德，猶如入寶山卻空手而返。

《三元記》四：「但存一點仁心在，施恩不望人感戴，你的夫和婦好唱隨，須恩愛，莫教扯斷合歡帶，我當權若不行方便，如入寶山空手回。」

《琵琶記》十七：「（旦）謝得恩官為主維。（丑）只教路中有災危。（外）當權若不行方便，如入寶山空手回。」

按：此諺語應是從上條衍出。

嫁雞逐雞飛——喻女子隨夫而安。

《蕉帕記》十七：「嫁雞且逐雞飛，生得女兒何用？」

《焚香記》二十四：「（丑）賤人，那王魁做了飛禽走獸，你也跟了他去？（旦）媽媽，常言道，嫁雞逐雞。」

按：《通俗編》卷二十九引《埤雅》：「引語曰：嫁雞與之飛，嫁狗與之走。」又引陳造詩：「蘭摧蕙枯崑玉碎，不如人家嫁狗隨狗雞隨雞。」

路遙知馬力，日久見人心——即經過時日事實的考驗，就知人情的真偽。

《尋親記》二十二：「路遙知馬力，日久見人心，我只道周娘子心如鐵石，一旦改了。且住，知他是真是假，我如今潛地到他家，看他動靜，便知分曉。」

按：《通俗編》卷二十八引錄曲選《爭報恩》雜劇中此諺語。

勢敗奴欺主，時衰鬼弄人——喻人在逆境中，事事不如意。

《殺狗記》二十二：「（小生）我是你的主人，怎麼打我？（丑）起先是我的主人，如今不是我的主人了。（小生）咳，正是勢敗奴欺主，時衰鬼弄人。」

《白兔記》三十一：「畜生，你見我哥嫂磨滅我，你也來戲弄我。自古道得好，勢敗奴欺主，時衰鬼弄人。」

按：杜荀鶴詩：「勢敗奴欺主，時衰鬼弄人。」《通俗編》卷十九亦引此條。

話不投機半句多——話頭不合，則不能多交談。

《琵琶記》三十一：「自古道酒逢知己千鍾少，話不投機半句多。好笑我爹爹不顧仁義，卻道奴家把言語衝撞他。」

按：元人賈仲明《對玉梳》雜劇作「話不投機一句多」。翟灝《通俗編》卷十七亦收載。

解鈴須用繫鈴人——喻一件事由某人開始，亦要由某人來結束。

《春蕪記》二十一：「常言道解鈴須用繫鈴人。當初是他兩個說他進去，如今依舊先要這兩個說他出來，不怕他不依我說。」

按：《指月錄》：「金陵清涼泰欽禪師，性豪逸，眾易之，法眼獨契重。一日，眼問眾：『虎項金鈴，是誰解得？』眾無對。清涼泰欽禪師適至，眼舉前語問，對曰：『繫者解得。』」

漆為有用膚裂，龜因殼勝刳腸——喻人往往因具有某種好處而導引傷身之禍。

《尋親記》二十一：「原來只為奴家一貌，故見如此，正是漆為有用膚裂，龜因殼勝刳腸。只為奴家一貌，平地生波。」

網巾圈撇在腦後——要見面也是難了；譬解語，喻被人撇棄。

《殺狗記》六：「萬一大哥醒悟了，他們弟兄親的只是親的，我和你疎的只是疎的，倘或和順了，我和你就如兩個網巾圈撇在腦後，要見面也是難了。」

按：網巾圈，固定頭巾的圓圈，繫在腦後，見不到面。

蜻蜓喫尾自喫自——喻各項花費，都得自己負擔。譬解語。

《殺狗記》六：「你如今到府縣告了，一定把他監了，尊嫂又是極賢慧的，著人送飯，上下使用，弄了出來，可不枉費錢財，分明蜻蜓喫尾自喫自。」

福無雙至，禍不單行——言世人遭遇，常是幸福少，禍難多。

《琵琶記》二十一：「福無雙至猶難信，禍不單行卻是真。」

按：《通俗編》：「《說苑・權謀篇》，韓昭侯造作高門，屈宜咎決其不出此門云。此所謂福不重至，禍必重來者也。諺小易其文。《傳燈錄》紫桐和尚舉禍不單行語。」

綿裏針——喻密藏而無從捉摸。

《焚香記》十四：「丈夫，非奴忘你身，只為縱橫亂心，君心恐似綿裏針，奴心似線引無門也。」

按：《通俗編》卷二十五：「《松雪齋集・跋東坡書》：『公自云余書如綿裏鐵，觀此書外柔內剛，真所謂綿裏鐵也。』按：『元曲云綿裏針。』」《焚香記》所用「綿裏針」一詞，作外柔內剛解則不合。

寧出一斗，莫進一口——喻增加人口，負擔生活就感困難。

《焚香記》九：「你如今在我家，夫妻二人，不蠶而衣，不耕而食，擔輕又不得，負重又吃力，常言道，坐食山空，寧出一斗，莫進一口。」

寧為太平犬，莫作亂離人——戰爭中，人民生活困苦，朝不保夕，反不如太平時代的狗，能安身保命。

《玉合記》二十三：「我辦了鏡子翦刀在此，再到門前打聽賊信報你，正是寧為太平犬，莫作亂離人。」

《紅梨記》十：「山河頓改，陣雲迷殺氣橫排，霜寒鼓死哭聲哀，……正是寧為太平犬，莫作亂離人。」

寧為雞口，毋為牛後——雞口雖小，進食之所用；牛後雖大，糞便所從出。喻寧居人前而小，不可在人後為大。

《紅拂記》十六：「我與你相從幾年，你豈不識我。大丈夫寧為雞口，毋為牛後。」

按：《戰國策．韓策》一，蘇秦為楚合從說韓王曰：「臣聞鄙諺曰：『寧為雞口，勿為牛後。』今大王西面交臂而臣事秦，何異於牛後乎？夫以大王之賢，挾強韓之兵，而有牛後之名，臣竊為大王羞之。」《史記．蘇秦傳》亦引此節。張守節《史記正義》云：「雞口雖小猶進食，牛後雖大乃出糞。」

與人方便，自己方便——言援助他人，自己亦可行善積福。

《青衫記》十五：「（旦）媽媽且請寬心，自古道鳥來投林，人來投主。家下有空房在外，權且住下，待等干戈寧靜，還家便了。（小旦）正是，那個帶著房兒走。自古道，與人方便，自己方便。」

按：《客座贅語》：「閭巷中常諺往往有麤俚而可味者；如曰：閒時不燒香，忙時抱佛腳……燈臺照人不照己，……與人方便，自己方便。……此言雖俚，然於人情世事，有至理存焉，邇言所以當察也。」

熟油苦菜，由人心愛——喻人各依心意行事。

《殺狗記》四：「院君，自古道，熟油苦菜，由人心愛。望院君早晚勸諫便了。」

《殺狗記》十五：「院君，熟油伴苦菜，由人心裏愛，不知員外如何只是結義的好。」

按：《豹隱紀談》逸文：「俚語云：『麻油拌生菜。』對云：『呷醋咬陳薑。』」

滕王閣，風順隨；魯顏碑，響雷碎——喻人的窮通得失，冥冥中有鬼神主宰，早有定數，人力難以改變。

《還魂記》十三：「道你滕王閣，風順隨；則怕魯顏碑，響雷碎。」

《蕉帕記》二十六：「這老天平常是極勢利的。滕王貴客，便幫他順風，寒儒薦福，便春雷夜轟。」

按：《曲海總目》引《堯山堂外紀》：「饒州魯公亭在薦福山。山有唐歐陽詢所書〈薦福寺碑〉，顏魯公真卿嘗覆以亭，後人因名。范希文鎮鄱陽日，有書生獻詩甚工，希文頗優禮之。書生自言天下至寒餓者無在某右。時盛重歐陽〈薦福寺碑〉，墨本值千錢；希文欲為打千本，售於京師，紙墨已具，一夕雷擊碎其碑。」又唐時王勃自馬當赴南昌，七百多里路程，山神借以便風，一夜就到，得參與閻都督盛宴。後人把這二事相較，而有諺語：「時來風送滕王閣，運去雷轟薦福碑。」

賠了夫人又折兵——喻兩面吃虧。

《蕉帕記》九：「（淨向旦）從今不必假惺惺，你賠了夫人又折兵。」

按：元有《隔江鬥智》雜劇，演劉備得孫權水軍三萬之助，在赤壁大勝曹操後，乘勢搶取荊州，周瑜憤恨，定計以孫權妹嫁劉備，擬乘劉備結親不備，奪取荊州。卻被諸葛亮洞悉其謀，預作應付之策，周瑜計因而不得逞。後周瑜又邀劉備過江，擬將劉備羈留，使荊州復歸吳有，但又被諸葛亮算計，不但劉備安然離去，周瑜反受張飛羞辱，竟積憤而死。翟灝《通俗編》亦載此條，下注：「見元人《隔江鬥智》雜劇，史志中未有其事。」但這句「賠了夫人又折兵」，今日已演成諺語。

踏破鐵鞋無覓處，得來全不費工夫——喻世事往往是辛苦營求不到，結果卻無意中成功了。

《琵琶記》三十五：「（貼）院子，我府中缺少幾個使喚的，你與我去街坊上尋問有精細的婦人，討一兩個來用。（末）小人理會得。踏破鐵鞋無覓處，得來全不費工夫。」

按：《通俗編》卷二十五引《蓬來鼓吹》：「附錄夏元鼎詩云：踏破鐵鞋無覓處，得來全不費工夫。」馬致遠《岳陽樓》雜劇作「踏破芒鞋」。

謀事在人，成事在天——言人行事盡力，能否有成，須看天意。

《水滸記》十五：「姻緣姻緣，事非偶然。謀事在人，成事在天。」

贏軍一萬，自損三千——言一次戰爭，無論勝敗，雙方都有損失。

《香囊記》十七：「兀朮部下軍馬，喫殺得片甲無存。只一件，自古道：贏軍一萬，自損三千，雖得屢勝，手下將士亦被害了無數。」

按：《元史．洪君祥傳》：「左丞相伯顏伐宋，君祥以蒙古漢軍都鎮撫從行，伯顏克淮安，至揚州，分兵攻淮西，宋制置夏貴遣牛都統以書抵伯顏曰：『諺云：殺人一萬，自損三千。願勿廢國力，攻奪邊城，若行在歸附，邊城焉往？』伯顏遣君祥以牛都統入見，留三日，還軍中。」《丹鉛總錄》卷十二：「或問數勝者亡，何也？曰：『荀卿李克之論備矣。荀卿之言曰：「傷人之民甚，則人之民惡我必甚矣。傷吾民甚，則吾民之惡我必甚矣。」李克之言曰：「數戰則民疲，數勝則主驕。以驕主御疲民，未有不亡者也。」二子之言旨哉。諺云：「殺人一千，自損八百。」此言雖小，可以喻大，故孟子曰：「不嗜殺人者能一之。」』」

賺咱上高處，掇了梯兒——喻設下圈套害人，使人上不至天，不下得地。俗謂相欺誑曰賺（見正字通）

《焚香記》二十七：「昨宵誤聽三更夢，今日裏空銜九地悲，那神靈也將人戲，賺咱上高處，掇了梯兒。」

《紅梨記》二十六：「怕歸時，認我做狐魅妖魑，怎再肯相偎相倚，可不是賺人高處掇卻樓梯。」

按：《羅湖野錄》：「黃魯直與興化海老手帖承觀寺虛席上司有意干清兒，清欲不行，蟠桃三千年一熟，此事黃龍興化亦當助作道之緣，莫送人上樹拔卻梯也。」又翟灝《通俗編》卷二十四：「《世說》：『殷中軍廢後，恨簡文曰：「上人著百尺樓上擔將梯去。」』按此屬喻言，而其事亦實有。《蜀志．諸葛亮傳》：劉琮將亮遊後園，共上高樓，飲宴之間，令人去梯，因謂亮曰：『今日上不至天，下不至地，可以言未？』」

雖無千丈線，萬里繫人心——言親情雖遠隔，自然常相思念。

《琵琶記》三十：「已曾修書附回家去。不知何如。這幾日常懷念想，翻成愁悶，正是雖無千丈線，萬里繫人心。」

雞皮鼓能經幾敲——喻本質脆弱，難以承受美人恩。

《浣紗記》十六：「連宵摟著如花貌，羅的羅耀的要耀，而今看看瘦了，笑你雞皮鼓能經幾敲。」

鵝子石塞床腳——未穩。譬解語，喻事情不如理想中妥善。

《春蕪記》十三：「老爺且不要忙，鵝子石塞床腳，未穩哩。」

按：鵝卵形的石子，長圓形，用來墊床腳，床必不會平穩。

雙手擘開生死路，一身跳出是非門——明哲保身之意

《香囊記》二十九：「奴家在路上不見了母親，昨晚到此投宿，巴不能得天明，上路尋問，那里去管閒事。正是雙手擘開生死路，一身跳出是非門。」

《水滸記》二十五：「（旦）相公，你打從後門走了罷。（生）雙手擘開生死路，一身跳出是非門。」

按：明太祖微行時，題閹豕家春聯：「雙手闢開生死路，一刀斬斷是非根。」時人常竄改下聯為「一身跳出是非門」，或「翻身跳出是非門」，或「一身逃去是非關」。

蘇姑子作好夢——空想。歇後語。

《紫釵記》四：「十郎，蘇姑子作好夢也。有一仙人，謫在下界，不邀才貲，但慕風流，如此色目，共十郎相當矣。」

按：吳人稱尼姑為姑子。「蘇」、「騷」諧音。「騷」尼姑作好夢，明明是「空」想了。

饒他走上焰魔天，腳下騰雲須趕上——南劇中在追趕別人時，多說這句話，就是說：「即使走到天上，也要趕上。」焰魔天，是佛教所謂的第三重欲界天。

《霞箋記》十七：「饒伊走上焰魔天，騰雲也追趕。」

《龍膏記》十八：「既有下落，我們只得趕上去。饒他走到焰魔天，腳下騰雲須趕上。」

《三元記》十九：「我陪你同趕上去，任他走上焰魔天，腳下騰雲須趕上。」

鰲魚脫卻金鉤釣，擺尾搖頭不再來——喻人能擺脫桎梏束縛，重獲自由，就會處處小心，不再蹈覆轍。經一事、長一智也。

《千金記》二十二：「若得出函關，我就好行了。正是鰲魚脫卻金鉤釣，擺尾搖頭不再來。」

《飛丸記》十二：「（丑）小姐，他去時的光景可憐，只見他寒驚赤膽英風挫，愁消白面雄心懦，這段倉惶，豈為小可？（旦）正是鰲魚脫卻金絲網，擺尾搖頭再不來。」

鐵球漾在江邊，終須到底團圓——喻事情必有圓滿結局。

《幽閨記》四十：「鐵球漾在江邊，江邊，終須到底團圓、團圓。」

按：鐵球入水，即使沈到水底，亦不改其圓形。

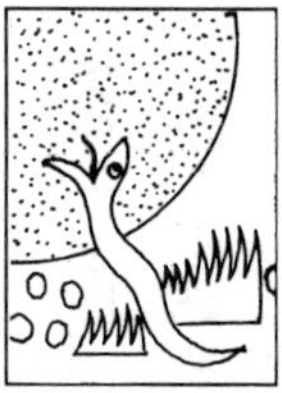

六十種曲的方言俗語

以前我做過金元北曲中所用方言俗語的研究，這裏再作南劇裏的方言俗語的探討，俾使南北曲在方言俗語的整理上有一個完整的體系。

金元時代的北曲，和明代的南劇，在時間上、地域上，都有不同，而語言是隨著時間和地域而改變，所以南劇中所用的俗語方言，和北曲所收的，只有部分是相同的；這部分的相同，是語言的沿襲，如「入馬」一詞，常見於北曲中，而南劇的《明珠記》、《邯鄲記》亦用了；又「波查」一詞，普遍見於南、北劇中。但南劇中有許多方言俗語，是北曲所沒有的。如叫人拿東西來，北曲用「將來」一詞，南劇用「看」字。又拆字格的詞也有不同，北曲常見的詞是「馬扁」；但南劇中又出現有「八刀」、「貝戎」等詞。又北曲中「阻隔」、「妨害」，用「板障」一詞，南劇則用「山障」。凡此種種，都可看出南劇所用方言俗語，實在也不在少，若不加以整理索解，亦將使人讀來滅興。我整理南劇（六十種曲）中的方言俗語，約有如下各條：

一古子——一古腦兒。

《邯鄲記》二十五：「打你個罵當朝一古子的談。」

一尖——專形容女人鞋子的纖小。古代女子纏足，腳裹得愈小愈美。從鞋的纖小，可以推知腳的細小。

《紫釵記》四十九：「此夢不須疑，是黃神喜可知，一尖生色鞋兒記，費金貲訪遺。」

《南柯記》七：「天生微眇身材，也逐天香過院來，一尖紅繡鞋，雙飛碧玉釵。」

一造——一下子，一併。

《精忠記》二十一：「哇，我就一造打死你這一起奸臣。」

一丟丟——即今所謂「一的的」、「一丁點兒」。

《東郭記》二十：「一搦搦腰繫著一絲絲裙兒旋，一丟丟腳用著一星星綾兒纏。」

一丟兒——即「一點兒」。

《殺狗記》六：「（淨）我且問你，昨日花園中結義幾人？（丑）是三人。（淨）杭州老官說的，還有一丟兒。」

一蒂一瓜——同胞的兄弟姊妹。

《幽閨記》十八：「哥哥，須念我，念我爹娘身故，須是一蒂一瓜兒和女，割得斷兄妹腸肚，將奴閃下在這裏。」

《幽閨記》二十：「敢是兩姨一瓜蒂。」

一捻——一把。用手拈物叫做捻。一捻，形容事物的纖細。

《明珠記》六：「裊娜腰肢，叉手抱來無一捻。」

《琴心記》十：「袍錦褪，紗帽壓，香羅襴束腰一捻，粉底靴兒根頭遏。」

一發——一併，一起；更加，索性。

《南西廂》二十八：「紅娘，一發去叫那禽獸（指張生）出來。」

《南西廂》三十四：「小人到普救寺中，見那小姐，為相公一發瘦了。」

《南柯記》十：「前在孝感寺，聽了禪師講經回來，一發無情無緒，我可甚打起頭腦來，止有一醉而已。」

一謎里——一味也。北曲作「一謎裏」。

《投梭記》四：「世儀，你那些個言談切偲，一謎里威權憑恃，你敢是覷朝廷作奴下廝。」

刁唆——即挑唆，挑撥。

《殺狗記》十八：「今日刁唆孫二不從，明日孫大哥知道怎麼好？」

《殺狗記》十八：「公公不要聽他，我在此窨中，他兩個走來刁唆我告哥哥，道我不聽他，如今反說我要告哥哥。」

八刀——分。拆字格。

《殺狗記》十二：「我與你講過了，七錠以外，都是我的，不是我一個人要，還有那一位官人要八刀的。」

《殺狗記》十四：「爛小人，難道我就獨得了不成，少不得都拿出來八刀。」

八行——書信。舊時官場中往來信札，都用八行信箋，故以八行代稱書信。

《紅梨記》二十九：「前日公差回時，小弟曾附八行，相煩訪問謝素秋，果然在貴治麼。」

七件事兒——日常生活七種必需品。

《還魂記》四十八：「姑姑呵，三不歸父母如何的，七件事兒夫家靠誰。」

按：《夢粱錄》：「蓋人家每日不可闕者，柴米油鹽醬醋茶。」

九市三街——指最繁華的市街。

《雙珠記》二：「星橋火樹縱橫，見九市三街，芙蕖遍開千頃。」

了當——了結，結果，害死。

《紫釵記》五十二：「又他分付，但回顧霍家，先將小玉姐了當，無益有損。」

《霞箋記》三：「（貼）方纔正在此勸他，他執意要從良。（老旦）多少從良的姐兒不得了當。」

人事——禮物。

《南西廂》六：「（末下貼欲下二和尚送人事介生上）小娘兒拜揖。」

《玉鏡臺記》二十五：「差人不知溫相公教上覆我麼，有甚麼人事寄來送我麼？」

按：《暖姝由筆》：「今人凡交遊往來及贄見，不論貴賤，但有餽送之禮，貨物不等，皆謂之人事。白樂天事宜狀云：『上須進奉，下須人事。』其來已久。」

《通俗編》：「《晉書．武帝紀》：泰始四年，頒五條詔書于郡國，五曰去人事。按：人事，乃餽遺之稱。」

人邊言字，目邊點水——拆字格，人邊立言是「信」；目邊加水就是「泪」（即淚字）。

《玉簪記》二十六：「因此上寫個人邊言字杳無音，只教我目邊點水流難盡。」

丁丁列列——清清楚楚，詳詳細細。

《還魂記》三十二：「俺丁丁列列，吐出在丁香舌。你拆了俺丁香結，須粉碎俺丁香節。」

下落——落著、結果，有設計謀害的意思。

《雙珠記》十四：「李總營，你可用些機謀，壞些錢鈔，擺布他一個下落，那娘子還是你的。」

下飯——羹湯之類的佐餐食品，即今所謂菜餚。

《東郭記》四十：「（木）我沒得回敬，一把純鋼鑿兒，送你拿去打刀，好切下飯。」

《千金記》二十三：「媽媽，兄弟在此，把這羊殺了，整治下飯，管待兄弟。」

按：《朱子語類》：「文只如喫飯時下飯耳。」

叉——用手捏在脖子上推出去。

《霞箋記》十二：「（丑）適才門兒鎖上的，他在狗洞裏鑽進來的。（外）原打狗洞裏叉出去。」

已下人家——太低賤的人。已，太也（如《孟子》：仲尼不為已甚）。

《幽閨記》二十六：「看你這兩個婦人，也不是已下人家的，我這裏不留你，前途恐遇不良之人。」

兀剌赤——蒙古語，掌馬車的人。

《幽閨記》十：「兀剌赤，兀剌赤，門外等多時。」

干打哄——胡來亂鬧的意思。

《紫釵記》二：「真假，你干打哄蘸出個桃源，俺便待雨流巫峽。」

干讓——同干罷，平白地放過。

《南西廂》六：「早是妾身，恕你行，若是見夫人，決不肯干讓。」

千家貨——喻娼妓的迎送生涯，人人可得的不幸。

《焚香記》八：「謝媽媽，你錯認章臺路，敫桂英呵，端不做千家貨。」

子都——喻美男子。從周至漢習俗稱美男子為子都。

《東郭記》二十五：「儘妝奩盡交子都，儘肝腸都送狂且。」

子眼——詳情、關鍵。

《玉簪記》六：「多承布施，如今說起話長，你定要問出子眼。」

子童——夫人自稱「子童」。

《殺狗記》十七：「當時夫人欠身而起道，子童情願下水。」

女娘——女子。

《玉簪記》五：「（貼）女娘果從何來？（旦）奴是宦家之女，因遭兵火，子母分散。」

《還魂記》四十八：「這位女娘好像我母親，那丫頭好像春香。」

女郎——南曲中女郎一詞，是指大戶人家的婢女，亦用為稱呼婢女。

《春蕪記》七：「敢問小娘子，莫非是季府中女郎麼？」

《玉合記》三十三：「依你說是人家女郎了，主人是甚麼名字。」

大刀環——刀頭上有環，取諧音「還」的意思。

《金蓮記》十：「自憐雙鯉無見，離恨難傳，知甚日大刀環。」

按：古詩有：「何當大刀頭？破鏡飛上天。」《樂府解題》說：「大刀頭者，刀頭有環也；何當大刀頭者，何日當還也。」

大家緣——大把家財。

《還魂記》二十：「天天，似俺頭白中年呵，便做了大家緣何處消，見放著小門楣生折倒。」

大肚皮——喻人有度量，亦說肚子。本於丞相肚裏好撐船諺語。

《東郭記》三十八：「（生）田老先生，俺齊人豈念舊惡者乎？今日故人依舊，我心實喜。（小揖介）大兄真好大肚皮也。」

大設設——即大剌剌，大模大樣。

《投梭記》二十二：「你看這丫頭，死在頭上，還是這等大設設的模樣。」

山障——阻隔，妨害。

《南西廂》二十三：「莫指望西廂月下，山障了拂牆花枝低亞。」

《霞箋記》二十二：「聽聲聲耳廂，有言說向，眼前隔斷如山障，分明似喚郎。」

小鹿兒在心頭撞——喻心情的驚慌害怕。

《玉簪記》二十一：「忽聽得花間語，把小鹿兒在心頭撞。」

《幽閨記》七：「天那，這場災禍無可隄防，見那廝惡吽吽手裏拿著的都是鎗和棒，諕得俺戰兢兢小鹿兒在心頭撞，這壁廂無處隱藏。」

按：《通俗編》：「《稗編》：梁武帝相貌威嚴，侯景入見，出曰：『為帝迫困，于斯見之，汗溼衣襟，若小鹿之觸吾心頭。』」

上國觀光——以前讀書人要到京城中應科舉考試，叫做上國觀光。

《南西廂》二：「愚兄今日聞知賢弟上國觀光，特備贐儀些少，更有魯酒一罇，以壯行色。」

《鸞鎞記》九：「我幸遇文明書，也思上國觀光，只怕你春雲載筆無情況。」

上陽花——貴家女子。

《邯鄲記》四：「俺世代榮華，不是尋常百姓家，你行奸詐，無端窺竊上陽花。」

《玉合記》三十九：「只說他將軍墜馬，要見夫人，一時闖入，眾軍披靡，這時節呵，正寒雲深鎖絳窗紗，做宮鶯啣出上陽花。」

按：唐高宗時建上陽宮，多植花木。唐玄宗天寶五載以後，楊貴妃專寵，後宮無復進幸，六宮有美色者，輒移置別所，上陽宮即其一。故以上陽花喻美女。

三綹梳頭，兩接穿衣——形容婦女的裝扮。

《殺狗記》七：「婦人家三綹梳頭，兩接穿衣，只曉得門內三尺土，那曉得門外三尺土。」

三臺印——即官印。喻高官厚祿。

《邯鄲記》三十：「這等驚惶你還未醒，苦戀著三臺印，那其間多少冤親。」

按：三臺即三公。《故事成語考》：「三公上應三臺。」（臺，星名）。

三貞七烈——舊日社會重視婦女的貞操節義，故稱貞烈的女子為三貞七烈，亦作三貞九烈。三、七、九，用多數來表示非常的意思。

《還魂記》三十二：「便到九泉無屈折，銜幽香一陣昏黃月。凍的俺七魄三魂，僵做了三貞七烈。」

《玉環記》七：「芝蘭無種，春來自香，三貞九烈，為人自強。今後務要成人，從今莫把心飄蕩。」

三花聚頂——道家修鍊的方法。即使人精、氣、神化合，至於虛空靈明。《潛確類書》：「以精化氣，以氣化神，以神化虛，名三華聚頂。」華同花。

《曇花記》四：「尋師了道，度世登真，玄竅開通，鍊得三花聚頂，河車升降，養成五炁朝元。」

比較——因嫌疑犯罪而受刑罰。

《贈書記》十：「奴家魏輕煙，為談郎走了，要在奴家身上緝獲。我怎忍去緝拿他，只是終日比較不過，思量個脫身之計。」

按：昔日官衙辦案，限令役吏或輪值，或有關的人民，在一定限期達成某事，到期查驗不能達成，就打板子示警。然後再定一個期限，到期再查驗，如此週期查限，叫做比較。

手面——手段、本領。

《南柯記》二十七：「奴家是王大姐，平日有些手面，領了東門女小旗。」

《南柯記》二十七：「王大姐，這等手面，怎麼防賊。」

勾搭——哄誘。

《鸞鎞記》十八：「（小生揖介）再做姐姐不著，一定要見一見兒。（貼笑介）好個會勾搭人的秀才。」

方便——㈠客套話，猶如說「自便」。㈡示以真相，取佛家方便門之意。㈢替人說好話。

《紅拂記》六：「（丑）鍋竈也有，可要做飯麼？（生）前面店中喫了，你自方便。」

《懷香記》二十五：「我為你偷寒送暖通方便。」

《千金記》四十七：「（丑）你若說了方便，一定謝你。（淨）你先送了東西與我了，我就與你說方便。」

丰標——風采，指儀容品貌的優美。

《運甓記》九：「自那日冒雪候高門，邁丰標禮意勤，歡情款洽縈方寸。」

《春蕪記》二十三：「他在詞曹，獨擅名高，更翩翩弱冠，俊偉丰標。」

弔水——跳水自殺，或掉進水去。

《還魂記》二十二：「我陳最良，為求館衝寒到此，彩頭兒恰遇著弔水之人，且由他去。」

弔場——南劇在一齣未演完，而眾角下場，只留一、二人繼續演出，叫做弔場。

《南西廂》二十七：「（生旦攜手下貼弔場介）你看張生好歹，他兩個公然進去了。徑不理著紅娘，教我獨自在此，好悶殺人也。」

《明珠記》十九：「（淨丑下，老旦、旦弔場，老）沒來由撞這兩個老潑才，纏了半日。」

五瘟使——使人害相思病的神。

《南西廂》二十：「我是散相思五瘟使。」

《懷香記》十五：「遠不遠千里，近只在目前，乃是散相思五瘟使者，見在司空府中內掾房安歇，姓韓，名壽，字德真。」

牙婆——六婆之一種，專為官員介紹人口買賣（如寵妾、舞女等），從中圖利。

《紫釵記》四十五：「玉釵金盒子，絨絲襯坫，向誰家妝閣燕穿簾，做不出牙婆臉。」

按：《輟耕錄》：「六婆者：牙婆、媒婆、師婆、虔婆、藥婆、穩婆也。」

瓦剌姑——北人對婦女的詈辭，即俗所謂賤貨，北曲多作「歪剌骨」。

《還魂記》三十：「一天好事，兩個瓦剌姑，掃興。」

按：明沈德符《顧曲雜言》：「往時宣德間，瓦剌為中國頻征，衰弱貧苦，以其婦女售與邊人，每口不過酬幾百錢，名曰瓦剌姑，以其貌寢而價廉也。」又《崇明縣志》云：「瓦剌國人最醜陋，故俗呼婦女不美者曰瓦剌骨，轉音如歪懶姑。」

孔方兄——錢的別稱。

《明珠記》三十二：「一任孔方兄滿前堆，只怕他閻羅老訂名召。」

按：古時錢幣外圓中有方孔，故名。魯褒《錢神論》：「親之如兄，字曰孔方。失之則貧弱，得之則富昌。」亦曰家兄。《晉書．魯褒傳》：「見我家兄，莫不驚視。」

《邯鄲記》六：「有家兄打圓就方，非奴家數白論黃。少他呵，紫閣金門路渺茫，上天梯有了他氣長。」

支應——支持應付。

《南柯記》四十二：「有何德政，也虧他二十載赤子們相支應。」

《玉合記》二十：「你且去殿上伺候，怕有客來，好生支應。」

支撐——支持，應付。

《焚香記》五：「我一家兒只靠著此女，今既嫁王相公，那家事都要與我支撐，不可你推我調。」

支纏——同支持。

《南柯記》十三：「他將種情堅，我瑤芳歲淺，教人怎的支纏。」

中酒——宿酒不醒。

《玉合記》九：「（貼）你在此何幹？（生）眠清晝。（貼）想夢為蝴蝶和花瘦，莫非中酒。（生）那些中酒。（貼）非關中酒，定是傷春。」

天天——重言以呼天。

《還魂記》十六：「真珠不放在掌中擎，因此嬌花不奈這心頭病，兩口丁零，告天天半邊兒是咱全家命。」

《玉簪記》二十四：「為著兩字功名，閃得我兒愁母怨，天天，山遙水遠。」

天街——京城中的街道。

《紫釵記》四：「此女尋常不離閨閣，今歲花燈許放，或當微步天街。十郎有意，可到曲頭物色也。」

《南柯記》二十：「但閨房所要，盡情相把，擺天街色色珍奇，出關外盈盈車馬。」

尺頭——布疋衣料。

《幽閨記》三十九：「老夫告回，即辦尺頭羊酒來作賀老司馬。」

水裏撈針——喻希望極小之事，即使得到，亦是僥倖。

《雙珠記》二十七：「（內問）不是做夢，這等容易。（淨）還疑水裏撈針。」

巴纉——疤痕。

《還魂記》五十二：「問新科狀元，問新科狀元，廣南鄉貫，柳夢梅面白無巴纉。」

分顏——吵嘴，翻臉。

《荊釵記》十二：「夜來我哥哥嫂嫂分顏，如今送姪女臨門，諸事不曾完備，望親家包荒。」

火票——官府公文。

《金雀記》十二：「如今你回去稟過山爺，說河中第一官妓巫彩鳳，年紀幼小，聲色俱全，將火票填他的花名，緊緊藏入袖中，明日叫他去，管取山爺喜歡，還要高陞你。」

按：《六部成語》：「馳驛官兵到此站時，立即由此處地方官飛發文票，知照下站地方官，以便預備一切之物，其所發之文票，名曰火票，以其事急如火，故名。」

不尷不尬——不上不下，進退兩難，或有痲煩。

《殺狗記》十六：「傷懷，我哥哥忒毒害，閃得我不尷不尬。」

《焚香記》五：「若少有不尷不尬，再尋箇戶對門當，不要怪我。」

白梃手——兵校。

《紫釵記》五十二：「白梃手日夜跟隨廝禁，反傷朋友。」

按：梃，是杖。白梃，是用堅直的白楊木造的棍子，衙役用來行刑的。

白面書生——喻年少而缺少經驗的讀書人，亦叫白面郎。

《荊釵記》二：「白面兒郎，學疎才不廣，粗豪狂放。」

《玉環記》二十三：「韋皋乃白面書生，多蒙叔父李令公著我領五千人馬，同賢弟前去開山洗路。」

按：白面，指無髭鬚。

白苧歌——喻歌舞宴樂。

《明珠記》三：「你道是侯門風味不俗，又誰知閭閻幾多不足，日宴未炊饘粥。可惜尊前白苧歌，總是蒼生哭。」

《金蓮記》十五：「黃帽雨中游，白苧閒時聽，把西湖比西子真堪並。」

按：《樂府古題要解》：「白紵歌古詞盛稱舞者之美，宜及芳時為樂。」魏晉時吳地有白紵舞歌，在宴會時用。

打火——出門人在旅路上借別人的家做飯吃。

《邯鄲記》四：「這店前店後田莊，半是范陽鎮盧家的，他家往來歇腳，在我店中，也有遠方客商，來此打火。」

打合——湊合、作成。

《鸞鎞記》二十六：「締新盟，特為你打合雙星。」

打伴——結伴、作伴。

《殺狗記》四：「近日兒夫心改變，作事大猖狂，每日與柳龍卿胡子傳打伴，朝歡暮樂，醉酒狂歌，見了嫡親兄弟，就如陌路之人。」

打秋風——用好話阿諛以圖謀別人財物。

《還魂記》十三：「（生）坐食三餐，不如走空一棍。（淨）怎生叫做一棍。（生）混名打秋風。……你說打秋風不好，茂陵劉郎秋風客，到大來做了皇帝。」

按：《暖姝由筆》：「今人干謁者，謂之打秋風。」又《雪濤諧史》：「一客慣打抽豐，所遇郡縣官，輒以諛詞動之。」《七修類稿》云：「米芾札中有抽豐二字，即俗云秋風之義。蓋彼處豐稔，往抽分之耳。」

打哄——胡鬧、玩笑。哄亦作閧。又作干打哄，見該條。

《琴心記》十六：「曉來齊跨五花驄，控雕弓芳堤打哄。」

《玉合記》四：「綺羅深處，約翩翩拂袖招，一羣兒鬧咳齊打哄嬌還小。」

按：《通俗編》：「《朱子語錄》：『居肆亦有不成事，如閒坐打閧過日底。』按：元人《陳摶高臥》曲云：

『乾打哄。』亦用哄字。」

打話——答話、問答。

《南柯記》二十九：「要問俺起兵主意，請公主自來打話。（通回稟介）他要請公主打話。（旦嘆介）我乃一國之貴主，這些毛賊怎敢對話。」

《還魂記》四十四：「（旦）有了，將奴春容帶在身傍，但見了一幅春容，少不的問俺根苗。（生）問時，怎生打話。」

按：《三朝北盟會編》：「金人至城下，呼請官員打話。」

打圓就方——打通關節之意。

《邯鄲記》六：「有家兄打圓就方，非奴家數白論黃，少他呵，紫閣金門路渺茫，上天梯有了他氣長。」

打辣——酒。蒙古語，原譯音作打刺蘇，後省作打辣、辣酥。

《紫釵記》二十八：「葡萄酒熟了香打辣。」

《玉簪記》二：「打辣酥堪消悶。」

《雙珠記》三十三：「倒辣酥，歌得勝，醉穹廬。」

打覷——打聽、探聽、盤詰。

《還魂記》二十九：「敢是小道姑瞞著我，去瞧那秀才，秀才逆來順受了，俺且待他來，打覷他一番。」

兄子——稱侄兒為兄子。

《千金記》四：「（項梁見項羽）兄子請坐，（項羽）王叔請坐。」

生活——針黹女紅。

《明珠記》六：「採蘋，連日暄熱，不曾和你做生活，今早天氣微涼，好做些針指。」

《明珠記》六：「元來小姐和侍兒做生活哩。」

按：《通俗編》：「元典章工部段疋條。『本年合造生活，比及年終，須要齊足。又造作生活好歹體覆絲料，盡實使用。』」

又：以段疋為生活，前無所見，似即起於元也。田蓺蘅〈張應祥墓志〉：『命匠造冰絲，不得作偽，直不加昂，而生活易售。』則明人遂有用入文者。」

生理——生計、生意。

《千金記》三：「自古道，男無婦家無主，你卻要韓官人做些生理。」

《白兔記》四：「看你堂堂貌美，因甚的不謀生理。」

《投梭記》三：「孩兒若肯生理，我又何愁？我思想起來，只有織錦好生理，又怕辛苦難為你。」

按：《六部成語》：「不務生理：遊手好閒，不作謀生之業也。」又《剪燈餘話》：「生理如意。」

目斷——即望斷，用盡眼力眺望遠方，形容盼望的殷切。

《明珠記》三十：「沈沈春信，寂寞一枝難遇，冷入龍樓，有人目斷宮宇。」

《春蕪記》十：「我結草須無地，怕牽絲未有緣；目斷深閨，想一段相思兩地牽。」

目成心諾——女子見到所愛男子，以目光表示心許之意。本《楚辭．少司命》。

《贈書記》五：「曩遇才郎潘安貌，洛下年方少，晤語在蘅皐，教我意亂魂迷，目成心諾。」

出尖——勉強出頭。

《南西廂》十三：「殺人逗起英雄膽，兩隻手將烏龍棍來搯，直殺入虎窟龍潭，非是我出尖。」

按：《通俗編》：「《宋史．兵志》：『熙寧間，造箭四種，一曰出尖。』按俗以強出任事曰出尖，或謂其本於此。」

出乖露醜——做出非常丟臉難看的事。

《南西廂》二十八：「終不然背義忘恩，出乖露醜，休，何必苦追求。」

《琴心記》十六：「長卿，長卿，你好羞死人也。今日出乖露醜，遺笑程君，奈何。」

瓜葛——謂有親戚關係；有某種牽連關係。

《玉簪記》二十二：「我豈為你在此攬擾，要你去赴試，我與你父親連枝瓜葛，看你飄蓬，有何面目見你二親。」

《還魂記》二十七：「拾的個人兒先慶賀，敢柳和梅有些瓜葛。」

按：《書言故事》：「言素成親曰有瓜葛之好。」又《故事成語考》：「共敘葛姻曰原有瓜葛之親。」蓋本於魏明帝〈種瓜篇〉：「與君新為昏，瓜葛相結連。」

失心風——猶如現在說：「神經不正常」，「頭腦不清楚」。

《明珠記》二十五：「我官人是個失心風的，天下那有這等事。」

按：《東軒筆錄》：「王荊公次子名雱，荊公知其失心。」

半米兒星分——比喻極微小。半米兒、半星兒，都是當日的俗語。

《幽閨記》七：「無他效芹，略得進身，犬馬報，怎敢忘半米兒星分。」

《幽閨記》八：「鞋直上冠兒至底，諸餘沒半星兒不美。」

半面——謂舊相識，舊相好。

《飛丸記》二十五：「你見了月殿嫦娥，休忘半面，頻囑付，心莫變。」

《飛丸記》二十七：「只怕他名成意變，只怕他交鸞棄燕，只怕他遺忘半面，因此上意拳拳，閣不住淚漣漣。」

按：東漢應奉少聰明，有過目不忘的記憶。曾到彭城相袁賀。有一次袁賀出行，有一個人閉門造車，車匠在屋內開門，露了半面偷看，給應奉看到。後來隔了幾十年，在路上看到車匠，還能認出他。

平頭——執賤役的男工。

《紅梨記》二十五：「小人是謝家一個平頭，從幼跟隨素娘，喜得我素娘做了上廳行首，往來的都是大來頭。」

按：《稱謂錄》：「平頭，謂奴也。」

且住——猶如說「慢點，等一下」，使人暫時停止之詞，有少安毋躁之意。

《雙珠記》三十三：「迤邐行來，此間是他門首，不免徑入。且住，前日是我們同輩，今日是他統屬了，不免下禮相見。」

多應是——多數是、多半是，準是。亦省作多應。

《邯鄲記》四：「影交加，那人呵多應躲在芙蓉架。」

《春蕪記》七：「悵臨春把玉貌成追憶，多應是千里曾相遇，下閒階欲步踟躕，望侯門深鎖嬌姿。」

交——同教、叫。

《明珠記》二十七：「小姐，交人怎麼不想著你。」

《明珠記》二十七：「不看也罷，看了到越交人煩惱起來。」

多少是好——豈不很好。

《玉簪記》十三：「要思量竊玉偷香，恨殺那侯門似海。不免叫小使出來，與他商議一番，多少是好。」

《明珠記》六：「今日打聽得小姐臥房，在畫閣兒下，只做不知，一直撞入去，飽看一回，多少是好。」

老先——老先生，先是先生的省稱。

《邯鄲記》七：「老先過謙了，日下看卷費神思哩。」

《霞箋記》二十八：「（末）咳駙馬，你瞞得我好，這樣奇逢，怎麼不通我知道。（小生）其事雖美，其實安可對老先明言。」

按：明代稱士大夫為老先。《陔餘叢考》：「王新城謂明朝中官稱士大夫曰老先。」

老蒼頭——元明人稱家中年老的男僕為老蒼頭。

《綵毫記》五：「（外）稟小姐，此處已是盧山李尊師隱居，請小姐停車。（旦）老蒼頭先入通報求見。」

《曇花記》五十一：「自家定興王木老爺府中一個老蒼頭木韶是也。」

成人——㈠隱語，指已經梳櫳過的妓女。㈡品德、事業有成就的人。

《玉環記》六：「（淨）鸞兒成了人麼？（丑）我女兒成人兩年了。」

《三元記》十八：「公公，不可執一時之見，為子孫怨，倘一日成人發達，卻不誤了兩家之願。」

行在——天子在巡幸中的暫寓所，即行宮。

《玉合記》二十二：「天晚駐駕，百官有赴行在者，即許隨侍。」

按：蔡邕《獨斷》：「天子以天下為家，不以京師宮室居處為常，則當乘車輿以行天下，車輿所至去處，皆曰行在。」《書言故事》：「天子所至處曰行在所。」

行杖——行刑的杖棒，亦泛稱刑具。

《邯鄲記》四：「（旦）鞦韆索子上高懸掛。（貼）沒甚麼行杖。」

按：《福惠全書》錢穀部催徵：「行杖鋪堂。」

行踏——即行走。

《南柯記》四十：「多則是中宮記掛，這幾日不曾行踏。」

《還魂記》二十八：「怎虔誠不降的仙娥下，是不肯輕行踏。」

《邯鄲記》四：「俺這朱門下，窮酸傜的無高下，敢來行踏，敢來行踏。」

按：《宣和遺事》：「想是天子在此行踏。」

行拿——捉拿。

《邯鄲記》四：「（旦）梅香和俺快行拿。（貼）沒有索子。」

行腳——僧人旅遊。

《南柯記》七：「自家婆羅門弟子石延的便是，行腳中華，寄食天竺禪院。」

按：佛教稱禪僧為修行而旅行各地，以尋師求法者為行腳。《祖庭事苑》：「行腳者，謂遠離鄉曲，腳行天下，脫情捐累，尋訪師友，求法證悟也。所以學無常師，偏歷為尚。」

丟抹——塗脂抹粉。丟有紅艷的意思，如《丹鉛總錄》引古諺說：「晚霞紅丟丟。」

《浣紗記》七：「前日討得一個丫頭，喚作千嬌，容貌雖不甚娉婷，妝扮也略知丟抹。」

因依——原因，情由。

《精忠記》十五：「父蒙宣召赴京畿，定省親闈，訴與因依。」

《殺狗記》七：「員外喫得醺醺醉，我娘行自宜仔細，著言語問因依，莫激他性發，好意反成惡意。」

存活——應付，處置，生活。

《焚香記》八：「朝煎暮聒，這光景怎生存活?」

吃棒——挨打。

《尋親記》三：「修築瓠子多勞攘，那由咱半些說謊，差遲只落得取著吃捧（棒）。」

坐喬衙——本作「喬坐衙」，即假裝坐堂問事，擺出樣勢。

《投梭記》二十：「癡妮子，性奸猾，我饞涎都嚥盡，落得眼巴巴，眼飽腹中餓，教人惱殺，且安排計較坐喬衙，看他怎禁架。」

那話兒——隱語，不便說明的話，於是說：「那東西」，多指性方面的事，如性器，性交等。

《東郭記》二十六：「小陳，你委實標致，可惜多了那話兒。」

《紅梨記》二十三：「那小姐倉忙而去，說明晚又來，到得明晚，果然又到孩兒書房中來，手中攜一枝紅梨花，那時孩兒年紀小，春心蕩漾，與他那話兒了。」

完備——準備完畢。

《精忠記》八：「（生）孩兒，軍馬完備未曾？（小生）完備多時了。」

牢固——監禁、收押。

《精忠記》十六：「可奈岳飛手握重兵，專沮和議，被我連發十二道金牌取回，就送大理寺牢固。」

貝戎——賊。拆字格。

《贈書記》七：「生涯個個不相同，小子從來業貝戎，左手將來右手去，越奸越巧越貧窮，自家偷兒的便是。」

坑——陷害。

《贈書記》十六：「我昨宵蒙鳩生幾誤，你坑人料無數。」

沙板——棺木。

《玉合記》二十九：「不好了，我待死休，快買沙板。」

按：我國南部出產一種沙木，屬松杉科，幹挺直，高五六丈，材堅緻，供建築及製器具用，亦以製棺，稱為沙方。方即板也，見《周禮．秋官硩蔟氏》：「以方書十日之號。」孫詒讓正義：「（方），謂木版也。」

呆撒奸——當時俗語謂呆裏撒奸，是假裝癡呆，暗藏奸詐的意思。

《投梭記》八：「爭奈不做媒的母親呵，終朝絮聒，教奴呆撒奸。」

扳枉——故意栽贓誣衊。

《玉鏡臺記》三十二：「如今監中有許多強盜在此，叫他分頭扳枉各縣財主，他必著人拿銀子來央你除名。」

扳話——聊天、閒聊。

《贈書記》二：「官人，天色已晚，還不歸家，到（倒）與這位小娘子在此扳話。」

抄化——募乞，多用於僧、道、丐等求人憐憫以為善等。

《殺狗記》十一：「從早到如今，沒飯難禁架，只得忍著饑寒，一步步前抄化，又那堪遭濟這般雪兒下。」

按：《福惠全書》：「抄化穩婆，除收生外，不許托故重來。」

把穩——拿得準，有把握的意思。

《殺狗記》三十四：「（丑）一定你不會說話，待我進去。（淨）你也未必把穩。」

按：《資治通鑑》注：「將牢，猶今人言把穩也。」

妝麼做勢——即裝模作樣，故意做作之意。

《投梭記》十一：「只愁那妝麼做勢小妖魔，推三阻四恁般那。」

妝塗——整理擦抹。

《鸞鎞記》十二：「待說甚留鬚表丈夫，又不是戴烏紗不可無。到省得白鬃鬃終日費妝塗。」

男女——元代的男僕役對主人自稱「男女」。

《運甓記》四：「（末）本縣差坊長下帖報喜。（生）這妮子見我憂悶，故意調慌。（末）果然在外，男女怎敢謊。」

作速——趕快。

《焚香記》三十二：「如今又差小人來接取夫人，請作速起程去。」

作急——趕緊。

《焚香記》二十二：「將西廳嵌八寶螺螄，結頂黑漆裝金細花螺甸，象牙大拔步床，作急星夜搬粧十二透明樓下，待我回來成親。」

作成——成全。

《紅拂記》六：「若官人往月宮裏去，千萬帶了我去，作成我看看桫欏樹與那搗藥的兔子。」

《玉合記》三十一：「母親，作成孩兒娶這房小媳婦。」

作念——懸念、掛念。

《南西廂》十九：「只落得心中作念，口內閒題，夢裏相和哄。」

《還魂記》二十五：「小姐去世，將次三年，俺看老夫人那一日不作念，那一日不悲啼。」

作耗——作亂、造反。

《南西廂》一：「西洛張生，博陵崔氏，一雙白璧兩南金，寄居蕭寺，無計達佳音，忽遇孫彪作耗，君瑞請兵退賊，當許下成親。」

作養——帶挈、成全。

《三元記》二十八：「（外）學生蒙朝廷欽取，即日赴京，令郎上京會試，就在學生船上同去罷。（生）多謝父母大人作養。」

扯淡——言語無味，猶如「胡說、胡扯」。

《邯鄲記》二十五：「是則是世間人都扯淡，有的閒窺瞰，也著些兒肚子包含。」

《玉合記》四：「聽他扯淡。他折得一枝醉楊妃菊花，戴在頭上，說是娘娘一般。」

按：《委巷瑣談》：「杭人有諱本語而為俏語者，如謂胡說為扯淡。」

即留即漸——即很快地，漸漸的。

《邯鄲記》四：「緣何即留即漸的光明大，待俺跳入壺中細看他。」

即漸——漸漸。

《南柯記》三十一：「俺這裏匹馬單鞭怕提起即漸的一家兒，這裏頭直上滾塵飛。」

《邯鄲記》十八：「春光去了呵，秋光即漸多，扇掩輕羅，淚點層波。」

肚子——喻度量。

《邯鄲記》二十五：「是則是世間人都扯淡，有的閒窺瞰，也著些兒肚子包含。」

《邯鄲記》二十五：「（丑叩頭介）天大肚子的老爺，叩頭，千歲千千歲。」

按：時下俗語亦有「丞相肚裏好撐船」，亦喻「度量大，能容人」之意。

折券從良——倡伎、奴婢贖身嫁人。

《紫釵記》四：「自家鮑四娘，乃故薛駙馬家歌伎也，折券從良，十餘年矣。」

按：折券指立約雙方，毀棄契約，語見《史記》。從良，嫁作良家婦。

杏花宴——昔日文人中了狀元，天子在杏園設宴相賀。

《還魂記》五十二：「是當今駕傳，是當今駕傳，要得柳如煙，裁開杏花宴。」

按：張禮《遊城南記》：「杏園與慈恩寺南相值，唐新進士多遊宴於此。與芙蓉園皆為秦宜春下苑之地。」故址在今陝西省長安縣曲江西。

把——讓、使。

《還魂記》四十七：「便作俺做楚霸王，要你做虞美人，定不把趙康王占了你去。」

吱嗻——即吱喳，形容人聲嘈雜，亦作嚌喳。

《還魂記》五十四：「人語鬧吱嗻，聽風聲似是女孩兒關節。」

《邯鄲記》二十：「一任他前遮後擁鬧嚌喳，擠的俺前合後偃走踢踏。」

含胎——以花之未開，喻少女之未破身。

《還魂記》三十六：「（生）已經數度幽期，玉體豈能無損。（旦）那是魂，這纔是正身陪奉。伴情哥則是遊魂，女兒身依舊含胎。」

按：閩、廣有山薑，劉恂《嶺表錄異》云：「花生葉間作穗如麥粒，嫩紅色，南人取其未大開者謂之含胎花。」

低亞——低下。

《南西廂》二十三：「庭院靜，花枝低亞。」

《南柯記》二十：「南柯郡，南柯郡，休嫌低亞，公案上，公案上，酒杯放下。」

低垛——低下、低矮。

《南柯記》十：「哥，醒眼看人多，恁般低垛，半落殘尊，又帶去回家嗑。」

折倒——折磨、消蝕。

《幽閨記》二十五：「孩兒，屈指數月，折倒盡昔時模樣。」

折證——對證。

《紫釵記》七：「恁般紅鸞湊成，這燕花釵為折證。」

《南西廂》十七：「端詳可憎，誰無志誠，你兩人今夜親折證。」

吟聒——吟哦絮聒，形容使人煩擾的聲音。

《紫釵記》三十八：「數秋螢團扇暗消磨，也怎生個芭蕉夜雨閒吟聒。」

伶俐——乾淨。

《紫釵記》五十二：「他得到了一日是一日，我過了一歲無了一歲，要你兩頭迴避，不如死一頭倚俐。」

告茶——即待茶，以茶待客之意。

《玉簪記》十：「請坐告茶。」

《春蕪記》五：「竹爐烹雀舌，花徑候魚軒。請小姐方丈告茶。」

志誠——真心誠意。

《玉簪記》二十六：「不須用淚零，他是書生志誠，一言為定，且寬心自穩。」

《還魂記》三十二：「歎書生何幸遇仙提揭，比人間更志誠清切。」

災迍——災殃。

《明珠記》五：「他平白地惹起災迍，赴猛火自燒身。」

《琴心記》三十三：「我東人受訪遇災迍，一時氣喪邊軍，更虛言謬傳家信，道夫人葬埋紅粉。」

其實——真是，事實上。

《曇花記》二十：「（小貼）偌大門戶，如何教媳婦女流，獨自承當。（旦）媳婦，其實生受你。」

者——隱語，有裝作、推搪的意思。

《焚香記》五：「（丑）且待我喚他出來。丫頭，與我請桂英姐出來。（內應回介）身子不快，不出來了。（丑）我說道又者起來了。」

尚容——且圖後報的意思。

《霞箋記》十四：「（老旦）這個報我女兒的，其實作成我賺了一主銀子，我要補報他。（丑）呀，媽媽，若不是我，也要遭瘟。（老旦）既如此，尚容尚容。（丑）媽媽，千個尚容，不如一個笑諾。」

承局——官差。

《荊釵記》二十：「書已寫完，在此等待承局到來。」

承應——官府差役人員奉命等待差遣。

《春蕪記》二十九：「分付執事人等都在府門伺候，一面喚賓相承應。」

《玉合記》四：「高力士，可命梨園子弟，與謝阿蠻王大娘輩，各隨本技，一路承應前去。」

按：《福惠全書》：「一切縣官承應。」

初度之日——誕辰，生日。

《春蕪記》九：「今日春融日暖，柳媚花明，正逢寡人初度之日，百官上來稱賀，不免上殿。」

《懷香記》七：「治世尊三壽，高年見八朝，侯門初度日，賀客不須邀。」

按：《書言故事》：「自稱生日曰初度之辰。」

抵死——極端的意思。

《龍膏記》二十二：「我老相公一見生疑，道小姐與你私通，暗中相贈，把小姐抵死埋怨，欲置死地。」

抵對——回答，對答。

《幽閨記》十七：「只是面貌不同，言語各別，有人廝盤問，教咱把甚言抵對也。」

拖犯——連累，拖累。

《南西廂》二十二：「這緘，只說道老夫人違背前盟，卻把女孩兒拖犯，到如今，羞覷鏡裏孤鸞。」

《南西廂》二十三：「若不覷面顏，險把紅娘來拖犯。」

拖狗皮——專門白吃的小人。

《殺狗記》七：「他兩人專靠花言巧語，一剗地鬥是搬非，每日只會拖狗皮，那曾見回個筵席，雙長坐兩邊位。」

《殺狗記》二十三：「你兩個是死鬼，我兩個是活鬼，有名叫做拖狗皮，買些生薑擦出眼淚。」

按：《古謠諺》卷四十一元人引俚語論弄丸輸贏：「《丸經》：『乖令背式，罰不可恕，趨時爭利，賞不可加，勝負靡常，色斯舉矣。』自注：『贏即矜能逞語，輸即發怒便走，或至罵僕嗔朋，拋毬擲棒，此非閒雅君子，真小人耳。俚云：「廢毬棒，磨靴底，眼睛飽，肚裏肌，韡皮臉，拖狗皮，輸便怒，贏便喜，喫別人，不回禮。」此之謂也。』」

拖逗——撩撥、挑逗的意思。

《紅拂記》三：「脈脈嘆淹留，年光拖逗，空有煉石奇材，誤落裙釵後。」

《玉合記》二十九：「空拖逗，愛離兩字難參透，難參透。」

妮子——婦女、賤者。

《運甓記》四：「（末）本縣差坊長下帖報喜。（生）這妮子見我憂悶，故意調謊。」

《紅拂記》十七：「我早知如此，悔不把這妮子贈與李靖，也得他些氣力。」

按：《通俗編》：「今山左目婢曰小妮子。」世俗稱一般婦女曰小妮子，不限婢女。《運甓記》所用，是由婢女引申以稱下賤的男子。

東君——春神。南劇中多用以喻撮合婚姻之神。

《紫釵記》三：「問東君，上林春色，探取一枝新。」

《南西廂》二十四：「自古道好事難成，東君有意，花也留情。」

《明珠記》十：「多情自古多尷尬，料東君斷不把深盟罷，準備著錦帳鸞床受用咱。」

店底貨——喻陳舊而賣不出去的東西。

《浣紗記》二十三：「西施妹子，你不像我兩個店底貨，你去，這椿買賣必定就著手。」

店窩兒——旅舍。

《邯鄲記》四：「俺先到店窩兒候他去。」

兩片皮——嘴唇。

《邯鄲記》十五：「天也你教俺兩片皮把鎮胡天的玉桂輕調侃，三寸舌把架海金梁倒放番。」

官了私和——謂兩造生事，循法律解決或私下和解。

《還魂記》三十：「動不動道錄司官了私和，則欺負俺不分外的書生欺別個。」

《邯鄲記》四：「老媽媽則問他私休官休，私休不許他家去，收他在俺門下，成其夫妻，官休送他清河縣去。」

官身——公事在身，或吃公家飯的意思。

《殺狗記》二十二：「告官人聽拜稟，宅門每日忙奔，念吳忠委實官身，不由己。」

定盤星——喻一事的標準。「錯認定盤星」猶如說打錯主意，看走了眼，是南劇中常見的話。

《殺狗記》三十一：「思之兩個忘恩的，教人恨切齒，錯認定盤星，都緣我不是。」

《曇花記》二十三：「假饒是逆天心我便待行天罰，手兒裏定盤星太分別。」

按：戥子或秤上之第一星，其位置為戥錘與戥盤成平衡時之懸點。俗因喻一事之準繩謂之定盤星。

定疊——定奪，決定。

《明珠記》十二：「婚姻自古天排列，縱人意不容伊拆決，枉勞口舌千折，到底終須定疊。」

表白——㈠說明白。㈡佛前供奉，向佛說明法事旨趣的人。

《還魂記》三十二：「姐姐，你好歹表白一些兒。」

《香囊記》三十九：「小道乃是玄妙觀中一個表白。」

按：《東鑑》：「供香花於佛前，啓白其旨趣，先唱表白。」

波俏——俊俏，伶俐。

《幽閨記》二十二：「看他喜時模樣，愁時容貌，燈兒下，越看越波俏。」

《琵琶記》六：「我做媒婆甚妖嬈，談笑，說開說合口如刀，波俏。」

拋調——同拋撇，捨棄。

《邯鄲記》十七：「拜辭這金戈鐵馬，卸下了征袍，和你三載驅勞，一時拋調，慘風煙淚滿陽關道。」

拋演——放盡，拋擲。

《南柯記》七：「咱和這上真仙，到講堂呵把這覷郎君的眼睛兒再拋演。」

孤老——本是客人、顧客的意思，娼妓稱嫖客亦叫「孤老」。

《金雀記》十：「送兩個知趣幫襯的孤老，與你彩鳳姐。」

《玉環記》五：「三年接得個孤老，昨宵會合，今日分開。」

按：《名義考》：「俗謂宿娼者曰孤老，亦作夃老，猶言客人也。

孤辰——不吉利的星辰，相傳每年有九天惡星出現，人在惡星出現日出生，命就不好。

《雙珠記》二十七：「奴家年貌正芳，才情俱妙，不幸被州司報選入宮，遂成寡鵠孤鴻，終身不耦，如何是了。這是我命犯孤辰寡宿，又誰怨哉。」

些些——少許，一點。

《還魂記》二十八：「俺驚魂化，睡醒時涼月些些。」

《玉合記》十七：「這園中春去夏來，又是一般了。朱果纍纍亞，荷葉些些大。」

些須——些微，少許。

《南柯記》十：「（生）因何而來。（紫）主命有些須，微臣敢輕露。」

《玉合記》二十三：「輕蛾，那玉合兒是相公當原的，須帶隨身，其餘家計，費用將完，縱有些須，也顧不得了。」

忽地笑——驚奇。

《南西廂》三十六：「今日是個良辰吉日，姑娘許我成親，請這兩位官陪我，做了親，待張生回來時，著他一個忽地笑。」

忽突——糊塗。

《邯鄲記》三十：「忽突帳，六十年光景，熟不的半箸黃粱。」

周全——相處，彼此照顧。

《明珠記》二十二：「只是老夫妻兩口，與你周全半載，不忍拋捨。」

長年——水手。

《玉合記》二十一：「（外）叫長年來俟候。（丑水手上）黃雲迷鳥路，白雪下鳧舟。（見外介）你是長年麼。（丑）小的曾見那王母纏腳，彭祖剃頭，委是長年。（外）不是，你可是舟師？（丑）關關雎鳩，振振麟趾，這都是周詩。(外)不是，問你可是水手。(丑)然也。」

按：《書言故事》：「梢人曰長年三老。」注：「蔡夢弼曰：峽中以舟師為長年，拖工為三老。」

長物——多餘無用之物，常用在以物贈人的時候。

《龍膏記》二：「(生)店主人，小生久寓貴店，房金酒價，未有所償，自懷慚媿。(小生)小子自慚無一飯之奉，安敢望千金之酬，區區長物，不必掛懷。」

《綵毫記》七：「佛氏以施財為檀越，道家以濟人為功德，眼中既見困窮，自當救拔，身外無非長物，豈可慳貪。」

泥牛渡河——喻一去不返。

《曇花記》三：「六時貝葉經中，五體蓮花座下，誰識泥牛渡河，又道石人騎馬，有則萬法俱來，無時一絲不掛。」

按：《傳燈錄》：「洞山問龍山和尚，見什麼道理，便住此山。師云：我見兩個泥牛鬥入海，直至如今無消息。」

泥金報喜——中進士的喜信，用金粉飾書箋。

《琴心記》二十七：「莫不是報泥金且喜在今朝，因甚來此。」

《邯鄲記》六：「凝眸望，開科這場，但泥金早傳唱。」

按：《開元天寶遺事》：「新進士每及第，以泥金書帖子，附於家書中，至鄉曲親戚，例以聲樂相慶，謂之喜信。」

花名——芳名錄、名冊。

《金雀記》十二：「河中第一官妓巫彩鳳，年紀幼小，聲色俱全，將火票填他的花名。」

《紅梨記》十三：「你與我問明來歷，要見何方人氏，作何生理，男子婦女，各造一冊，開寫花名，呈遞過來。」

按：《六部成語》：「花名，官役之名也，造成冊集。」

花臉——壞蛋。戲劇中，花臉的多數演壞蛋小人，故云。

《浣紗記》三十九：「(丑上)伯嚭參見主公，有何分付？(淨)你這個花臉小人，油嘴老賊。」

花臉勾當——不好看的事情，壞蛋行為。

《東郭記》四十一：「你婦人家自不省得，當今仕途中，那一個不做這花臉勾當乎？你且不要阻俺高興，我舊衣缽都帶在此，待我妝辦起來。」

花報——果報。亦作華報，華同花。

《曇花記》三十二：「你生曹丕這一個逆子，毒死母弟，不許卞氏營救，你宮中妃嬪，悉被丕丞淫，無一得免者，當時花報，不為不慘矣。」

按：《往生要集》：「應知念佛修善為業因，往生極樂為華報，證大菩提為果報。」

花嘴——形容人言語油滑，或長相邪惡。

《浣紗記》三十二：「你那花嘴小廝，不曉世事，只管來胡攪。」

《投梭記》四：「又長成一副斑斑駁駁，花嘴花臉，染缸兒似的好面貌。」

金蓮——形容美人的腳步，鞋履。

《南西廂》五：「步蒼苔已久，濕透金蓮。」

《明珠記》三：「睡足花堂，浴罷蘭湯，金蓮步出房櫳。」

按：南齊時東昏侯鑿為蓮花以帖也，令寵姬潘妃行其上，叫做步步生蓮花。《書言故事》：「稱婦人行曰金蓮步。」

奈何——刁難，對付。

《明珠記》十九：「昨日聞得朝廷發下兩個囚婦入宮，俺和你喚他出來，奈何他一番，交他低頭伏事。」

狗頭狗腦——罵人行為鬼鬼祟祟。

《邯鄲記》四：「你沒有妻子，在這裏狗頭狗腦。」

阿爹——尊稱老年男子。

《殺狗記》二十：「男女領院君言語，教我西郊去，說與王公勸諫員外之事，這裏就是王老實門首。呀，元來他坐在裏邊，不免進去。王阿爹，拜揖。」

阿鼻——梵語，佛家的最苦的地獄。

《曇花記》三十一：「白起，長平之坑，四十萬人同日併命，枯骸山積，冤氣滔天，情罪甚明，本非疑獄，承問官並少風力，何有稽遲。可即便驅入阿鼻獄中，不須再勘。」

按：阿鼻即無間地獄，為地獄之最底，入此地獄，受苦無間。

架空——憑空。有說謊之意。

《玉環記》二十二：「童兒休得無禮，怎麼在爹爹面前無中生有，架空說這一場。」

郎君——稱貴公子。或婦人稱其丈夫。

《玉合記》六：「這郎君像曾見來。」

《玉合記》六：「適間長老叫韓相公，敢是與我郎君相契的韓君平麼？」

按：《通鑑綱目集覽．杜甫詩》注：「古稱貴人子及身嘗事其父者曰郎君。」

郎當——頹唐、落魄、潦倒之意。

《還魂記》四十：「他到此病郎當，逢著個杜太爺衙教小姐的陳秀才，勾引他養病菴堂，去後堂遊賞。」

《琴心記》四十：「淚咽無言祇自傷，不勝心腹事，步郎當，可憐天外薄情郎，深負了棲棲孤雁行。」

按：《碧雞漫志》：「郎當，俗稱不整治也。」

看——拿、取。

《紫釵記》十四：「（生）看酒。（浣持酒上）生香聞舊酒，熟客見新人，酒到。（生旦把酒介）」

《玉簪記》十：「看棋枰過來，我與王相公下棋，一面看茶來喫。」

看承——照顧，看待。

《玉簪記》三十二：「姐姐，感謝你看承數年，這恩深結草難酬。」

《幽閨記》十八：「事既如此，我就把你做女兒看承罷。」

看覷——照顧、看望。覷亦看的意思。

《明珠記》二：「不幸早年喪父，賴母舅迎養老母，看覷成人。」

《懷香記》三十：「我今有病，母親必來看覷，我做個假意兒，用些言語激動他一番，必有保存之計。」

風火——形容急速。

《玉鏡臺記》三十三：「如今司獄老爺，提控老官，常例風火一般在我處要。」

科諢——演戲時所插進的滑稽諧笑的詞句或動作。科是動作，諢是笑話。

《荊釵記》二十三：「（末）未相請，誰來報你。（淨）我在戲房中聽得。（末）這科諢休要提，且與東人相見施禮。」

按：李漁《閒情偶寄》：「插科打諢，填詞之末技也。」又云：「科諢之妙，在于近俗，而所忌者，又在於太俗。」

恓惶——悽傷徬徨。

《紫釵記》三十八：「俺因自想青樓時節，伴著五陵年少，今日獨自，好恓惶也呵。」

《還魂記》四十六：「身為將，怎顧的私，任恓惶，百無悔。」

耍歇——耍樂，遊息。

《紫釵記》六：「好耍歇也。絳樓高流雲弄霞，光瀲瀲珠簾翠瓦，小立向迴廊月下，閒嗅著小梅花。」

《幽閨記》三十二：「瑞蓮甘痛決，姐姐閒耍歇，小的每先去也。」

背生兒——父親出外以後才生的孩子。

《尋親記》三十二：「（小生）聽原因令人可哀。呀，你是我的爹爹了。（生）我沒有孩兒，你不要認差了。（小生）我是背生兒，逆天罪天。（生）你既是我背生兒，叫什麼名字？」

胡行——做壞事，行為邪僻。

《南西廂》二十：「他道這妮子，敢胡行事，當面的嗤嗤的扯為碎紙。」

《春蕪記》十三：「賭博是我衣食飯碗，偷竊是我祖代家風，況兼生來有力，名號千斤，因此只在市井胡行，不怕官司告訐。」

胡哈——胡扯。

《邯鄲記》四：「（老低笑介）便是那話兒郎當，你可也逗著他。（旦笑介）休胡哈。梅香捲簾。」

胡涇——胡言亂語。

《還魂記》二十七：「咳，敢邊廂甚麼書生，睡夢裏語言胡涇，不由俺無情有情，湊著叫的人三聲兩聲。」

胡柴——胡扯，胡說八道。

《琴心記》三十二：「一身都是膽，滿口盡胡柴。」

《玉合記》四：「一發胡柴，娘娘如何與你睡。」

胡顏——難為情，厚臉皮之意。

《紫釵記》四十二：「這恩愛前慳後慳，這姻緣左難右難，我就裏好胡顏。」

胡盧——掩口而笑。

《雙珠記》八：「無端妄擬為鴛聚，思之暗自胡盧。」

按：《書言故事》：「掩口笑曰胡盧。」

卻纔——剛纔。

《浣紗記》八：「領其主句踐之命，行成於吳，卻纔主公已親口許他了。」

哈人——呵斥、責罵。含有欺負之意。

《荊釵記》八：「我倒人一般敬他，他倒驢了眼看我；我倒深深拜一拜，他倒直了腰哈人。」

哈酒——吃酒、喝酒。哈同呷（見《六書故》）。

《精忠記》九：「逢子(著)朋友也要哈酒，遇子娼妓也要使幾個銅錢。」

津送——人死後的殯殮儀式。

《焚香記》三：「不幸父母雙亡，別無兄弟，囊篋蕭然，衣棺無措，奴家豈惜微軀，忍將父母暴露，只得央媒賣身津送。卻過繼在鳴珂巷謝家為女。」

計較——計謀，策略。

《贈書記》二十一：「尋思計較，不覺皺眉梢，我待重處了他，爭奈朝中洶洶有羣僚，我待輕恕了他，難禁怒氣欲衝霄。」

眉留目亂——癡呆的樣子。

《幽閨記》二十二：「不肯賦情薄，隨順教人笑，空使我意沈吟，眉留目亂羞難道。」

按：北曲有「迷留沒亂」一詞。形容人迷亂不知所措。「眉留目亂」亦是這個意思。

眉南面北——喻各不相干。

《殺狗記》六：「今日離家去，再不許登門，眉南面北，不存問。」

音耗——消息。

《玉合記》二十七：「如花貌，纖纖細腰，須想像尋音耗。」

《鸞鎞記》十八：「送新詩不是輕勾搭，俊秋波曾經看麼？為甚的沒些音耗，好教人悶煞情芽。」

亭午——正午、中午。

《玉合記》二十二：「我方睡起，又早亭午也。」

促對——配成一對。

《玉合記》六：「四天神女獻花來，八部龍王大會齋，小姐今年還促對，輕蛾明歲定懷胎。」

俄延——暫留片刻。打俄延，就是閒逛，消遣。

《南柯記》七：「無聊賴，不自憐，特來禪智院打俄延。」

《紅拂記》七：「私心願與諧姻眷，只是無媒怎得通繾綣。我有計在此了，且俄延，須教月下，成就這良緣。」

俄旋——同俄延，拖延一陣。

《還魂記》二十八：「怕桃源路徑行來詫，再得俄旋試認他。」

便利——敏悟、巧慧。

《春蕪記》三：「家中僮僕十數人，女使五六輩，就中獨有侍女秋英，性多便利，色擅芳華。」

待年——同「待字」之意。亦作待歲。

《玉合記》三：「奴家生來二八，方且待年，長在綺羅，儘堪永日。」

《玉合記》十一：「郎君，妾方待歲，不止周星。」

待茶——以茶款待。

《春蕪記》十：「呀，秋英姐姐，甚麼好風吹得你來，請到書房中待茶。」

拾在——撿到。同「著」的用法。

《紫釵記》六：「（生笑介）弔了釵哩。（旦）可是這生拾在。」

《還魂記》三十六：「寫春容那人兒拾在。」

挑達——放恣、輕狂。

《還魂記》二十八：「他海天秋月雲端掛，煙空翠影遙山抹，只許他伴人清暇，怎教人挑達。」

括上——搭上。

《春蕪記》十三：「我這裏鄰居季相國之女清吳小姐，十分標致，我一向看上她，不知怎麼倒被我這裏東鄰宋秀才括上了。」

穿宮——宮娥、太監等，可自由來往宮中的。

《南柯記》二十六：「賣花聲斜抹著宮牆過，那穿宮引見俺妝標垜。」

《邯鄲記》七：「我帶上了穿宮入殿牌，則助的你外面的官兒御道上簪花那一聲采。」

穿房——丫鬟、婢女。

《紫釵記》十二：「俺家十郎配那家主兒，俺也同這吉日，配上那家一個俊不了的穿房。」

悒怏——形容煩悶不快的心情。

《南西廂》六：「聽說罷，心悒怏，一天愁恨撮在眉尖上。」

《明珠記》二十六：「恨滿懷幽怨，恨滿懷幽怨，不說與伊行，枉添悒怏。」

秤鉤肚腸——陰險的壞心腸。

《明珠記》五：「不平不直的秤鉤肚腸，半青半紫的染皂心地。」

凌迸——即凌逼。欺凌、迫害。迸亦作併。

《龍膏記》十四：「母親，無端橫事相凌迸，便百口是非不定，總一死無由自明。」

《龍膏記》十四：「將伊抵死相凌併，看弱質懨懨多病，論金盒值得幾文，好笑你驟相嗔。」

隻身己——單身一人。亦作孤身己。

《南西廂》二十：「怕有情人，乖劣性子，你只說道可憐見隻身己。」

《運甓記》三十三：「杳沈沈無孕育的夫妻，虛飄飄沒嗣續的孤身己。」

剗卻——除去，剷除。

《曇花記》五十三：「剗卻天界泥犁，還抹撥佛國仙都，纔明真諦，屢劫沈迷。」

剗削——批評、搶白、教訓。

《殺狗記》二十三：「(生)家私是我的，干你甚事？(外)休怒，路見不平，令人剗削。」

《殺狗記》二十四：「今日上墳，叵耐王老將一幅畫兒為由，當面被他剗削一場。」

殺威棒——古時衙役的一種私刑。

《蕉帕記》九：「先打他三十殺威棒，怕他不招。」

《投梭記》十四：「過來跪著，先打一百殺威棒。」

按：舊時官差逮到犯人，未審判之前，先打一頓，使犯人不敢刁鑽放潑。這頓打，叫做殺威棒。

娘行——行字無義，只作語末詞；娘行等於「姑娘」或「小姐」。

《春蕪記》七：「小娘子轉來。娘行不用多匆遽，料輕綃不遠東西。」

《玉鏡臺記》十六：「菱花為證，偕老深盟誓不更，我生平非薄倖，勸娘行莫掛縈。」

差科——差役公事。

《尋親記》三：「保正身役難當，差科日夜常忙。」

《幽閨記》六：「我是個巡警官，日夜差科千萬端。」

差排——指使、差撥。

《還魂記》二十三：「那花間四友你差排，叫鶯窺燕猜，倩蜂媒蝶採。」

《鸞鎞記》十八：「我本是仙家侍女金雀把，差排做奉使乘槎。」

埋冤——同埋怨。歸咎，抱怨。

《南西廂》六：「不做周方，埋冤法聰和尚。」

《琴心記》八：「我家小姐一向冰霜，及至沒人去處，便生下許多風月，早上道我偷看堂中貴客，十分埋冤，如何口是心非，藏奸賣巧，背了孤紅，竊窺文士。」

埋鍋造飯——從前軍隊出戰在外，挖地洞作爐灶煮飯。

《焚香記》三十二：「我只見鬧嚷嚷人撩煙亂，密匝匝千迴萬轉，一營營鳴鈴震鐸，一個個埋鍋造飯。」

唧噥——形容人嘀嘀咕咕，自言自語，或低聲談話的聲音。亦重言作唧唧噥噥。

《南西廂》十九：「只說道夫人時下有些唧噥，好共歹不著他脫空，怎肯拋下風流志誠種。」

《還魂記》二十九：「湊著個韶陽小道姑，年方念八，頗有風情，到此雲遊，幾日不去。夜來秀才房裏。唧唧噥噥，聽的似女兒聲息，敢是小道姑瞞著我，去瞧那秀才。」

《運甓記》十一：「多管是伊家得罪高堂也，唧唧噥噥訴短長。」

哩嗹花囉——樂曲中有腔無字倚歌的地方。亦作哩囉嗹。

《南柯記》六：「隨尊輿，哩嗹花囉能堪聽，孤魯子頭嗑得精。（溜做隻腳跪嗑連二頭叫爺介，沙唱哩囉嗹介）」

《南柯記》三十：「旗旛搖播，擁回軍擂鼓篩鑼，殺山酒海笑呵呵，哩囉嗹哩嗹囉，搶南柯得勝回齊聲賀。」

按：《通俗編》：「《丹鉛錄》：『樂曲羊優夷，伊何那，若今之哩囉嗹，唵唵吽也。』按揚雄《方言》云：『周晉之鄙曰讕牢，南楚曰謰謱。』謰謱之與囉嗹，猶來羅之與囉唻。」

家兄——錢。

《邯鄲記》三：「急財的守著家兄。」

《邯鄲記》六：「（旦）有家兄打圓就方，非奴家數白論黃……（生）這等小生倒不曾拜得令兄。（旦）

你道家兄是誰，家兄者，錢也。」

按：魯褒《錢神論》：「雖有中人，而無家兄。」

家長——㈠船家。㈡稱丈夫。

《投梭記》二十四：「我悄悄偷出船頭上來，不免催家長起來（叫介）家長，風息了，開船罷。（丑扮船家上）來了，來了。」

《幽閨記》二十五：「（旦）我隨著個秀才棲身。（外）呀，他是甚麼人，你隨著他。（旦）他是我的家長。（外怒科）誰為媒妁？甚人主張？」

按：《通俗編》：「杜詩稱梢公曰長年三老，猶此時俗謂之家長，家當是駕音訛，以其駕舵駕艫，故號駕長耳。」《幽閨記》中則是以丈夫為一家之長之意。

帶挈——因隨附而得利益分沾的意思。亦作挈帶。

《雙珠記》四十五：「不料你姑夫已在彼從軍，蒙他帶挈，去殺虜得勝。」

《運甓記》十二：「（丑笑介）有這等事，天下智謀之士，所見略同，原來如此，挈帶一挈帶何如？（小生）就請同行。」

《玉鏡臺記》四：「今溫郎青春年少，小姐美貌芳年，天生一對夫妻，老夫人快招他做姐夫，好帶挈梅香哩。」

拳奇——機智、伶俐的意思。

《還魂記》五：「須抖擻，要拳奇，衣冠欠整老而衰。」

拿班做勢——即裝腔作勢。

《金雀記》十：「哇，胡說，小娘家拿班做勢。我們乃是洛陽才子，年少風流，非比庸夫俗子。」

桌面——酒席上的菜餚。

《東郭記》四十：「列位老哥喫的桌面，都是小弟設法的。」

根腳——基礎、根本。

《南西廂》三十五：「我偏不如他，能者能仁，身裏出身，根腳又是親上做親，況是父命。」

按：《朱子全書》：「且須立箇底根腳，卻正好著細處工夫。」

消乏——費用短缺。

《琴心記》十二：「相公，目今消乏，與他理會些濟急也好。」

《邯鄲記》三：「道遇正陽子鍾離權先生，能使飛昇黃白之術，見貧道行旅消乏，將石子半斤，點成黃金一十八兩，分付貧道仔細收用。」

消停——即稍停。

《紫釵記》三十二：「天涯有客，幾時能會。俺消停處見畫棨朱門橋外，好參謁中朝太尉。」

《還魂記》十二：「再消停一番。（望介）呀，無人之處，忽然大梅樹一株，梅子磊磊可愛。」

消詳——詳細。

《還魂記》三十二：「靠邊些聽俺消詳說，話在前教依休害怯。」

涎臉——罵人厚臉皮。北曲用「涎鄧鄧」一詞。

《南西廂》二十三：「你看那張生不識羞的涎臉。」

《春蕪記》七：「（生）若是小娘子肯如此見憐，我宋玉感激無地。（揖介，小旦）倒好笑，有這等一個涎臉。」

祗承——恭候承命，等待差遣之意。

《明珠記》三十：「貧窶，愧無可祗承，漫把虀盤薦韭葅。」

《邯鄲記》十三：「小子陝州新河驛驛丞，生來祖代心靈，幼年充縣門役，選去察院祗承。」

祗候——恭候差遣。北曲亦有此詞，但作名詞用，南劇則多作動詞用。

《金蓮記》三十：「今日兵部尚書蘇爺出鎮，須索祗候者。」

《運甓記》十五：「如今天色將明，殿下將次升殿拜闕，文武官寮，相率來朝賀節，只索在此祗候。」

破工夫——抽出時間。

《還魂記》三：「從今後茶餘飯飽破工夫，玉鏡臺前插架書。」

《南西廂》二十七：「小姐若不棄小生，是必破工夫明夜早些來。」

《還魂記》二十八：「小生自遇春容，日夜想念，這更闌時節，破些工夫，吟其珠玉，玩其精神。」

粉頭——妓女。

《八義記》三：「我老身原是舊院裏出來的粉頭，也會吹彈歌舞，官人不棄，老身奉一盃。」

《玉環記》六：「又一件，須要尋一個愜意的粉頭奉承他纔好。」

粉撲兒——模樣。

《還魂記》三十二：「（旦）秀才，這春容得從何處？（生）太湖石縫裏。（旦）比奴家容貌爭多？（生看驚介）可怎生一個粉撲兒。（旦）可知道，奴家便是畫中人也。」

索性——透徹、徹底。

《殺狗記》三十一：「書，我待不看你，無可散悶，待看你，這風色又緊，怎麼好？將他誤人書越越的問幾聲，你直恁地悞得索性。」

按：《朱子全書》：「既不得為君子，而其為小人亦不索性。」

起動——有勞、麻煩。客套話，亦作啓動。

《懷香記》三十五：「知道了，待鄭媽媽回來說與他知，起動了。」

《霞箋記》十七：「老官，起動你指引，陪我去一去。」

《三元記》三十四：「（丑）令郎老爺先回，即刻就到，特差小人先來報知。（生）多啓動了。」

追比——古代衙役或嫌疑犯受官府限期辦事，按期受刑，叫做追比。參看「比較」條。

《贈書記》二十五：「我前日也為官人的事，被那官校追比不過，只得逃走。」

院子——僕役。

《南西廂》三：「小人崔相國府中院子是也。」

《運甓記》十六：「自家乃王都督府中一個院子是也。」

《春蕪記》四：「院子，拿酒過來，罰我一杯，你與我送杯敬夫人。」

按：《品字箋》：「劇場子稱蒼頭為院子。」

院主——寺院中的老僧、住持。

《邯鄲記》三：「急色的守著院主。」

按：《劇談錄》：「院主老僧。」

鬼乜邪——鬼東西。

《還魂記》五十五：「鬼話也。且問你鬼乜，人間私奔，自有條法，陰司可有？」

《還魂記》五十五：「爹爹爹你可也罵勾了咱這鬼乜邪。」

鬼弄送——胡搞、胡來。

《南柯記》三十一：「前日裏，前日裏，曾勸你酒休喫，全不記，全不記，鬼弄送胡支對。」

鬼胡由——像鬼一樣飄忽不定，難以捉摸。

《紫釵記》三十九：「從今後悶增多，長則是鬼胡由摸不上心頭可。」

《還魂記》三十二：「俺三光不滅，鬼胡由還動迭，一靈未歇，潑殘生堪轉折。」

鬼隨邪——罵人話，邪祟不正的意思。

《還魂記》三十二：「一點心憐念不著，俺黃泉恨你，你只罵的俺一句鬼隨邪。」

馬子——馬桶，便器。

《還魂記》二十：「還有省氣的所在。雞眼睛不用你做嘴兒挑，馬子兒不用你隨鼻兒倒。」

《玉鏡臺記》三十三：「如今沒錢，馬子也沒人掇。」

按：《雲麓漫鈔》：「馬子，溲便之器也，本名虎子，唐人諱虎，始改為馬。」

做鬼粧狐——裝模作樣的意思。

《邯鄲記》三：「少不得逢人問渡，遇主尋塗，是不是口邋著道詞，一路的做鬼粧狐。」

做嘴——親嘴。

《浣紗記》三十四：「就是我前日娘娘要我做嘴，我勉強與他做得一做，滿口兒都是香甜的。」

停——居停，即寓所，猶如說「家」。一說當「成分」講。

《紅梨記》二十五：「又把汴京城裏人十停殺了九停。」

停當——完美，恰當，妥當。

《紫釵記》四十一：「婚姻簿上看停當，但勸取由他想。」

《還魂記》二十九：「俺女冠兒俏的仙真樣，論舉止都停當。」

《邯鄲記》二十六：「小官羣牧坊，功臣賜馬，夜白飛黃，方圓肥瘦都停當，穩稱他一路鳴珂裊袖香。」

按：《朱子全書》：「如夫子言文質彬彬，自然停當恰好。」

停踏——散步。

《紫釵記》四：「知麼，俺為你高情，是處的閒停踏。」

《邯鄲記》四：「黃卷生涯，盧姓山東也是舊家，閒停踏，偶然迷悞到尊衙。」

假饒——假使、即使。

《曇花記》三十五：「茫茫苦海萬層波，多為生前墮愛河，蒙師指我退羣魔，假饒不蚤離韁鎖，難免無常此處過。」

《殺狗記》三十四：「休多說，假饒染就乾紅色，也被旁人道是非。」

剝面皮——喻被抨擊而覺丟臉。

《鸞鎞記》三：「若使天下詞壇，姐姐主盟，小妹佐之，那些做歪詩的措大，怕不剝了面皮。」

《四喜記》三十五：「滿拼窕窈諧情事，誰想風流剝面皮。」

按：《裴氏語林》：「賈充謂孫皓曰：『何以剝人面皮？』皓曰：『憎其顏之厚也。』」

勒掙——勉強撐持。

《還魂記》四十：「俺勒掙著軀腰走帝鄉。」

乾柴火——喻慾火易燃。

《還魂記》三十：「這更天一點鑼，仙院重門闔，何處嫦娥，怕惹的乾柴火。」

《懷香記》二十五：「他也不管金爐煙斷，他也不管銀漏點殘，好笑兩個，分明烈火乾柴熯。」

準準——猶如說「足足」。

《雙珠記》八：「果然花容月貌，可賽毛嬙，玉骨冰肌，堪欺宋豔，一見之間，使我魂飛魄散，準準的想了一夜。」

堂候官——官府佐吏。

《紫釵記》四十七：「府門外久躊躇，是他堂候官親說與。」

《運甓記》十五：「自家乃大丞相揚州都督瑯琊府中一個堂候官是也，往來朱邸，奔走彤墀，典藩府之禮儀，傳相門之號令。」

按：《通俗編》作堂後官：「李心傳《朝野雜記》，堂後官謂三省諸房都錄事也。」

啜哄——哄騙。

《飛丸記》八：「及事敗拿問，那賊恐我主招出真情，故將言詞啜哄，以安其心。」

屠沽——賤業。本指屠夫或賣酒飯的人。

《玉合記》十三：「韓郎，你怎知俺數十年前曾為名將，北征突厥，西討吐蕃，後來卻混跡屠沽，逃名花酒，到今日都似做一場大夢也。」

按：《新書》：「屠沽者，賣飯食者。」

屠蘇——㈠壯麗的房屋。㈡酒的一種。

《紫釵記》十：「少不的坐下龍駒，驚香欲到錦屠蘇，銀鞍繡帕須全具。」

《運甓記》十六：「這妖嬈卻賽過優施伍，酩酊屠蘇，拚沈醉酩酊屠蘇。」

按：㈠《事物異名錄》：「《廣雅》：屠蘇，平屋也。」

㈡用肉桂，山椒、白朮、桔梗配成的藥，浸酒飲之，可除瘟病，後人就用屠蘇代稱酒。《書言故事》：「《廣韻》：屠蘇酒，元日飲可除瘟氣。」

張致——情緒，主張。

《南柯記》十：「自那聽經回來，一發癡了，不是醉，便是睡，沒張沒致的。」

《南柯記》三十一：「怎的意頭兒沒張致，還責取後來消息。」

排門粉壁——古時官府要人民各家用白粉把家人姓名、職業，用白粉寫在牆壁上，以便稽查。

《幽閨記》六：「只走了陀滿興福一人，奉上司明文，遍張文榜，畫影圖形，十家為甲，排門粉壁，各處挨捕。」

《琵琶記》十七：「老夫年傍八旬，家中只有三人，因充社長勾當，誰知也不安寧，又要告官書題粉壁，又要勸民栽種翻耕。」

按：《六部成語》：「每十家為一甲，使其互相擔保，認明來歷，各以其家之人丁姓名事業，用白粉書壁，一望而知也。」

排班做勢——同「拿班做勢」，裝模作樣的意思。

《南柯記》三：「但有分成些基業，豈嫌微細，人眾成王，排班做勢。」

排當——準備筵席。

《玉合記》二十二：「睡起枕痕一線，芙蓉別殿，排當避暑華筵。」

《邯鄲記》二十七：「御宿田園，御書樓榜，御樂仙音整排當。」

按：《古杭記》：「宮中飲宴名排當。」

掉謊——撒謊。亦作調謊。

《琴心記》十：「原來起初話兒都是掉謊。只是如今身上生寒，如何是好。」

《運甓記》四：「這妮子見我憂悶，故意調謊。」

《玉合記》四：「調謊。娘娘若醉了，好少人扶，你怎麼戴在頭上得？」

掗賣——捏造理由來賣弄乖巧。吳語，硬把東西給人叫做掗。

《春蕪記》七：「（生）昨日就是小生，敢是一時唐突，小姐和小娘子一定惱我了。（小旦笑介）好掗賣，誰來惱著你。」

掗佳懷說——找好的話來說。

《焚香記》二：「不是小子掗佳懷說，小子一見就是知心。」

挃靶——裝樣擺勢。靶亦作㩉。

《霞箋記》十四：「雲鬟髻鴉，汗巾羅帕，呼湯喚茶，果然挃靶。行來好似虎排牙，一家兒都怕媽媽。」

《龍膏記》十八：「儘他萬千挃㩉，亂國家使些奸詐，少不得蕩產傾家，能幾日妝孤做大。」

揹——壓、欺。

《邯鄲記》四：「好不揹人，既在矮簷下，怎敢不低頭。」

推乾就濕——形容父母撫育嬰兒的辛勞。

《殺狗記》二十二：「想爹娘養孫榮，撫養已艱辛，三年乳哺恩愛深，推乾就濕多勞頓，養兒長成。」

推調——推搪、推辭。

《贈書記》五：「(生)便一刻千金價，難買這春宵。(貼)談郎，你日後決不可忘記了奴家。(生)肺腑恩銘，怎生推調。」

《焚香記》五：「我一家兒只靠著此女，今既嫁王相公，那家事都要與我支撐，不可你推我調。」

掇賺——哄誘，哄騙。

《曇花記》五十一：「二位師父，你多方掇賺我家老爺出門，果有道術，相隨十年，也應度得他身生羽翼了。」

梳籠——處女娼妓初次接客叫做梳籠。

《金雀記》十：「來此巫彩鳳家裏，他是個絕標致女子，未曾梳籠過的。」

《投梭記》八：「依你說來，小賤人被你刮上了，指望梳櫳時，還要起發人一主大錢哩。」

梢水——船夫。

《玉簪記》二十三：「（丑）已到關口，梢水看船。（淨梢水上）船在此。」

《金蓮記》二十二：「三江紅蓼，頻頻上樓，桑榆無主，怎度黃昏候。不免泊舟在此，隨喜片時。（王邁攜梢水上）」

烹風——擋風祛寒。

《運甓記》九：「陶旺，快取酒與范老爹烹風。」

淡——無聊，沒意思。當時有「扯淡」一詞，罵人胡說八道。此處單用淡字，亦是「扯淡」之意。

《浣紗記》三十四：「（丑）不瞞你說，前是吳淞江進上河豚白來，喚做西施乳，大王喫剩了，也被我嘗得一嘗，妙不可言，這便是喫娘娘的乳一般了。（末）一發好淡話。」

淹答——延誤。

《還魂記》五十二：「怎生狀元柳夢梅不見，又不是黃巢下第題詩趣，排門的問刻期宣，再因循敢淹答了杏園公宴。」

淹煎——形容心情煩悶焦慮，以致儀容不好看。

《還魂記》二十：「也愁他軟苗條忑恁嬌，誰料他病淹煎真不好。」

《還魂記》十八：「我這慣淹煎的樣子誰憐惜，自噤窄的春心怎的支。」

腳色手本——古時記明人的身分經歷的名帖。

《玉環記》十：「小生京兆至此，特來見你老爺，有一個腳色手本在此，敢勞與小生一遞。」

按：《福惠全書》：「職名腳色手本用紅套一。」

眼毒——謂目光注視不移開，使被看人窘困。

《鸞鎞記》二十七：「（外）怎麼夫人們見了小弟，都避了進去。（生）想是年兄做過和尚，怕你眼毒。」

菱花——鏡子。

《南西廂》二十三：「對菱花晚妝初罷。」

《明珠記》四十：「羞將白髮金篦攏，悶把菱花照病容。」

通文——猶如現在所謂「掉書袋」。

《殺狗記》十八：「（小生）二丈聽小生說，豈不聞伊尹未逢時。（淨丑）又來通文了。」

《龍膏記》十八：「（外末）老爺，非敢後也，馬不進也。（丑）這樣時節，還要通文。」

通房——古時富家夫人的近身婢女，而被男主人收作侍妾的叫通房。

《殺狗記》六：「迎春是大哥的通房，怎麼與我和你結義，一發不是了。」

《懷香記》四：「官人，我女兒賈府通房，推恩周卹同姻黨，且容來往。」

掛搭——入寺寄居。

《金雀記》十一：「既是神聖匡救，情願投師掛搭，不知尊意若何？」

按：《禪林象器箋》：「初入叢林者，掛衣鉢於僧堂單位鈎也。故凡住持容行腳人依住，曰許掛搭。」

貨賣——商店中的夥計。與用作動詞不同。

《幽閨記》二十二：「且喜兵火已平，民安盜息，不免叫貨賣出來，分付他仍舊開張鋪面，迎接客商，多少是好。貨賣那裏？」

貶剝——惡意的貶謫、批評。

《鸞鎞記》十五：「我們獻詩，要他賞鑒，成就姻緣，怎麼倒喫貶剝了一場。」

船頭——水夫、舟子。

《投梭記》二十四：「（生）船頭過來，與他對證。（水夫）小人親見他擠到江裏去的。」

陰騭——暗中所積的善行。

《四喜記》九：「永昌，你看這數十萬螻蟻為水所漂，你可將枯竹破開，造橋渡他，亦是你的陰騭。」

耽捱——拖延、耽誤。

《春蕪記》十三：「須仗我平生蜂蠆，將他布擺，方報得你深恩似海，不敢相耽捱，到長街，教他今宵難免這場災。」

麻查——眼模糊看不清的樣子。查原作嗏。

《南柯記》三十一：「卻怎生軟兀刺燒葱腿難跳踼，急麻查扶泥臂刀怎提。」

《邯鄲記》四：「則這半間茅屋甚光華，敢則是落日橫穿一線斜，須不是俺神光錯摸眼麻查。」

按：《通俗編》：「今人欲睡而眼將合縫曰麻嗏。」

尊翠——相好的（指熟狎的妓女）。

《玉環記》六：「（淨）學生久已不到平康巷內，遇著幾個舊表子。（生）先生尊翠太多。」

《玉環記》六：「我特為先生來尋，無一個可意的尊翠奉承。」

尋趁——尋找。《投梭記》的用法則是「找岔」的意思。

《投梭記》十三：「卻原來正在東鄰，兩意甫殷勤，可恨他母親呵，走將來惡狠狠，有許多尋趁。」

《還魂記》二十七：「呀，待即行尋趁，奈斗轉參橫，不敢久停呵。」

順溜——順利。

《精忠記》十四：「百姓們早間見了和尚，便叫厭物來了，便有一日不順溜。」

喧填——嘈雜，吵鬧的聲音。填亦作闐。

《運甓記》十六：「六街燈火，正喧填六街燈火，星橋迴鐵鎖。」

《玉合記》二：「來朝相國出秦川，鳴鼓吹，鬧喧闐。」

《鸞鎞記》六：「你聽鼓樂喧闐，一定是趙家接親的到了。」

喑——激；使人氣怒不能說話叫做喑。

《紫釵記》三十八：「小軍王哨兒便是，主公盧太尉差往長安霍府行事，只是俺老爺招贅李參軍，要喑死那前位夫人。」

《南柯記》三十五：「今日呵，掌離珠，我成氣喑。」

善惡簿子——古人迷信，認為人每天做的好事或壞事，閻王都會記下，這記下的簿子，就叫善惡簿子。

《曇花記》三：「直日功曹是固有記人，上善惡簿子裏直書，定盤星分文不爽。」

喬貨——罵人話，即壞蛋、假正經的意思。

《焚香記》五：「若有錢財，有何不可，只怕那喬貨又要千推萬阻，粧模做樣起來。」

散福——古時祭神之後，把祭品分給大家吃，叫做散福。

《白兔記》四：「（淨）請女眷後殿焚香，請老員外散福。（外）還早，年規討筊後方纔散福。」

惶恐——慚愧。

《千金記》十一：「（淨）娘子，那條路不好走，往這裏來。（丑）惶恐惶恐，他不理你，待我去叫他。」

《霞箋記》六：「(生)觀卿才貌，久矣相親，今覩美容，實為萬幸。(旦)惶恐惶恐。念麗容呵，陋質效施顰。」

發賣——吹噓、炫耀。

《春蕪記》四：「我一生只有這樁本事，不發賣人也不曉得。」

掌心雷——道家役令風雷的方法。

《還魂記》十八：「(淨)再癡時請個五雷打他。(旦)些兒意，正待攜雲握雨你卻用掌心雷。」

按：《溫州府志》：「明顧太真遇疏衣道人，授掌心雷法，能指揮雨暘，叱咤風雷。」

睃——打量、注視。

《南柯記》九：「眉來語去情兒在，睃他外才，瞟他內才。」

《邯鄲記》十七：「略約倚門睃，翠閃了雙蛾，抬頭望來，兀自你鳳釵微軃。」

著手——(一)得手、成功。(二)用力。

《玉合記》四：「著手，畢竟喫我們想倒了。」

《浣紗記》二十三：「西施妹子，你不像我兩個店底貨，你去，這樁買賣必定就著手。」

《玉合記》十一：「留心的，留心的緊偎慢抽，姐姐，恰好處些兒著手。」

硬骸兒——猶如說硬骨頭，倔強鬼。

《邯鄲記》二十五：「打你個硬骸兒不向我庭下站。」

短倖材——罵人語，猶如說「短命無情鬼」。

《還魂記》三十七：「小姐，天呵，是甚發塚無情短倖材，他有多少金珠葬在打眼來。」

稍水——船夫。「稍」是「梢」之誤。或作稍子。

《殺狗記》十七：「昭王正在憂疑之際，移時見一稍子，駕一葉扁舟來至，救昭王御弟夫人太子離去。」

《綵毫記》二十六：「分付稍水開船。」

《荊釵記》四十八：「道五更一女來投水，急令稍水忙撈取。」

疎失——冷落。

《浣紗記》七：「昨因軍中乏人伏侍，帶在這裏，兩日無暇，甚是疎失他。」

粧配——栽贓誣賴。

《尋親記》十二：「你吃人粧配，啣冤負屈無甚罪。」

虛哄——虛假、騙人的話。

《精忠記》二十一：「誣我按兵不舉受非刑也，終日裏世事匆匆，真個是成虛哄。」

《投梭記》六：「甘勞苦杼軸燈前控，肯貪耍閒虛哄。」

虛囂——虛空，虛假。

《還魂記》二十二：「方便處柳跎腰，虛囂，儘枯楊命一條。」

《邯鄲記》十六：「想當初壯氣豪洶，把全唐看的忒虛囂，到如今戰敗而逃，可正是一報還一報。」

聒噪——吵鬧、囉唆。

《邯鄲記》二十九：「不要聒噪，大兒子念表文俺聽。」

《鸞鎞記》十：「一發好笑，焉有君子而可以貨取乎？快去快去，不要在此聒噪。」

等子星兒——秤之一種，多作戥子。戥子上的刻度叫做星。

《還魂記》四十九：「有此成器金銀，土氣銷鎔有限，兼且小生看書之眼，並不認得等子星兒，一路上賺騙無多。」

按：《通俗編》：「有銖秤，其圖一面有星，一面繫一盤，如民間金銀等子。」

絮——即「說」。形容言語煩瑣使人生厭。

《南柯記》十：「聽他唧嚁嘮叨，絮的我無聊賴。」

《還魂記》十：「正待自送那生出門，忽直母親來到，喚醒將來，我一身冷汗，乃是南柯一夢。欠身參禮母親，又被母親絮了許多閒話。」

按：《通俗編》：「今又以言語煩瑣為絮。」

絮刮——刮應作聒，即言語多而使人生厭。亦反作聒絮。

《紫釵記》八：「但逢著書生不怕偏絮刮，俺小姐有些嬌怯。」

《紅拂記》十八：「休聒絮，李郎一妹，我明言須記取。」

絮絮搭搭——形容說話的聲音。

《南西廂》二十三：「張生無語，姐姐變卦，一個俏俏冥冥，一個絮絮搭搭。」

絮煩——囉唆使人煩心。

《焚香記》五：「但我那小女，心性乖劣，不肯向人，為此終日在家絮煩，且待我喚他出來。」

趁——賺。

《玉鏡臺記》三十二：「衙門人都是撮空趁錢，只要哄得錢財落手，那管他人痛癢。」

《投梭記》三：「我兒，明日就去買了機兒，揀好日就動手，你一日不趁，一日不活哩。」

《霞箋記》十七：「打壞了驢兒，將什麼去趁錢？」

閒串——閒蕩。

《南柯記》六：「這幾日不見沙三，尋他閒串去。」

《還魂記》十二：「娘回轉，幽閨窣地教人見，那些兒閒串。」

閒說——胡說，說無聊話，亦作閒講。

《焚香記》二十四：「媽媽，不要閒說，我說他必定是個貴人，你只管欺落他，今日如何？」

《投梭記》六：「背著我機又不織，與別人調弄，別個也罷，偏要與謝窮這個不長進的東西閒講。」

雲板——古時傳聲叫人的一種工具。

《還魂記》五：「院子，敲雲板，請小姐出來。」

《玉鏡臺記》三：「自家拜違萱堂，來訪姑氏，不覺已到劉府，怎的無人在此，門上有片雲板，待我敲著。」

按：雲板是一片扁而長的鐵片，兩頭鑄成雲頭的樣子，官衙或大戶人家，用架子掛起在門口，傳聲喚人，就敲起雲板。

黃堂——太守的代稱，或指太守聽政之處，或居住之所。

《南柯記》十八：「恭喜公主，駙馬黃堂之尊了，千歲還有別旨。」

《南柯記》三十四：「俺舊黃堂政事新人管，有一言聽俺同官，休看得一官等閒，也須知百姓艱難。」

按：《吳郡國志》：「黃堂在雞陂側，春申君子假君之故宅，後蘇州太守居之，數失火，以雌黃塗之，乃止，故名。即郡守正廳。或又謂用黃歇之姓名堂，今天下郡治曰黃堂昉此。」《故事成語考》：「知府曰黃堂太守。」

催儹——催促，催趕。

《明珠記》二十一：「適來宮婢傳下娘娘懿旨，催儹上路，此時必須與母親說知，怎生瞞得。」

按：《通俗編》：「《廣韻》：儹訓散走。《集韻》云：逼使走也。朱子與鄭子上又有儹得課程，一本作催儹，訛。」

嗏——語辭，南劇中用得特別多。

《玉簪記》十三：「自從見了那紅妝，嗏，上床直想到大天亮。」

《還魂記》五十一：「亂定人懽暢，文運天開放，嗏，文字已看詳，臚傳須唱。」

《金蓮記》十九：「人做官兒件件有，我偏靠著赭衣囚，索些錢兒索些酒，嗏，這樣官兒不如狗。」

按：《正字通》：「嗏，舊注，語辭。按經史文賦語辭不作嗏，獨今曲調有之。」

嗟呀——心中有感而嗟歎。

《玉簪記》十七：「病中孤館自嗟呀，纔說離家，便恨離家。」

《還魂記》二十八：「奴年二八，沒包彈風藏葉裏花，為春歸惹動嗟呀。」

《明珠記》十：「把往事付東流如夢過，不如不提起無嗟呀，負了鶯期燕約，那些星前月下。」

哽——(一)感歎語辭，相當於「啊」字。(二)動詞，氣憤而聲變或窒住。

《殺狗記》十：「只因欠了房錢飯錢，將我衣服頭巾，盡都剝去，苦哽。」

《紫釵記》四十六：「(生)氣咽喉哽，恨不得把玉釵吞下。(盧)不消如此，哽死了人身難得。」

哽飯——即下飯，菜餚。

《明珠記》二十四：「廚夫，勑使公公到來，宮女從人約有百十個，都要晚飯。要安排上等哽飯三十桌，中等嗄飯一百桌，不知完備未曾。」

按：《夢粱錄》：「買賣細色異品蔬菜，諸般嗄飯。」

嗑——㈠呷飲，吃。㈡說話，多言，當時俗語謂之嗑牙。

《南柯記》十：「半落殘尊，又帶去回家嗑。」

《南柯記》二十五：「官居錄事尊崇，放支帳曆粗通，再不遇缺官看印，教我錄事衙門嗑風。」

《還魂記》五十四：「小姐，俺淡口兒閒嗑，你和柳郎夢裏陰司裏，兩下光景何如？」

《還魂記》五十五：「眼見他喬公案斷的錯，聽了那喬教學的嘴兒嗑。」

圓夢——即詳夢，解釋、判斷夢境吉凶之兆。

《還魂記》二十三：「一溜溜女嬰孩，夢兒裏能寧奈，誰曾掛圓夢招牌。」

《運甓記》二十三：「我是太爺那裏喚你圓夢。」

《運甓記》二十三：「夢裏行人事，覺來思夢前，夢情參不透，故把夢來圓。」

按：《陔餘叢考》：「有梅溪子者，姓宇文氏，精于太乙數，且善圓夢，以術授樂平人汪經，近世圓夢之術，蓋本諸此。」又《通俗編》卷三十一：「占夢事最古，《漢書．藝文志》載黃帝長柳占夢十一卷，《周禮》司寤掌王六夢，蓋其大略也。其謂之圓夢，亦非始於南唐（按《浩然齋視聽鈔》有圓夢出南唐之說）。李德裕載明皇十七事云：『或毀黃幡綽在賊中，與大逆圓夢，皆順其情，而忘陛下積年之恩寵。』已見此圓字矣。」

報子——通知書札。

《幽閨記》二十五：「（末）小店中窄小，住不得。（丑）不在此住，只要寫個報子就行。」

搬唆——搬弄、唆擺。

《殺狗記》十八：「我和你前去使個計策，搬唆孫二告他哥哥占了家私，我和你與他解勸，在裏頭做個好人，錢也有得賺，酒也有得喫。」

《玉鏡臺記》三十二：「又常常暗地般唆是非，弄他相打相罵。」

搬鬥——搬弄是非。鬥，同逗。

《殺狗記》七：「官人回思手足之意，轉念同胞之親，莫信外人搬鬥，容叔叔依舊回家，是妾之願也。」

椿萱——父母。

《玉簪記》三十三：「數載椿萱隔面，如今喜到家園。」

《南西廂》二十四：「好笑我的萱親，著什麼來由防備人。」

《南柯記》四十三：「則這指頂香燃，為他久亡過的老椿堂葬朔邊。」

《還魂記》二十：「從小來覷的千金重，不孝女孝順無終，當今生花開一紅，願來生把萱椿再奉。」

按：《莊子．逍遙遊》謂古有大椿，春秋各有八千歲，世人以其有壽，用以稱父；《詩．衛風．伯兮》：

「焉得諼草，言樹之背。」諼（即萱）草種在北堂幽陰之所，世人用之以稱母。明王世貞《藝苑卮言》：「今人以椿萱擬父母，當是元人傳奇起耳。」

禁受——忍受。

《紅拂記》二十九：「我和你空房獨守，也索自禁受，只不知他每功名如何。」

落便宜——落得好處。

《幽閨記》十七：「曠野間，見獨自一個佳人，生得千嬌百媚，況又無夫無婿，眼見得落便宜。」

《鸞鎞記》二十七：「溫郎雖不俗，還也落便宜，須傍溫柔鄉深處棲。」

《殺狗記》七：「我東人結拜為兄弟，落得個甚便宜。」

按：《邵氏聞見錄》：「康節先生誦希夷語，作詩云：『珍重至人嘗有語，落便宜是得便宜。』」又《西清詩話》：「石曼卿見二舉子繫邏舍，號呼求救，因召卒長問之，知以窺穴隙被執，曼卿既為揮解，復占集句調之曰：『司空憐汝汝須知，月下敲門更有誰？叵耐一雙窮相眼，得便宜是落便宜。』」

牌子——衙門的役夫。

《三元記》四：「這一兩送與牌子，路上盤纏，保存他夫婦性命。」

《焚香記》二十八：「呀，老爺原來暈倒在這裏，老爺、老爺，呀，叫也叫他不醒。牌子們，快來扶老爺進去。」

《金雀記》十二：「呀，那壁廂有個公門牌子哥來，我且在此看他說什麼。」

按：《福惠全書》：「驛書牌子鞭韃交加。」

裝——即妝誣。

《精忠記》二十三：「告恩主，告恩主，好深計，將他裝卻這般罪。」

逼勒——強迫、欺壓。

《東郭記》十八：「定要兒嘗也麼可，教俺奈若何，真逼勒的無方躲，也索盡些沒奈騰那。」

《尋親記》十三：「（外）又無知見，又無凶具，怎麼就問得死罪？（旦）被逼勒，只得把虛詞招寫。」

《投梭記》十四：「第二件，到得彼處，不許逼勒奴家接客。」

話靶——即話柄。

《懷香記》二十五：「春英，你說韓生今夜赴約，此時不到，又是話靶了。」

按：《羅湖野錄．寄寂音頌》曰：「飜身跳擲百千般，冷地看他成話欛。」又《鶴林玉露》載安子文自贊曰：「今日到湖南，又成閒話靶。」翟灝按：「欛、靶字通，話欛即云話柄。」

對嘴——頂嘴、相罵、吵鬧。

《春蕪記》十一：「啐，我不與你這小人對嘴，且進去。正是閉門不管窗前月，分付梅花自主張。」

《贈書記》三：「保母，我們不要與他對嘴，去了罷。」

啖子兒——喉嚨。

《還魂記》四十七：「則踹著你那幾莖兒薝嘴的赤支沙，把那嚥腥臊的啖子兒生搭殺。」

團弄——指用手段擺布、玩弄，以完成某事。

《紫釵記》三十八：「今番夜，倩你教喫敲才，好歹將意兒團弄他，歸來時待扭碎花枝打。」

《邯鄲記》十：「沒意中成就嬌歡，儘意底團笙弄盞，問章臺人去也如天遠。」

按：《水滸傳》第十三回：「如今只有保正（晁蓋），劉兄（劉唐），小生（吳用）三人，這件事如何團弄？」

團掿——斡旋、成就。

《幽閨記》二十八：「斟酌，尊共卑，親和戚，順他受他，等些時宛轉求人團掿。」

旗牌——傳令官。

《白兔記》二十五：「（生）旗牌何在？（末上）猛虎臺前出入，貔貅帳上傳宣，伏元帥，有何使令？」

寧耐——安心、忍耐。

《玉環記》三十一：「不聞天子詔，專聽將軍令。旗牌官見。」

《幽閨記》二十五：「這先生去了，小姐可勸官人且寧耐。」

按：《朱子全書》：「問需卦大指，曰：需者，寧耐之意。以剛遇險，時節如此，只當寧耐以待之。」

端詳——㈠儀容態度端莊安詳。㈡仔細打量審察。

《南西廂》六：「他舉止更端詳，一貌出天相，玉容烏帽，身披鶴氅。」

《南柯記》三十八：「無承望，酒盞兒擎著仔細端詳。」

《還魂記》四十八：「休疑憚，移燈就月端詳遍，可是當年人面。」

精細——小心、在意，亦精巧之意。

《南柯記》三十一：「沖圍退，不是俺使些精細，險些兒頭利無歸。」

《還魂記》四十：「老哥，你路上精細些，現如今一路裏畫影圖形捕兇黨。」

《邯鄲記》八：「小子光祿寺廚役，三百名中第一，刀砧使得精細。」

精寒料——貧乏至極的人。

《還魂記》二十二：「呀，甚城南破瓦窰，閃下個精寒料。」

管待——即款待、招呼。

《還魂記》三：「請先生不難，則要好生管待。」

《還魂記》七：「我陳最良杜衙設帳，杜小姐家傳毛詩，極承老夫人管待。」

《運甓記》四：「陶旺，分付安排茶飯，管待來人。」

說短論長——談論、批評別人的好、壞。

《三元記》三十一：「我執掌朝綱，位三臺輔佐明王，務使心存忠正，免言官說短論長。」

按：崔瑗座右銘：「無道人之短，無說己之長。」說短論長，大概本此而出。

趕腳——出賃牲口、車輛的役夫。

《三元記》十九：「趕腳為生，我的馬兒沒處尋，通宵奔走，如何無影形。自家乃是襄陽城中一個趕腳的馬夫。」

《霞箋記》十七：「此間徐州了，且喜此處埠頭多有生口，那趕腳的牽驢兒來。」

蒙古兒——銀子的隱語。

《精忠記》十：「(淨)好計好計，叫把都每快取蒙古兒過來。……(眾)蒙古兒在此。(淨)你快收去，多謝了。」

按：《兩般秋雨盦隨筆》：「蒙古兒，市井以為銀之隱語。國書(滿文)蒙古原作銀解，蓋彼時與金國號為對耳。」

骯髒——(一)使失體面。(二)遭逢不幸。

《荊釵記》十一：「我做爹的今日骯髒了你，首飾全無真可憐。」

《荊釵記》三十六：「指望終身奉養，誰知道中途骯髒，存望未審，使奴愁斷腸，心悽慘。」

鳳鸞交——鸞鳳相交，喻男女情好，或締結鴛盟。

《明珠記》三十二：「則為惹閒情結下兒曹，許他向深宮拈花弄草，敢求取麟角劑，成就他鳳鸞交。」

《金蓮記》三：「我姐姐桃李之姿，尚未締鸞交鳳友。」

《琴心記》三：「老天老天，莫使鴉鳴鵲噪，早成鳳友鸞交。」

齊楚——整齊好看的樣子。楚，盛列貌（見《詩·小雅·賓之初筵》）。亦作濟楚。

《明珠記》二十四：「好無禮，見今勑使公公到了，你卻說這般話，快去饆饠，務要如法齊楚。」

《明珠記》二十四：「胡說，若有一件不濟楚，好生罪過你。」

鼻頭——極高級人物的意思。

《紅梨記》二十七：「我平頭昨日還是小娘身邊燒湯的龜子，今日做了狀元家裏打站的鼻頭。」

按：宋元間常用「鼻頭出火」一語，形容元氣之盛。沈德潛評蘇軾〈方山子傳〉：「寫小時豪俠，有鼻端出火之概。」於是引申而有「盛氣的人物」之意。

潑皮——兇悍的無賴。

《春蕪記》十三：「自家不是別人，卻是楚國中一個潑皮破落戶光棍王小四的便是。」

按：《元典·章刑部》：「亦有曾充軍役雜職者，亦有潑皮凶頑，皆非良善。」

撥嘴撩牙——賣弄唇舌搬是非。

《還魂記》四十七：「通事中間，撥嘴撩牙，事有足詫。」

撇漾——拋棄。

《南西廂》六：「金蓮小，玉荀長，我待不思量，教我怎撇漾。」

《紅拂記》二十：「記盈盈十五，妝成始嫁王昌，歎回首珠簾塵結網，把伉儷一時撇漾。」

《幽閨記》二十五：「不忍訴淒涼情況，家所有，盡撇漾，家使奴，盡逃亡。」

撞席——酒席吃到中途，又有客來，謂之撞席。

《殺狗記》三十四：「我若進去，大哥留住我喫酒時，不許你來撞席。」

撮空——耍手段，憑空哄騙人。亦作撮哄。

《玉鏡臺記》三十二：「吾乃刑曹司吏，專一欺公作弊，語言當面撮空，行事千般詭秘。」

《玉鏡臺記》三十二：「衙門人都是撮空趁錢，只要哄得錢財落手，那管他人痛癢。」

《鸞鎞記》十一：「撮哄全憑口快，鑽求無奈頭尖。」

撮弄——即變戲法。

《四賢記》十五：「前日小子在於汴梁馬頭耍拳，一會遇著一個撮弄的朋友，叫做烏六禿，甚是乖巧。」

《四賢記》十五：「小人烏六禿，飛梁走柱，撮弄尤佳。」

按：撮弄之名，見於《武林舊事》。《通俗編》卷三十一：「撮弄亦名手技，即俚俗所謂做戲法也。」

撮鹽入火——喻人性格急躁。

《殺狗記》七：「奈我官人心性急，似撮鹽入火內，猜著就裏，又敢是聽人胡語。」

按：撮鹽入火，使火勢更旺，即火上澆油的意思。

撒吞——勉強忍受。

《還魂記》四：「燈窗苦吟，寒酸撒吞，科場苦禁，蹉跎直恁。」

撒奸——玩弄欺詐手段。

《投梭記》十四：「烏爺，你看這賊歪賴，會撒奸，嘴喳喳一似鵲噪喧。」

撒科——本指演戲時的身段，引伸作裝模作樣解。

《還魂記》五十五：「你得便宜人偏會撒科，則道你偷天把桂影那。」

撒薰——放屁。反語。

《浣紗記》二十二：「不瞞你說，我平日喜喫，新米飯喫八九碗，醃肉吃六七觔，好脾胃夜間上茅坑或者有三四次，並不肯在床上撒一個薰。」

擔帶——寬容、諒解。

《殺狗記》十六：「宅上事如麻，都要去解，那得工夫前來，出於我無奈，非不用心，非不掛懷，望東人凡百事可憐擔帶。」

標——漂亮，北曲用標致，南曲多省作標。

《紫釵記》四十八：「覷他丰神俊結束標，料多情非惡少。」

《紫釵記》四十八：「妖嬈，恁還好，花到知名分外標，恨不得逐日買花簪帽。」

《還魂記》七：「好個標老兒，待換去。」

數白論黃——任意批評，隨意數說之意。白亦作黑。

《邯鄲記》六：「有家兄打圓就方，非奴家數白論黃，少他呵，紫閣金門路渺茫，上天梯有了他氣長。」

《運甓記》二十八：「郭璞那老賊，方纔著他布衍一卦，被他數黑論黃，肆無忌憚，說了許多不吉之語，我一時不憤，將他殺了。」

《雙珠記》十四：「不要提起這事，反將我數黑論黃，百般辱罵，我心上饒不過，特來請教，要擺布他。」

蓮花落——宋元明時丐者所唱曲名。

《投梭記》五：「好好，嫁了你，好一對兒打蓮花落去。」

按：《通俗編》：「《五燈元會》：『俞道婆常隨眾參琅邪，一日聞丐者唱蓮花樂，大悟。』則蓮花樂為丐者所唱曲名，其亦已久。」

窮酸餓醋——以前一般人罵讀書人的貧寒迂腐為酸丁、醋大、酸倈。

《荊釵記》十二：「勤事桑麻，織紬做布，莫學自己，嫁了這個窮酸餓醋。喜筵獨桌，擺在那裏？」

《紫釵記》四十八：「（豪笑目送二生云）何處擺出兩個大酸倈。」

按：《西廂記》雜劇：「來回顧影，文魔秀士，風欠酸丁，下工夫將額顱十分掙。」又《資暇錄》：「世稱士流為措大，言其峭酸而冠四民之首。一說：衣冠儼然，黎庶望之，有不可犯之色，犯必有驗，比於醋而更驗，故云。或云：往有士人，貧居新鄭之郊，以驢負醋，巡邑而賣，復落魄不調，邑人指醋馱而號之；新鄭多衣冠所居，因總被此號。亦云鄭有醋溝，士流名家，其州溝之東尤多，甲乙敘之，故曰措大。愚以為四說亦非也。醋宜作措，止言其能舉措大事而已。」《五雜組》：「今人以秀才為措大。措，醋也，蓋取寒酸之味。」

詀——妄言誣蔑（見《集韻》）。

《邯鄲記》十五：「太師呵，你教俺沒事的詀人反，將何動憚，著甚麼通關。」

調嘴——逞口舌以強辯。

《尋親記》三十三：「這廝還要調嘴，人命大事，十惡不赦，好好快供上來。」

《香囊記》三十八：「你不要調嘴，見說鎮江北路官吏打殺了無數。」

調閧——用言語調謔哄騙，以戲弄人。閧亦作哄。

《還魂記》五十三：「我有女無郎早把他青年送，剗口兒輕調閧。」

《浣紗記》九：「奴家自浣紗溪邊遇著那人之後，感其眷顧，贈彼溪紗，今經一月，再無音信，又不知是個閒遊浪子，假作官僚，又不知是個范蠡大夫，故來調哄。」

餓眼——喻迫切、貪婪的眼光。

《南西廂》五：「玉珮聲漸慚遠，空教人餓眼望將穿，空教人餓眼望將穿，怎當他臨去秋波那一轉。」

《南西廂》二十三：「休得謊咱，多應窮漢餓眼生花。」

《琴心記》六：「覷風流樣子，勝伴俏媌嫽，便心情不恁麼，偏餓眼看來飽。」

噪罵——猶如說「數說」、「臭罵」。

《春蕪記》十三：「前日聞得他每日在後花園耍子，走去要偷看他一看，不意撞著那秋英丫頭，不由分說，一頓噪罵，以此心下十分氣他不過。」

噤窄——指心中無法開解而又不可告人的事。

《還魂記》十八：「我這淹煎的樣子誰憐惜。自噤窄的春心怎支。心兒悔，悔當初一覺留春睡。」

嘴骨稜——猶如說調嘴弄舌、胡言亂說。骨稜，形容多言的聲音，亦作骨弄。

《還魂記》十六：「打你這牢承，嘴骨稜的胡遮映。」

《還魂記》二十九：「俺好意兒問這小姑，敢是你共柳秀才講話哩。這小姑則答應著誰共秀才講話來便罷，倒嘴骨弄的，說俺養著個秀才。」

嘴都盧——形容人嗔怨時，嘴巴緊閉而突出的樣子。或作嘴骨都。

《投梭記》十六：「對著你眼張狂不瞅不睬，問著你嘴都盧不尷不尬。」

《還魂記》五十五：「怎的起，狀元小姐，嘴骨都站一邊。」

燒刀子——俗稱酒為燒刀子，形容酒有傷人的本性。或省作燒刀。

《浣紗記》二十二：「不瞞你說，我大蒜一頓吃一二十，燒刀子一連吃五六瓶，這張嘴妙得緊。」

《紫釵記》四十七：「酒保哥有麼，你把冷燒刀不用的熬，水晶葱鹽花兒搗。」

《還魂記》九：「狠燒刀險把我嫩盤腸生灌殺。」

燒葱——葱受熱就變軟，南劇常用「燒葱」來形容肢體發軟。

《南柯記》三十一：「蒙汗藥酸的酷，卻怎生軟兀剌燒葱腿難跳踢。」

《投梭記》十一：「老烏，你平日間嘴喳喳說開說合，今日裏似燒葱一堆軟𨈈。」

蕩——只。

《還魂記》二十：「並無兒蕩得個嬌香種，繞娘前笑眼歡容。」

雕蟲刻篆——指作詩文時的字句鏤飾。

《玉簪記》十二：「不須淚漣，不須淚漣，有日眉揚額點，且自雕蟲刻篆。」

《南西廂》二：「男兒志，空雕蟲刻篆，綴斷簡殘篇。」

《金蓮記》三十一：「念孩兒刻篆雕蟲，知慈母吹簫引鳳。」

按：雕蟲篆，本是書法之一體，寫時筆勢屈曲旋繞，有若蟲形。僧夢英《十八體書》：「相傳魯秋胡妻所作。秋胡隨牒遠仕，荏苒三年，桑時閒玩，集為此書，亦云戰筆書，旋繞屈曲，有若蟲形。」宋時常借喻為文章字句的雕琢，形容人學問技藝的卑下。

磨滅——折磨、磨難。

《還魂記》三十二：「仗雲搖月躲，畫影人遮，則沒揣的躧道邊兒，閃人一跌，自生成不慣這磨滅。」

《明珠記》十二：「深閨裏，嬌又怯，何曾禁得這磨滅，翠袖弓鞋怎跋涉。」

磨障——佛家以修行者所遭受的惡魔障礙考驗，稱為魔障。明時改作磨障，則是磨折障礙之意。亦有用魔障的。

《南西廂》六：「一卷楞經，消盡萬千磨障。」

《明珠記》四十一：「好姻緣，惡磨障，不磨障怎見心腸。」

《琴心記》八：「將成好事多魔障，天上人間祇隔牆。」

《四喜記》三十九：「滿月浮雲，可恨無端魔障。」

磨礱——磨折之意，不復有〈鹽鐵論〉中磨出光澤的意思。

《明珠記》二十一：「薄命合遭逢，自古佳人，偏受磨礱。試看遠嫁昭君，涉胡沙萬里。」

《紅拂記》二十六：「數載飄零似轉蓬，為恩情多少磨礱。」

《玉合記》三十五：「早悔卻藍田雙種，當初做艮工心苦，空自費磨礱。」

隨分——隨隨便便、平平常常。

《金雀記》十九：「逃塵網，入空門，尋得桃源好避身，皈依法座承恩訓，憐念我多愚鈍，緇衣掛體卸羅裙，隨分度朝昏。」

按：《易．坤卦正義》：「厚德載物，隨分多少，不必如至聖之極也。」白居易詩：「笙歌與談笑，隨分自將行。」

隨喜——遊玩、參觀，多指到寺廟遊賞。

《紫釵記》三十九：「幾日不來隨喜，卻是因何？」

《南西廂》五：「隨喜到僧房古殿，瞻寶塔將迴廊繞遍。」

《還魂記》二：「有個朋友韓子才，是韓昌黎之後，寄居趙佗王臺，他雖是香火秀才，卻有些談吐，不免隨喜一會。」

《玉合記》六：「如今春明景和，多有那燒香士女，隨喜官員，都要來此。」

頭興——好兆頭、好運氣。亦作興頭。

《紫釵記》四十四：「玉釵無分，有分戴荊釵，俺只怕沒頭興的東西不著個人兒買。」

《千金記》二十三：「初七夜偷了幾疋綾羅，初八偷了幾箱絹帛，初九夜裏有興頭。」

優塞——梵語稱出家修佛的男子為優婆塞。

《曇花記》十：「如今已令人築一淨室，名曰蓮花菴，皈依三寶，薰修六時，優塞亦有優婆，龐婆要追龐老。」

按：《大藏．法數》：「梵語優婆塞，華言清淨士。」

優婆夷——梵語稱出家修佛的女子為優婆夷。

《曇花記》十：「艮人脫朝服，稽首事瞿曇，賤妾亦何為？孤棲戀香奩，願學優婆夷，三寶同修參。」

按：《大藏．法數》：「梵語優婆夷，華言清淨女。」

擎奇——小心捧持的樣子。

《紫釵記》八：「那拾釵人擎奇，擎奇得蕭蕭灑灑，忺忺愛愛。」

《紫釵記》四十四：「當初為此諧，一旦將他賣，好擎奇此釵。」

《還魂記》二十八：「若不為擎奇怕涴的丹青亞，待抱著你影兒橫榻。」

擎拿——擎亦拿的意思。亦有單用擎字的。

《還魂記》二十八：「怕的是粉冷香銷泣絳紗，又到的高唐館，玩月華，猛回頭羞颯髻兒鬖，自擎拿。」

《明珠記》三十五：「杯擎起，手又低，手軟心酸怎生喫。」

檠——燭臺、燈架，常用以代稱燈。

《琴心記》七：「雲空月暗楚陽臺，枉對燈檠手托腮。」

《運甓記》十：「對寒檠獨抱沈痾，睡展轉添憔悴。」

檠架——陪伴，扶持。

《紫釵記》四：「堪嗟，瘦伶仃才子身奇，尚少個佳人繫架，問誰家可一軸春風圖畫。」

縮頭老鵝——喻人卑怯怕事，沒有志氣。

《投梭記》十一：「我是有名的縮頭老鵝，你沒來由惹場災禍。」

總來——反正，總是。

《玉合記》七：「(貼)輕蛾有計了，只做送錢與他，因便探他事體何如。(旦)你總來閒在此，這也使得。」

總然是——雖然。有料想、猜測之意。

《金蓮記》六：「總然是出入金華，怕你露冷蓮房，夢斷蘭芽。」

《琴心記》三十一：「總然是相如犯罪呵，今此信付糊塗。」

《運甓記》三十九：「怎知他近來康履，總然是身安體豫，其如我定省溫清無地。」

齋夫——舊時教師書齋(學校)中的工役，屬官差。

《霞箋記》九：「(末)我聽見你說嫖什麼妓者。(淨)不曾。(末)齋夫看板子來。」

按：《六部成語》：「教官書齋中伺候之官役曰齋夫。」又《稱謂錄》：「賦役全書，各縣儒學項下齋夫參名，工食銀參拾陸兩。」

幫戶——幫忙家務的僕役。

《飛丸記》二十三：「老爺還不是將他做個媳婦，想是拿他做個幫戶。息怒息怒，待我慢慢勸他和你一路。」

幫襯——㈠幫忙、贊助。㈡憐惜、體貼。

《紫釵記》十：「花朝之夕，已注佳期，只有一段工夫，央及二兄幫襯。」

《春蕪記》十三：「若論這嫖行裏行徑，雖不是甚麼撒漫使錢的子弟，那些窮孝順，虛幫襯，假小心，極會得。」

《紅梨記》三：「你若進我府中，我把你做掌中玉珍，做掌中玉珍，心坎兒裏溫存，肺肝兒般幫襯。」

謄黃——謄抄詔書。

《雙珠記》二十八：「驛丞，你擺兩棹酒，待開讀過了，一面謄黃，一面管待使臣，打發前去。」

按：舊時帝制，天子頒下詔書到各省，各省巡撫用黃紙謄寫副本，分送到所屬的州縣去執行。

鮫綃——舊時女子所用的紗巾手帕、枕頭。

《金蓮記》十一：「瓊閨春暮，挽鮫綃雲翻雨飛，又不是枝褪花殘，豈重尋蘭香蓮步。」

《金蓮記》三十一：「金籠鸚鵡，幽棲淚濕鮫綃重。」

《琴心記》二十七：「夫君何事去迢迢，芳緘無使達，雙淚付鮫綃。」

按：《述異記》：「南海出鮫綃，一名龍紗，以為服，入水不濡。」古代常用作衣服，枕頭（如《西廂記．崔鶯鶯夜聽琴》雜劇：我則索搭伏定鮫綃枕頭上盹），手帕（如《漢宮秋》楔子：我特來填還你這淚搵濕鮫綃帕。」

營搆——同營勾。謊騙、哄誘、勾引。

《尋親記》三十三：「想是要營搆他妻子，故下這般毒手。」

擺布——處置、用手段使人受辱，即俗語所謂「整」人。布亦作佈。

《浣紗記》十三：「他若不肯，待我下牢實擺布他，怕他走上天去。」

《尋親記》三十三：「你若無禮，取個帖子，送到府裏擺布你。」

擺劃——解決、應付之意。

《玉簪記》十七：「休恨來，愁腸須擺劃，月圓月缺，月也有盈虧害，豈可人無一日災。」

《南西廂》二十七：「春香抱滿懷，暢奇哉，渾身上下都通泰，無聊賴，難擺劃，憑誰解，夢魂飛遶青霄外。」

《白兔記》二：「朝無依倚，怎生布擺，夜無衾蓋，怎生擺劃，日長夜永愁無奈。」

斷頭香——喻做事不能徹底圓滿，不能到頭。

《焚香記》十八：「我前日與他海神廟焚香設誓，誓猶在耳，今日一旦將他辜負呵，是瞞天謊在神前調，斷頭香在爐內燒，悲號。」

按：元人雜劇已盛行此語，如《西廂記·張君瑞鬧道場》雜劇：「是前世燒了斷頭香。」王仲文《救孝子》亦有「前生燒著斷頭香」一句。

鬆泛——㈠輕鬆自在。㈡鬆散不結實。

《還魂記》二十：「（淨）小姐不在，春香姐也鬆泛多少。（貼）怎見得。（淨）再不要你冷溫存熱絮叨，再不要你夜眠遲朝起的早。」

《東郭記》四十：「（廚）適纔落得饅頭幾個，哥兒每每人嘗嘗。（衆接食介）好鬆泛的麵食也。」

蟢子——蜘蛛之一種，又叫喜蛛，俗叫喜子。

《紫釵記》十一：「春色襯兒家，羞含荳蔻花。裙腰沾蟢子，暗地心頭喜。」

《紫釵記》三十三：「但看蟢子縈盤，便是人間巧到。老夫人，你我心中暗祝，同拜雙星便了。」

按：《新論鄙名》：「野人晝見蟢子者，以為有喜樂之瑞。」

覆盆——喻人受冤屈之罪，如在覆盆之內不見光。

《雙珠記》三十四：「感荷王明原昧蠢，似朝陽照覆盆。」

《雙珠記》四十五：「荷卹詔，脫覆盆，劍南歷戰場。」

按：《抱朴子．辨問》：「日月有所不照，聖人有所不知，豈可以聖人所不為，便云天下無仙，是責三光不照覆盆之內也。」元明戲曲中用覆盆喻冤獄的很多。

瞢瞪——形容人渴睡、睡剛醒、或半醉、昏眩時，視力模糊、神志不清的樣子。

《還魂記》十六：「看他嬌啼隱忍，笑譫迷廝，睡眼懵憕。」

《明珠記》二十五：「思家路遙，思親壽高，因此上驀然愁絕懵騰倒。」

《邯鄲記》四：「呀，原來是磁州燒出的瑩無瑕，卻怎生兩頭漏出通明罅。（抹眼介）莫不是睡起矇瞪眼挫花。」

《紅梨記》十九：「便欲私窺動靜，爭奈酒魂難省，睡瞢騰，只落得細數三更漏，長吁千百聲。」

癡癡昵昵——迷迷惘惘的樣子。

《鸞鎞記》十三：「勝似見了面時節，癡癡昵昵的說他也不醒。」

顛倒——反過來。與形容心中狂亂癡迷之意不同。

《千金記》十一：「這娘子好無理，我將好意與你說，顛倒搶白我，你敢是背夫逃走的，拿到官府去。」

《琵琶記》十四：「我的聲名，誰不欽敬，多少貴戚豪家，求為吾婿而不可得，叵耐一書生顛倒不肯，反要辭官家去。」

鯫生——元明間男子自謙之詞，猶如說「小人」、「小生」之意。

《紅拂記》二十八：「鯫生徐姓，名喚德言，為你有平安報，因此敢候轅門。」

《鸞鎞記》十九：「只怕知己望雖專，我鯫生運多蹇，不能勾金馬步木天。」

《雙珠記》七：「愧鯫生素居草莽，霎時間萍隨波蕩，今朝竊幸沐恩光。」

按：《故事成語考》：「『不佞，鯫生』，皆自謙之語。」

穩倩取——即穩取，一定取得之意。

《紫釵記》十三：「如願，穩倩取鸞封，一對夫妻晝錦圓。」
《南西廂》二十二：「從今後休疑難，放心學士，穩倩取金雀釵鬟。」
《邯鄲記》十四：「是開元天子巡遊到，新河永濟傳徽號，穩倩取歲歲江南百萬漕。」
按：北曲作「穩情取」，南劇「情」改作「倩」。

蹭答——困頓，失運。
《紫釵記》三十九：「則道他覓封侯時運底有甚巧爭差。受皇宣道途中有些閒蹭答，怎知他做官兒不著家。」

攀話——閒聊、聊天。同扳話。
《還魂記》三十二：「前夕美人到此，並不提防姑姑攬擾，今宵趁他未來之時，先到雲堂之上，攀話一回，免生疑惑。」

饆饠——預備飲食。
《殺狗記》十三：「待迎春饆饠來至，一飯可以充饑。」
《明珠記》二十四：「好無禮，見今勑使公公到了，你卻說這般話，快去饆饠。」
《明珠記》二十四：「老爺且息怒，容小人去饆饠。」
按：饆饠，本是有餡的餅，外皮用小麥粉或麵粉。《資暇集》：「蕃中畢氏、羅氏好食此味，因名畢羅，後加食旁為饆饠。」《升庵外集》：「饆饠今北人呼為波波。」《明珠記》中則用作動詞，大概饆饠是一種最普通的食物，轉用為準備飲食。

軃——顫抖、搖幌的樣子。應作嚲。正字通：「軃，嚲字之譌。」

《南柯記》三十一：「都是你堂尊半萬個泥頭酒，諸人走渴之時，一鼓而醉，忽報檀蘿索戰，一個個手軃腳軟。」

《明珠記》八：「月眉攢，雲袖軃，低首損春妍。」

《邯鄲記》十八：「抬頭望來，兀自你鳳釵微軃。」

蘇放——即鬆放、赦放。於犯人鬆解刑具時用，或作疎放。亦有單用蘇字。

《還魂記》四十五：「則說杜家老小，回至揚州，被俺手下殺了，獻首在此，故意蘇放那腐儒，傳示杜老，杜老心寒，必無守城之意矣。」

《邯鄲記》二十四：「十大功臣不雪的冤，且和俺疎放他滿門良賤。」

《玉鏡臺記》三十三：「下監推審犯人，量財以為曲直，富翁蘇放長枷，窮漢嚴加桎梏。」

《玉鏡臺記》三十三：「重犯有分例的，蘇了枷，張四李八無錢，上起枷來與比較。」

蘇麻——酸痛發麻。

《龍膏記》十八：「只為一個酸倈，趕得兩腳蘇麻。」

嚲——柔顫的樣子。

《紫釵記》九：「露春纖彈去了粉紅浣，半捻春衫嚲。香津微搵，碧花凝唾。」

《還魂記》十：「潑新鮮，冷汗黏煎，閃的俺心悠步嚲，意軟鬟偏。」

騰那——那通挪。本是挪動之意，引申而有安排、排遣的意思。騰亦作謄。

《還魂記》十一：「更畫長閒不過，琴書外自有好騰那，去花園怎麼。」

《邯鄲記》十八：「待騰那，和你後花園遊和。」

《鸞鎞記》六：「喜結褵今夕，省母殷憂，虧他巧騰那，繡閣衾裯。」

《紫釵記》三十八：「無奈這秋光老去何，香消翠譌，聽秋蛩度枕沒謄那。」

襪淺弓鞋小——舊時婦女纏足，以小腳為美，所以鞋襪都很纖小，因而行動不便。

《金雀記》十九：「碧梧，快收拾行李，逃難他方去。襪淺弓鞋小，路途勞頓，死生未卜走無門，難捱這艱窘。」

攛掇——猶如說作成。慫恿人去做事。

《明珠記》四：「（老旦）這事是老身說起，又是你母親遺命，好歹教你成就。（生）全靠舅娘攛掇。」

按：《正字通》：「俗謂誘人為惡曰攛掇。」不盡然。《嘉定縣續志》：「俗謂勸人有所舉動曰攛掇。」《阜寧縣新志》所記亦同。就《明珠記》而言，成就兒女婚事，當不能稱之「為惡」。

懽恰——即歡洽，亦作懽哈。

《紫釵記》三十九：「做官人自古有偏房正榻，也索是從大小那些商度，做姊妹大家懽恰。」

《南柯記》二十：「看乘龍，乘的是五花馬，君王駙馬多懽哈。」

鐵里溫都答喇——形容番語的聲音，即如現在不懂外文的人說洋人說話「支里咕嚕」的。

《紫釵記》二十八：「番兒十歲能騎馬鳴笳，皮帽兒夥著黑神鴉。風聲大，撞的個行家，鐵里溫都答喇。」

《幽閨記》三：「胡兒胡女慣能騎戰馬，因貪財寶到中華，閒戲耍，被他拿住，鐵里溫都答喇。」

驀進——跨越。

《還魂記》四十八：「前面像是個半開門兒，驀了進去。」

按：《正字通》：「驀，超越也，今俗猶言驀越。」蓋當時有「驀進」一詞。

攧窨——怨恨、悵惘。北曲作「跌窨」，南劇改「跌」作「攧」，或「嚬」。

《殺狗記》六：「空嘆息，空攧窨，爭奈是親非親，遣人愁悶。」

《琵琶記》二十九：「怪得你終朝攧窨，我只道你緣何愁悶深。」

囉哩——倚歌的聲音。

《玉合記》三十五：「姐兒好像個鐵車輪，推去推來由子個人，外頭光滑骨碌碌介轉，囉哩知渠裏自有介一條心。」

按：《通俗編》：「今巫祝倚歌，尚有囉唻，囉哩唻等辭。」

囉唣——即囉唆，言語喧鬧、眾聲嘈雜的意思，引伸有強詞奪理之意。

《南柯記》十五：「聽諸軍肅靜囉喨，囉喨。」

《還魂記》八：「分付起行，近鄉之處，不許多人囉喨。」

《邯鄲記》三：「那先生被我們囉喨的去了，我們也去罷。」

《雙珠記》十八：「夢魂顛倒，冤抑無門告，恨煞姦雄囉喨，令人痛苦如熬。」

按：《通俗編．言笑》：「元曲選楊顯之《瀟湘雨》劇有此二字，今日習言，而字書未見喨字。」可知囉喨是元明時的俗語。

疊做同心方勝兒——元、明時，男女私牋，疊成兩個連著的斜方形，表示同心相思之意。

《南西廂》二十：「先寫幾句寒溫序，後題著五言八句詩，不移時，可知之，疊做同心方勝兒。」

《明珠記》二十七：「（生取書介）你看外邊錦袋，做成並蒂芙蓉，內裏綵箋，摺作同心方勝，不要說他才學，只那一段風流心性，也堪為女中狀元。」

按：《西廂記．張君瑞害相思》雜劇：「把花牋錦字，疊做箇同心方勝兒。」可見這種風俗的流行。

籠——動詞，攏集的意思。

《殺狗記》十二：「有個醉漢倒在雪裏，命在須臾，你每起來，籠些火救了他。」

鬥水——逆水的路程。

《投梭記》二十二：「我兒，這邊到南昌都是鬥水，連日頂風，如何開得船？」

趲——趕作某事，謂之「趲」。

《玉合記》五：「我曾許下法靈寺繡幡一掛，前幾日繡得大半，沒情沒緒，又丟下了，今早紅樓妝罷，好不清閒，乘此春和，須要趲完前件。」

《玉鏡臺記》十：「都督作急點起軍兵，去奪御駕，趲快趲快。」

按：「趲」字从走，本義是趕路。《玉篇》：「趲，散走也。」《集韻》：「趲，逼使走也。」南劇中趕路程統叫做「趲行」，又由趕路而推廣其用，在趕作其他事亦說「趲」。

趲行——南劇中「趕路」叫做「趲行」，北曲則用「行動些」。

《南柯記》二十七：「(旦眾下末弔場急馬走上)手下趲行。」

《金蓮記》二十九：「如今地僻程遙，天寒晷短，雪壅昌黎之馬，雷慚平仲之羊，提起傷心，言之氣短，只得趲行幾步，又作道理。」

《琴心記》二：「相公，天色已暮，古道無人，快請趲行前去。」

參考書目

六十種曲……毛晉編
傳奇彙考……無名氏
曲海總目提要……黃文暘
曲概……劉熙載
明清戲曲史……盧　前
中國近世戲曲史……日人青木正兒
元明清劇曲史……陳萬鼐
史記等二十三史……
世說新語……劉義慶
輟耕錄……陶宗儀
太平廣記……李　昉
唐人說薈……陳蓮塘
堅瓠集……褚稼軒
通俗編……翟　灝
古謠諺……杜文瀾
說郛……陶宗儀
委巷叢談……田汝成
小說考證……蔣瑞藻
事文類聚……祝穆等
書言故事……胡繼宗
中國方志所錄方言匯編……日人波多野太郎
諺源……方以智
詩詞曲語彙釋……張　相
今方言溯源……程先甲
順天府方言志二卷……傅雲龍
畿輔方言志一卷……王樹枏
鄉語考略二十卷……李芳春
吳下方言考十二卷……吳文英
中國風土諺語釋說……朱介凡
中國諺語論……朱介凡

索引

一畫

二畫

三畫

四畫

五畫

六畫

七畫

八畫

九畫

十畫

十一畫

十二畫

十三畫

十四畫

十五畫

十六畫

十七畫

十八畫

十九畫

二十畫

二十一畫

二十二畫

二十三畫

二十六畫

二十八畫

三十畫

南劇六十種曲研究／黃麗貞著. --二版. --臺北市：臺灣商務, 1995〔民84〕
面； 公分
參考書目：面
含索引
ISBN 957-05-1179-6（平裝）

1. 中國戲曲 - 評論

824　　　　84007318

南劇六十種曲研究

定價新臺幣二八〇元

著作者　黃麗貞
責任編輯　詹賜珠
封面設計　江美芳
校對者　洪美容　余芝光
發行人　張連生
出版者
印刷所　臺灣商務印書館股份有限公司
臺北市10036重慶南路一段三十七號
電話：（〇二）三一一六一一八
傳真：（〇二）三七一〇二七四
郵政劃撥：〇〇〇〇一六五—一號
出版事業登記證：局版臺業字第〇八三六號

・一九七二年十一月初版第一次印刷
・一九九五年十月二版第一次印刷

ISBN 957-05-1179-6（平裝）　　42042001